悪医

久坂部　羊

JN211681

朝日文庫

本書は二〇一三年十一月、小社より刊行されたものです。

目次

悪医

プロローグ

患者は五十二歳の男性。二年前に早期の胃がんの手術を受け、十一カ月後に再発して、肝臓への転移が見つかった。

医師は三十五歳の外科医。二年前に手術をした早期の胃がん患者が、十一カ月後に再発して、肝臓への転移が見つかった。

がんが再発した場合、通常は抗がん剤で治療をする。現在、胃がんに使える薬は十数種。単独または二、三剤を組み合わせて使う。確実に効く抗がん剤はなく、使ってみて効果がなければ別の薬に替える。効果があっても、副作用が強ければ使い続けることはできない。

効果の有無は、ＣＴスキャンや腫瘍《しゅよう》マーカーなどでチェックする。腫瘍マーカーとは、がんに特有のタンパクやホルモンで、がん細胞が増えるほど高値になる。

医師が手を替え品を替えて治療しても、がんは徐々に進行し、病勢を増す。そのうち治療の効果より、副作用のほうが強くなる。そうなれば、治療をしないほうが命が延びる。

この患者もあれこれ治療を行った後、がんが肝臓から腹膜に転移して、ついに使うべき薬がなくなった。

医師は沈痛な面持《おもも》ちで、患者に告げる。

「残念ですが、もうこれ以上、治療の余地はありません」

患者は驚いたように顔を上げ、目をしばたたく。治療の余地がないとはどういうことか。それは医師が口にすべからざる言葉ではないか。

「いったいそれは……」

「だから、もう治療法がないのです」

医師はいぶかる。これまでの診察で、状況が悪いことは伝えてきたはずだ。治療の効果より、副作用のほうが危険なことも十分に説明した。なのになぜわからないのか。

患者はすがるような目つきで言う。

「まだほかに方法があるでしょう。別の薬とか、点滴とか。入院しなければならないのなら、いつでも入院しますから」

「その必要はありません」

「じゃあ、私の治療はどうなるんです」

「もうつらい治療を受けなくてもいいということです。残念ですが、余命はおそらく三カ月ほどでしょう。あとは好きなことをして、時間を有意義に使ってください」

医師は悪意があって言うのではない。副作用で命を縮めるより、残された時間を悔いのないように使ったほうがいいから、患者のためを思って告げるのだ。

患者は目を逸《そ》らせない。この若造の医者は何を言うのか。余命は三カ月？　あとは好きなことをして、時間を有意義に使えだと……？

つらい治療に歯を食いしばり、吐き気やだるさに耐えてきたのは、どんなに苦しくても、死ぬよりましだと思ったからだ。それなのに、治療法はもうないと言うのか。

ふいに胸に激情が込み上げた。

「先生は、私に死ねと言うんですか」

「何もそんなことを言ってるんじゃ……」

医師の顔が強《こわ》ばる。どうしてそうなるのか。勘弁してくれ。

患者は青ざめ、震える。医師の困惑顔に、怒りの言葉が口を衝《つ》いた。

「治療法がないというのは、私にすれば、死ねと言われたも同然なんですよ！」

医師は蒼白《そうはく》になり、患者を見返す。反論すべきか、謝るべきか。

自分はよかれと思って言ったのだ。まちがったことは言っていない。

電子カルテのモニターに表示された診察リストに目が行く。この調子だと、今日も昼食はまともにとれない。小さなため息が洩《も》れる。

患者はそれを見逃さなかった。

「もう先生には診《み》てもらいません！」

やり場のない怒りに駆られ、席を蹴って立ち上がる。不覚にもぐらつき、診察室の壁に頭を打ちつけた。大きな音が響くが、痛みは感じない。

「大丈夫ですか」

医師は気遣《きづか》うが、腰を浮かすに止《とど》まる。たまった診察リストが気になる。面倒を起こさないでほしい。自分はベストを尽くしたんだ。何日も病院に泊まり込み、懸命に治療したことを思い出してくれ。

患者は、絶望して外来の診察室を飛び出す。

医師は、揺れるカーテンに向かってつぶやく。

……いやな仕事だ。

1

外来の診察室を飛び出した小仲辰郎《こなかたつろう》は、ほかの患者が驚くのもかまわず待合室を走り抜けた。

ぶつかりそうになった看護師が慌《あわ》てて身を引く。エスカレーターを一段飛ばしで下り、ロビーを駆け抜け、玄関ホールから外へ飛び出した。支払いのことが頭をかすめたが、すぐに消えた。一秒でも早くこの病院を離れたかった。

小仲がかかっていた三鷹《みたか》医療センターは、東京都が指定するがん治療の拠点病院である。高度な設備を備えた総合病院で、地域医療の中枢を担っている。

屋外には正午前の光があふれていた。正門を出て、道路を突っ切り、行き先もわからず走る。やがて息が切れ、足がもつれる。頭の中にはさっきの医者の言葉が渦巻《うずま》いていた。

もう治療法がないだと。

あとは好きなことをして、時間を有意義にだと。

ふざけるな!

あんな最悪の医者にかかったのが運の尽きだ。患者の気持も考えず、いけしゃあしゃあと抜かしやがって。ちくしょう！

おれはもう死ぬのか。いやだ。まだ早すぎる。まだ人生の半ばじゃないか。

脳裏に切れ切れの思いが渦巻く。あの医者ははじめから気にくわなかった。エリート面《づら》をして、いつも取り澄ましていやがる。それでもはじめは頼りにしていた。手術の説明もていねいだった。

――小仲さんのがんは早期ですから、九五パーセントは治ります。

だから信用して手術を受けたのだ。なのに転移するなんて。

がんは会社の検診で見つかった。ショックだった。だが、今は二人に一人ががんになる時代だ。症状もないし、早期だから心配ないと思った。ところが再発した。あの最悪の医者が、下手な手術をしたからだ。

再発を知ったとき、小仲は医者を問い詰めた。

――なんで早期がんが転移するんです。

医者は屁理屈でごまかした。

――九五パーセントが治るというのは、五パーセントは治らないということです。

そんなことは言われなくてもわかってる。聞きたいのは、なぜおれがその五パーセントに入ったのかということだ。

――それは、不運としか言いようが……。

バカ野郎！　それでも医者か！

怒鳴《どな》りたいのを無理やり抑《おさ》え、どうすればいいのか訊《たず》ねた。医者は抗がん剤で治療できると言った。肝臓の転移は親指くらいのものがひとつだから、悲観することはないと。そう言うから、怒りをこらえて抗がん剤に賭けることにしたのだ。

あのときの医者の呑気《のんき》な言葉がよみがえる。

――とりあえず、入院していただきましょうか。抗がん剤は副作用がありますから。

こっちには仕事もあるのに、まるでおかまいなしだ。しかし、治療のためなら仕方がない。どんなつらい治療にも耐えるつもりだったが、副作用は予想をはるかに超える激しさだった。

入院して点滴をした翌日、朝食のあとに猛烈な吐き気に襲われた。食べたものが口から噴き出した。胃液も吐き尽くしたのに、空《から》えずきで腹筋がけいれんし、背中が亀の甲《こう》羅《ら》のように固まった。ほかの患者に迷惑だから、這《は》うようにしてトイレに行き、便器を抱えた。何も出ないが、空えずきだけが突き上げる。それが三十分以上も続いた。地獄だった。看護師が吐き気止めの注射をしてくれたが、まるで効かない。全身が板バネのようにたわみ、嘔吐《おうと》の反射で背骨が跳ねた。

あのとき、小仲は苦痛にのたうちまわりながら考えた。頑張ればきっと報われる。これほどのつらさに耐えて、効果が出ないわけがない。

その通りだった。効果はあった。一クール目の治療を終えたあと、二週間後のCTスキャンで肝臓の転移がひとまわり小さくなったのだ。うれしかった。天にものぼる気持だった。しかし、まだ完全に消えたわけではない。小仲は続けて治療を希望したが、医者は四週間あけなければいけないと言った。治療を休んでいる間に、転移が大きくなったらどうするのか。だが、無理に治療を頼むわけにもいかない。

それに副作用で食べられなくなり、体重が七キロも減った。皮膚が土気色《つちけ》になり、肋《ろっ》骨《こつ》が浮き出て、アウシュビッツの収容者のようだった。食べることが苦痛で、肉など何回噛《か》んでものどを通らない。茶といっしょに無理やり呑《の》み込むと噴水のように吐いた。それでも食事は義務と思い決め、自分をだますように食べた。

二クール目の抗がん剤の副作用は、一クール目以上に激しかった。嘔吐だけでなく、激烈な倦怠《けんたい》感に襲われた。ベッドから起きるのはもちろん、腕を上げることもできない。食事をまったく受け付けなくなり、医者に頼んで栄養剤の点滴をしてもらった。医者は治療の中止を勧めたが、小仲は頑として聞き入れなかった。当然だ。治療の中止は、死を意味する。どれほど苦しくても、治療はやめるわけにはいかない。

小仲は病室で歯を食いしばり、苦痛に耐えた。独身の小仲には、身内といえば離れて暮らす妹一家がいるだけだ。支えてくれる恋人などもいない。だが、よけいな干渉をされるより、ひとりで耐えるほうがよっぽどいい。小仲はそう強がっていた。

しかし、体力には限界があり、副作用で腎臓が弱ってしまった。

――これ以上、治療を続けると、命に関わります。

医者はそう言って、抗がん剤を中止した。小仲は血相《けっそう》を変えて継続を訴えた。死んでもいいから、治療してくれ。それが偽らざる気持だった。あれだけ苦しんで、やっと効果が出たのだ。その薬をどうしてやめられようか。

だが、医者は首を縦に振らなかった。

――ほかにもっと副作用の少ない薬がありますから。

――でも、副作用が少ないということは、効果も弱いんじゃないですか。

必死に聞いているのに、医者は首を振りながら苦笑いをした。小バカにされたようで腹が立った。だが、医者の言うことには逆らえない。

次の治療は入院ではなく、通院で薬をのむ方法だった。四週間、錠剤を朝晩ひとつずつのむだけだ。それで効くのか。もっと過激にやってほしい。精いっぱいの治療でだめなら、あきらめもつくが、副作用を気にして十分な治療をせずに終わったら、死んでも死にきれない。

案の定、四週間後のCTスキャンでは、肝臓の転移は小さくなっていなかった。ところが、医者は意外なことを言った。

――効いてますね。二週間休んで、同じ薬を続けましょう。

転移の大きさは変わらないのに、どこが効いているのか。医者が言うには、大きくなっていないということは、がんの進行を抑えていることになるらしい。冗談じゃない。この医者は本気で治す気があるのか。悪くならなければそれでいいなんて、はじめから治療をあきらめているのも同然じゃないか。

――先生。私は完全にがんを治したいんです。がんが消える薬に替えてください。そのためなら、どんなつらい副作用にも音《ね》を上げませんから。お願いします。この通りです。

小仲は土下座せんばかりに頭を下げた。医者は腕組みをして、ため息をつくばかりだ。しかし、小仲も必死だった。医者が薬を替えてくれるまで、頭を上げないつもりだった。

――じゃあ、ふつうはあまりやりませんが、別の錠剤を追加してみますか。

医者は根負けしたというように、一日三回のむ薬を足してくれた。そして副作用の説明をくどくどとした。まるで意地悪く脅《おど》すように。負けるものか。小仲は肚《はら》の中で決意した。安全ばかり考えて、治療に腰が引けている医者を見返してやるのだ。

しかし、副作用はやはりてきめんに現れた。吐き気、下痢、めまい、指のしびれ。脱毛もあったが、最初の抗がん剤のときから坊主頭にしていたから、さほど目立たない。いちばんつらいのは、全身のだるさだった。気を紛《まぎ》らせようにも、言い知れない倦怠感が身体にへばりつく。ひとりでうめき声をあげ、狭いアパートを転げまわり、柱を殴《なぐ》り、頭を壁に打ちつけた。それでも消えないだるさ。こうまでして生きる意味があるのか。そう思いかけたが、持ち前の負けん気で耐えた。おれは逆境に強いんだ、弱音を吐くな。

そうやって必死に耐え、待ちに待ったCTスキャンを受けると、肝臓の転移は三つに増えていた。あのときの絶望……。思い出したくもない。

――入院したほうがよさそうですね。少し体力を回復しないと。

医者が深刻な顔で言った。

――治療は、どうなるんです。

半ば朦朧《もうろう》としながら、小仲は訊ねた。ショックで息も絶え絶えだったが、治療はあきらめなかった。医者はむずかしい顔で考えていたが、治療は続けると約束してくれた。

それから約二カ月入院して、少し体力を回復した。しかし、治療は一進一退で、腫瘍マーカーが徐々に上がりはじめ、腹膜のリンパ節にも転移が見つかった。CTスキャンやMRIで見せられた画像は、小仲にははっきりわからず、さほど深刻な転移ではないだろうと思っていた。体調も悪くない。身体が抗がん剤に慣れてきたのだろうと前向きに捉《とら》えた。

ところが、今日の診察で、突然、もう治療法がないと言われたのだ。まるで不意打ちのように。

今日は前に撮ったCTスキャンの説明を聞きに来たのだ。肝臓の転移はたしかに少し大きくなっていたが、痛みもなければ吐き気もない。まだ体力もある。それにこれまで試した抗がん剤は、ほんの四、五種類だ。まだ使っていない薬もあるだろう。組み合わせだって変えられるはずだ。それを試しもせずに、治療法はないなどとよくも言えたものだ。

窓の外を、十月初めのまばゆい陽射《ひざ》しが横切る。いつの間にか電車に乗っていた。三鷹駅から乗ったのだろうが、まったく覚えがない。見慣れない風景。マンション、倉庫、三階建ての家。見たくない。すべてが不快だ。思わず目を閉じる。

がん難民……。

いつかテレビで見た言葉が、脳裏をかすめる。治療法がなくなって、病院を追い出される末期がんの患者たち。自分もそうなのか。恐ろしい。いや、あきらめるな。まだ助かるチャンスはあるはずだ。

もしかして、肝臓への転移が大きくなったのは、あの医者が薬をまちがえたからじゃないか。あいつは自信がなさそうだった。組み合わせてはいけない薬を足したのではないか。それで副作用が強くなりすぎた。あの野郎、もしそうなら、許さない。

そもそもおれのがんは早期だった。ふつうに手術をしていれば、転移などするはずがない。たまたま検診で見つかっただけなのに、がんは治る時代だと聞いていたのに、なぜ、自分だけだめなのか。

あの医者が憎い。あいつのせいでおれは死ぬ。おれは運が悪い。いつだってそうだ。大学入試に失敗し、就職でもつまずき、ボランティア活動でもいろいろもめた。いや、今はそんなことは関係ない。大丈夫だ。生きる望みを捨てるな。あの医者は他人事《ひとごと》だと思って、真剣に治療する気がないんだ。断じて許せない。

どす黒い不安が波動のように広がる。がんのことは考えるな。電車はどこを走っているのか。保育園が見える。しかし、どうして早期がんが転移したのか。ああ、また考えている。忘れろ。今日は帰りにスーパーに寄るつもりだった。台所用のスポンジを買わなければならない。転移したがんには手術は無理なのか。放射線治療はどうか。また考えている。心臓が締めつけられる。

気づくと、小仲はＪＲ中央線の大久保駅の改札口を出ていた。知らないうちに会社に足が向いている。山手線を越えたところにある東輝《とうき》印刷株式会社。小仲はそこの印刷工だった。勤続二十年。今は休職中なのに、帰巣本能のように来てしまった。しかし、顔は出せない。だれにも会いたくない。もどろう。だが、どこへ行けばいいのか。

いや、まだ道はあるはずだ。あきらめるな。

しかし、どうやって、どうすれば……。

2

三鷹医療センターの外科医、森川良生《もりかわりようせい》は、最後の外来患者が出て行ったあと、ぐったり疲れて診察椅子にもたれ込んだ。目だけで壁の時計を見上げる。午後二時四十五分。こうしてはいられない。三時から大腸ファイバーの検査が二件ある。患者は十分前には病棟から検査室に下りてくる。

大きく息を吸い込み、だるさを振り切るように立ち上がる。

「じゃあ、お疲れ」

外来の看護師に声をかけ、急ぎ足で院内食堂の横にある売店に行った。食堂で昼食をとるなど、夢のまた夢。売れ残った焼きそばパンと、パック入りのコーヒー牛乳を買い、四階の医局へ向かう。

今年四月に医長に昇格した森川は、若手らしいケーシースタイルといわれる丈《たけ》の短い白衣を着ている。動きは軽快そうだが、身体には澱《おり》のように疲労がたまっていた。

医局の控え室に行き、だれもいないソファに座る。時間がない。ビニールを破るのももどかしく、焼きそばパンにかぶりついた。

――死ねと言われたも同然なんですよ！

　ふと、患者の声がよみがえる。わけのわからないことを言って外来を飛び出した患者だ。まったくふざけてる。つらいのはわかるが、こっちは本人のためを思って言ったのに。

　あの患者は抗がん剤が効きにくく、副作用が出るばかりだった。まだ使っていない薬もあるが、作用機序《きじょ》（効果の仕組み）を考えれば、効かないのは明らかだ。あの患者には何もしないのがいちばんいい。今ならまだ体力もあるから、やり残したこともできる。だから好きなことをして、時間を有意義にと言ったのに。

　たまたま検診で見つかった早期の胃がんだったが、手術のあと肝臓に転移した。意外といえば意外だが、まったくの想定外でもない。早期がんでも二十例に一例くらいは転移する。だから、治癒率《ちゆりつ》は九五パーセントなのだ。それを、なぜその五パーセントに入ったかと聞かれても困る。

　あの患者はたしか、印刷会社の工員だった。こだわりの強い職人のようだったが、インテリっぽいところもあった。入院中、病室で古びた岩波文庫を読んでいた。

　抗がん剤の副作用が出たときには困らされた。シスプラチンとＴＳ－１で白血球が一五〇〇を切り、腎障害《じんしょうがい》も出たから治療を中断すると言ったら、つかみかからんばかりに治療の継続を求めてきた。長生きを望みながら、命を縮める治療に固執する患者の心理がわからない。病気のことになると、理性が吹き飛ぶのだろう。だから、あんな逆恨《さかうら》みみたいなことを言うのだ。

森川はコーヒー牛乳でパンを流し込み、患者のことを頭から追い出す。

3

気がつくと、新宿の歌舞伎町《かぶきちょう》に来ていた。

どこか公園のベンチに長く座っていたようだが、思い出せない。すでに空は真っ暗で、あたりは派手なネオンが灯《とも》っていた。

人混みに佇《たたず》み、行き交う人々を茫然《ぼうぜん》と眺《なが》める。この中に、一人でも末期がんの人間がいるか。すべての人が自分より健康で幸せそうに見える。死を恐れなくてもいいというのは、どれほど羨《うらや》ましいことか。

何も食べていないが、食欲はまるでなかった。生きている意味もなく、喜びもない。惨《みじ》めなだけの人生……。

小仲は東京墨田《すみだ》区の生まれで、下町育ちだった。地元の公立中学、公立高校を出て、当時一期校の国立大学を受験したが失敗した。浪人する余裕はなく、二期校の都立工業大学に入学。学生運動は下火になっていたが、セツルメント運動や原発反対運動に関わり、友人らと酒を飲んでは徹夜で議論をした。就職ははじめから大手は受けず、福祉業界に的を絞り、「マルエイ産業」という身障者用の装具会社に入った。しかし、業績不振で二年後に倒産。それから、布おしめの宅配サービス、出版社、自然食品の通販会社などを転々としたが、どこも長続きしなかった。曲がったことが嫌いな性格が禍《わざわい》し、人間関係でトラブルが絶えなかったからだ。

三十二歳のとき、ハローワークで今の東輝印刷に就職した。それから二十年、印刷機と紙を相手に仕事を続けてきた。勤めた当時は活版印刷が主で、単色機や二色機もあり、紙むけや紙伸びに苦労した。だが、オフセット印刷では出せない重厚さがあった。そんな職人技の世界が気に入っていたが、今はすべてがコンピュータ化され、機械の操作はタッチパネル、色インクの調整も磁気カードに読み込ます。味気ないが、時代の波には逆らえない。おれもいよいよロートル入りかと思いかけた矢先に、検診で胃がんが見つかったのだ。

カラオケビルの横で、ホームレスがゴミ箱を漁《あさ》っていた。泥と垢《あか》にまみれ、髪は飴《あめ》で固めたようだ。それでもおれより幸運なのだと思ってしまう。街灯の明かりでじっと手を見る。印刷工は重い紙を扱うから、手のひらが分厚い。それがやせて、土気色になっている。苦悶《くもん》が身体の奥で打ち上げ花火のように弾《はじ》ける。

どんなに苦しい人生でもいいから生きたい。どんなに不幸でも、死にたくはない。こんなまた医者の言葉がよみがえる。好きなことをして、時間を有意義に使えだと。

気持で何ができる。死の宣告を受けて、温泉に行って楽しいと思うのか。おれが今したいことは、おまえみたいな最悪の医者への復讐だ。おまえを殺しておれも死ぬ。それがおれの最大の望みだ。

小仲は口の中でつぶやきながら、大股《おおまた》に通りを歩いた。コマ劇場跡を過ぎ、人の流れを横切りながら、JRの大ガードをくぐる。

駅の西側に出てふと見上げると、横の看板が目に止まった。堂々と大書された文字。小仲は稲妻に撃たれたように立ちすくむ。

そうか！　その手があったか。

なぜ気づかなかったのだろう。これならたしかだ。最後の意地を見せてやろう。患者の気持を踏みにじったあの医者を、きっと見返してやる。

小仲は全身に熱いエネルギーが湧《わ》くのを感じた。急に目の前が開けたような気がして、大都会の夜空に拳《こぶし》を突き上げた。

4

一日の仕事を終えて、森川が病院を出たのは午後八時半過ぎだった。三鷹駅から世田《せた》谷《がや》区桜上水《さくらじょうすい》にある自宅マンションまで約三十分。電車の扉のガラスに映る己の姿にため息をつく。

駅を出て、暗い道をとぼとぼ歩く。早く帰って娘の顔が見たい。娘の可菜《かな》は五歳で、近くの幼稚園に通っていた。

「ただいま」

靴を脱ぎながら、奥に呼びかける。「可菜、起きてる?」

妻の瑤子《ようこ》が出てきて、笑いながら首を振る。

「残念でした。今日は運動会の練習があったから、疲れて寝ちゃった」

「えーっ」と声が出て、その場にへたり込む。

「だって、良ちゃん、遅いんだもん」

瑤子は森川より三歳下だが、夫をちゃんづけで呼ぶ。結婚したのは八年前。医局の教授の紹介で見合いをしたが、一目で互いを気に入り、友だち感覚の恋愛となった。しばらく子どもができず、瑤子は結婚後も二年半、商社の秘書課に勤めていた。

うなだれる森川に、瑤子がいたずらっぽく言う。

「でも、いいものがあるよ」

ダイニングテーブルの画用紙を取り上げる。可菜の描いたクレヨン画だ。

「これ、僕かい」

髭剃《ひげそ》り痕《あと》の黒い点がいやに目立つ。

「僕はこんな無精髭ないぞ」

「父親の顔はみんなこう描くのよ。ご飯、用意するね」

森川は寝室にしている和室に行き、娘の横に屈《かが》み込む。我が子ながら天使のようだ。思わず指の背で頰を撫《な》でる。

「起こしちゃだめよ」

キッチンから警告が飛ぶ。なぜわかるのだろう。投げ出した娘の腕を布団の中に入れて、そっと立ち上がる。

ダイニングにもどると、ブリの照り焼きとミニ湯豆腐が用意されていた。

「ビールはどうする」

「どうしようかな。昨日も飲んだし」

アルコールは毎日は飲まないように心がけている。しかし、疲れた日はどうしてもほしくなる。冷蔵庫の前にいる瑤子に、「ロング缶、一本」と言ってしまう。

瑤子は先に食事をすませているから、日本茶をいれて向かいに座る。

「幼稚園の運動会、今度の土曜日よ。当直の代わり、見つかった？」

「無理。土日の交代はむずかしいよ」

「じゃあ、ビデオを撮ってくるから、それ見てね」

幼稚園の運動会は来年もある。来年こそはと森川は心に決める。瑤子から幼稚園の話を聞きながら食べるが、娘に関することはいくら聞いても飽きない。

瑤子が空いた皿をキッチンに下げたとき、森川が後ろから言った。

「今日、変な患者が来て、たいへんだったんだ」

話すつもりはなかったのに、なぜ言い出したのか。

「胃がんの末期の患者でさ、効く薬がなくなったから、もう治療の余地はありませんて言ったら、私に死ねと言うんですか、なんて言うんだぜ。どう思う」

「うーん。そうねぇ」

瑤子は曖昧《あいまい》な返事で洗い物を続ける。

「がんの治療はある段階を越えたら、何もしないほうが長生きするんだ。なのに、とにかく治療してくれの一点張りだよ。こっちはよかれと思って言ってるのに、病気が治らないからって、医者に八つ当たりするのはやめてほしいね」

ビールの酔いのせいか、だんだん腹が立ってくる。洗い物を終えた瑤子が、意外なことを言った。

「わたし、その人の気持、ちょっとわかるな」

「どうして」

「だって、患者さんにはやっぱり希望が必要でしょ」

「じゃあ、みすみす命を縮める治療をしろって言うのか。効きもしないのに」

「そうは言わないけど」

瑤子はタオルで手を拭《ふ》きながら考える。森川は焦《じ》れったそうにまくしたてた。

「僕は医師として患者には誠実でありたいと思ってるんだ。治らないものは治らないと言うべきだし、害のある治療はしたくない。夢のようなことを言っても、病気は必ず悪くなるよ。そのとき嘘がばれたら最悪だ。患者がいちばん苦しいときに、医師への信頼をなくすんだから」

瑤子が声を低め、少し意地悪な調子で問うた。

「じゃあ、今日の患者さんは信頼をなくさなかったの」

痛いところを衝かれ、声が跳ね上がる。

「だからそれは患者がひねくれてるんだよ。こっちは誠意を尽くして、事実を伝えてるのに、自分が気に入らないからって、自棄《やけ》になる患者にどう対処すればいいのさ。がんはそんなに簡単な病気じゃないぞ。口先だけで優しいことを言っても、必ず悪くなるんだ」

どうしてこんなにムキになるのだろう。気まずい雰囲気を変えるように瑤子が言う。

「それが良ちゃんの信念なのね」

「そうだよ。ほかにどうすればいいんだ」

「……」

どうしてあんな患者のために夫婦ゲンカみたいになるのか。バカバカしい。自分はまちがったことは言ってないのに、瑤子まで患者に共感するようなことを言うから頭に来たのだ。

きつく唇を閉じていると、瑤子があっけらかんと言った。

「良ちゃんは考えすぎよ。考えてもどうにもなんないこともあるんだから。わたし、先にお風呂、入るね」

たしかにそうだ。どうせあの患者は手の施しようのない末期がんで、遅かれ早かれ死んでしまう。だったら、忘れてしまえ。

森川は目の前のビール缶を、思い切り握りつぶした。

5

小仲が新宿で見たのは、東京医科理科大学病院の広告だった。

東京医科理科大学は、数年前に開校した私立大学である。医学部の付属病院は北新宿にあり、最新式の設備を誇ると新聞に出ていた。小仲の頭に浮かんだのは、大学病院でセカンドオピニオンを求めることだった。

ひとつの病院で治療法がないと言われたからといって、あきらめるのは早すぎる。三鷹医療センターより格上の病院で、セカンドオピニオンを聞けばいいのだ。

小仲は若いときから権威が嫌いで、大学病院も敬遠していた。ああいうところは医者が威張《いば》っていて、研究のために患者をモルモット扱いしかねない。だから、地元の病院を受診したのだ。しかし、こと医療に関しては、権威のある病院のほうがいい。医療の最高峰といえば、なんといっても大学病院だ。

翌日、小仲は受付開始の一時間前に東京医科理科大学病院に行った。総合案内が開くのを待って、胃がんの治療のセカンドオピニオンを聞きたいと申し出ると、二階のセカンドオピニオン外来に行くように言われた。専門の窓口があるようだ。やはりセカンドオピニオンを求める患者は多いのだろう。

受付で診察券をもらってから、指示された外来を目指す。もちろん、小仲もこれですべてが解決するとは思っていない。もしかしたら、三鷹医療センターと同じことを言われるかもしれない。いや、そんなことは考えまい。診察を受けてみないとわからないじゃないか。

セカンドオピニオン外来は、奥まったフロアの端にあった。

「問診票をお書きください」

受付の看護師からクリップボードにはさんだ紙を渡される。住所、氏名、生年月日のあと、以前かかっていた病院と、そこでの治療法を書く欄があった。さすがに『治療法がないと言われた』とは書けない。空欄のまま問診票を出すと、看護師が確認するように訊ねた。

「前の病院の検査データはお持ちですね」

「検査データ？」

「レントゲンとかCTスキャンとかです」

「いや、持っていません。いるんですか」

「それを見て診断しますからね。病院に申請すれば貸し出してくれますから、改めて持参していただけますか」

そんなものが借りられるくらいなら、はじめからセカンドオピニオンなど聞きにこない。前の病院ともめているから、来てるんじゃないか。

小仲は強ばった声で看護師に言った。

「前の病院にはちょっと頼みにくいんです。こちらの病院で検査をし直していただけないでしょうか」

「でしたら一般外来になります。胃がんで手術されているんなら、消化器外科ですね」

診察券を返され、総合受付で手続きをし直すよう指示された。受付にはすでに大勢の患者が順番を待っている。せっかく早くに来たのに、とんだ時間のロスだ。一時間ほど待ってようやく順番が来る。

「消化器外科の外来をお願いします」

「紹介状はお持ちですか」

また予想外のことを聞かれる。

「持ってませんが、さっきセカンドオピニオン外来に申し込んだときは、そんなこと聞かれませんでしたよ」

「セカンドオピニオン外来の方は、ふつう紹介状をお持ちですから」

「紹介状がないと、診察してもらえないんですか」

病人が病院に来ているのに、どうしてさっと診察してくれないのか。思わず声に怒気《どき》がこもるが、受付の女性は動じず、「紹介状のない患者様には、選定療養費《せんていりょうようひ》が別途、五千円かかります」と答えた。

何が患者様だ。口先ばかりていねいでも、わけのわからない名目で金ばかり取りやがって。

「どうされます」

「払いますよ。でないと診てもらえないんでしょう」

声を強めたが、受付の女性は平気な顔で手続きをし、消化器外科外来の場所を音声案内のような声で説明した。

ふたたびエスカレーターを上がると、武者ぶるいが出た。いよいよ大学病院の専門医の診察を受けるのだ。イチかバチか、これで勝負は決まる。必ず元気になってやる。あの三鷹医療センターの最悪の医者を見返してやるのだ。

しかし、万一、この病院でも手の施しようがないと言われたら……。

そんなことはあり得ない。大学病院は地元の病院とは格がちがう。そう心に念じながら、小仲は消化器外科の外来受付に行った。待合スペースには三十人ほどの患者が待っていた。今日中に診てもらえるのか。しかし、覚悟を決めて待つしかない。小仲は空いた椅子に腰を下ろすと、腕組みをして瞑目《めいもく》した。

6

医局で外科学会誌を読んでいたら、院内PHSが振動した。

「森川先生。患者さん、待ってますよ」

時計を見て、はっと思い出す。六十歳の大腸がんの患者が、今日、退院の予定だった。午前中に帰りたいので、十一時までに挨拶をさせてほしいと言われていたのを忘れていた。

「すぐ行きます」

そう答えて外科病棟に急ぐ。自分で言うのも何だが、この患者は自分が救ったという実感がある。軽い腹痛で受診したのを、どうも気になったので大腸ファイバーの検査をしたら、初期の大腸がんが見つかったのだ。もちろん自分が見つけなくても、ほかの医師が診断したかもしれない。しかし、少なくとも自分の診療が有意義だという手応えはある。これが医師の醍醐味《だいごみ》だ。

ナースステーションに声をかけて、病室に急ぐ。患者は四人部屋の窓際《まどぎわ》のベッドだった。

「遅くなってすみません」

患者はすでにジャケットとポロシャツに着替え、妻と娘とともに待っていた。

「どうもお世話になりました。ありがとうございます」

にこやかに頭を下げる患者は、六十歳とは思えない若々しさで、物腰も上品だ。都市銀行の重役で、ロンドン勤務が長かったと言っていた。

妻と娘も晴れの日にふさわしく、明るく着飾っている。彼女たちはほぼ毎日、見舞いに来て、ベッドの枕元に豪華な花を飾っていた。裕福で仲のよい家族なのだ。

「森川先生は主人の命の恩人です」

派手な顔立ちの妻が、甲高《かんだか》い声で言う。命の恩人と言われて悪い気はしないが、問題は妻の止まらないおしゃべりだ。

「もし、森川先生に診ていただかなかったら、主人は手遅れになっていたにちがいありませんわ。先生のおかげで命拾いいたしました。先生はほんとうに名医でいらっしゃいます。入院中は細やかなお気遣いをいただき、主人もどれほど心強かったか。なにせ主人ははじめての手術でしょう。入院する前はいろいろ心配で、手術は無事に終わるだろうかとか、麻酔はうまくいくだろうかとか、あれこれ気になって、夜も眠れないほどでしたの。でも、先生がご親切に説明してくださったおかげで、すっかり安心することができました。退院もこんなに早くできて、ほんとうに感謝の言葉もございませんわ」

矢継ぎ早の言葉に、森川は辟易《へきえき》する。となりのベッドが気にかかる。森川が病室に来る前から、カーテンがぴちっと引かれ、異様な拒絶の空気が漂っていた。

となりの患者は、肝硬変が原因の食道静脈瘤《じょうみゃくりゅう》で、手術を待っているゴマ塩頭の男性だ。彼の主治医も森川だった。すなわち自分の患者が二人、同じ病室にベッドを並べていたのだ。

カーテンの向こうから、苛立《いらだ》った咳払《せきばら》いが洩れる。退院する患者の妻は、おかまいなしに話を続ける。

「森川先生はまだお若いのに医長でいらっしゃるから、さぞかし優秀でいらっしゃるんでしょうね。大学も慶陵《けいりょう》の医学部でしょう。すばらしいですわ。ほんとうに非の打ち所のないドクターでいらっしゃいますわね。主人も申しておりました。森川先生は博識だって」

診察の合間にイギリスの歴史などを話したことを言っているのだろう。森川は新婚旅行でスコットランドをまわったので、そのことでもこの患者とは話が合った。

「博識だなんて、そんな」

謙遜《けんそん》すると、となりのベッドでゴマ塩頭が身を起こす気配がした。唐突にカーテンが開かれ、乱暴にサンダルをはいて病室を出て行く。

妻が夫と顔を見合わせ、首を振りながら声をひそめた。

「いい病院で、いい先生に巡り会って、すばらしい手術をしていただきましたけど、おとなりさんだけはハズレでしたわ」

夫もため息をつく。ゴマ塩頭の患者は身寄りがなく、生活保護受給者で友人の見舞いなどもなかった。だから、にぎやかな家族のいる大腸がんの患者が疎《うと》ましかったようだ。菓子を分けても突き返したり、笑い声に「うるさい」と怒鳴ったりしたらしい。

「申し訳ありません」

「先生が謝る必要はございませんわ。おかしな人はどこにもいますもの。先生もご苦労なさっているのでしょう。でも、わたしどもはこれでお別れですわ。よかったわ、ねぇ」

患者は妻に軽くうなずき、退院後の予定を訊ねた。

「とりあえず、来週の水曜日に診察に来ていただけますか。一週間後です」

「承知しました。では、わたしはこれで帰らせていただきます」

「どうぞ、お大事に」

見送りながら、森川はこの患者は大丈夫だろうと思った。再発の可能性はゼロではないが、この人のがんはたぶん再発しない。単なる勘だが、そんな気がする。ある程度経験を積むと、徐々に勘が働くようになるのだ。

7

消化器外科の外来の順番は、遅々として進まなかった。

小仲は腕組みのまま、深いため息をつく。患者を呼ぶマイクのスイッチが入るたびに、全員が耳をそばだてる。自分でないとわかると、一様に疲れた顔で肩を落とす。それが何度となく繰《く》り返される。

足の弱った老人が、老妻に付き添われてやってきた。空《あ》いている席がない。小仲は迷わず立ち上がり、席を譲った。老人は座るが、老妻の椅子はない。しかし、他人にまで譲れとは言えない。

小仲は老人に気をつかわせないよう、離れた場所に移動した。ここにいるのは自分も含め、気の毒な患者ばかりだ。大学病院だから重病の人が多いだろう。みんな病気に負

ける な。小仲は自分を励ますと同時に、ほかの患者にも心の中でエールを送った。

壁の時計が間もなく午前十一時を過ぎる。朝の七時から来ているのに、未だ医者の顔すら拝んでいない。こめかみに脂汗《あぶらあせ》がにじむ。

それにしても、なぜこんなに待たせるのか。看護師たちは忙しげに立ち働いているが、医者はどうなのか。一度、医者も自分が病気になって、この長い待ち時間を味わってみたらいいんだ。こんなに待たせたら、それだけで体力を失ってしまうじゃないか。

マイクのスイッチが入る。次こそはと耳をそばだてるが、別の名前が呼ばれる。考えてみればまだ呼ばれるはずはない。マスクをした老人も、車椅子の老婦人も、自分より先に待っていた。しかし、順番はきちんと守られているのか。あとから来て、先に診察室に入った患者はいないか。そんなヤツがいたら許さない。

「小仲さん。小仲辰郎さん」

マイクの声ではなく、看護師に直接呼ばれた。何だろう。体調が悪そうだから、先に診察してくれるのか。片手をあげると、看護師は検査伝票を差し出して言った。

「先に血液検査をしてきてください。採血部は一階です」

また一階へ行かされる。上がったり下りたり三回目だ。脚がふらつく。しかし、五十代の自分が車椅子を頼むわけにはいかない。

採血部に行くと、また気の遠くなりそうなほどの患者が待っていた。それぞれの検査伝票に内科とか泌尿器科とか書いてある。全科から血液検査の患者が来ているのだ。

二十分ほど待ったとき、看護師が上等のスーツに身を包んだ太った男性を案内してきた。受付に何か言い、さっと採血室に通す。何だ、今のは。まさか順番を飛ばしたのじゃないだろうな。みんなつらい思いで待っているのに、コネや圧力で順番を守らないやつは断じて許せない。

小仲は立ち上がって、受付に歩み寄った。

「今の人はどうして先に入ったんです。おかしいんじゃないですか」

受付の女性は驚いたように小仲を見上げる。しかし、すぐ低姿勢に説明した。

「申し訳ございません。今の方はこちらの手ちがいで、検査伝票が受理されていなかったのです。もっと早くに採血しなければいけなかったので、先に入っていただきました。どうぞご理解のほどをよろしくお願いいたします」

ほんとうだろうか。なんだかマニュアル通りしゃべっている感じだ。今の男は政治家じゃないか。政界とか芸能界御用達《ごようたし》の大学病院もあると、週刊誌に書いてあった。VIP用のフロアがあって、アイドルの堕胎《だたい》から政治家の認知症まで、世間に知られたくない病気を診るのだという。その代わりに個室料は一日十万円。バカバカしい。恥を知れ。

大学病院は混んでいて、がんの手術でも一カ月ほど待たされることがあるらしい。待っている間に転移する危険もある。それでも最高の治療を受けたいから、みんな待つのだ。医者の知り合いだとか、有力な政治家だからと言って、順番を飛ばす者がいたら許せない。小仲にはルールを無視して、自分だけ得をしようとする人間がいちばん我慢ならなかった。

採血は簡単に終わった。腕は枯れ木のようになっているが、血管はまだ浮き出ている。消化器外科の外来にもどると、待っている人数はかなり減っていた。マスクの老人も、車椅子の老婦人もいない。

「小仲さん。六番の診察室にお入りください」

マイクで呼ばれる。やっと診察だ。疲れ果てて緊張する気力もない。いちばん端の部屋に入ると、まだ二十代らしい無愛想な医者が待っていた。こんな若いのが担当なのか。まさか、紹介状がないから新米にまわされたのではと、疑念が湧く。

「あの、先生が診察してくださるんですか」

「僕は予診です。診察は別の医師がします」

そうと聞いて安堵《あんど》する。医者はパソコンを開き、問診をはじめる。転移のこと、抗がん剤のことを話しながら、小仲は医者の反応を注視した。いくら予診係でも、治療の見込みがあるかどうかくらいわかるだろう。しかし、相手は仏頂面でキーボードを叩《たた》くばかりだ。

「では、待合室でお待ちください」

そそくさとカーテンの向こうに消えてしまう。

待合室にはもうほとんど患者はいない。結局、自分は最後だったのか。ほどなくマイクで呼ばれる。時刻は午後二時半。精も根も尽き果て、息をするのも億劫《おっくう》なくらいだ。それでも、ようやく目的の場所にたどり着いた。

待っていたのは、四十代後半の感じのいい医者だった。きちんとネクタイを締め、アイロンの利《き》いた清潔な白衣を着ている。

「長い時間お待たせしました。准教授の沢村《さわむら》です」

沢村はやや疲れた表情で自己紹介した。准教授なら安心だ。

「予診でだいたいのことは拝見しました。手術は三鷹医療センターで受けられたのですね」

「はい」

「今は肝臓と腹膜に転移している、と」

「そうです」

小仲は緊張する。死刑を求刑されている被告人のような気分だ。沢村は笑顔を崩《くず》さず、さわやかに言った。

「では、診察をさせていただきます」

看護師に促され、前をはだけて診療台に仰向《あおむ》けになる。沢村は乾いた手を腹部に当て、軽く触診した。右の肋骨の下に指を当て、何度か打診をする。

「はい。けっこうです。服を整えてください」

沢村は電子カルテに向かい、慣れた手つきで所見を打ち込んだ。

シャツのボタンを留め、患者用の椅子にもどる。看護師がプリントアウトした紙を沢村に差し出した。血液検査の結果が表になっていた。

「CEAという検査はご存じですか」

もちろん知っている。胃がんの腫瘍マーカーだ。正常値は5・0ng／ml以下。三鷹医療センターで最後に計ったときには273・8あった。目の前の紙にある値は311・0。

「三鷹医療センターで治療を続けずに、こちらに来られた理由は？」

「大学病院のほうが、いい治療が受けられると思ったからです」

「小仲さんはすでに手術を受けていらっしゃるし、肝臓も手術の適応ではありませんから、関連病院にご紹介しましょう」

どういうことか。小仲は性急に沢村に訊ねる。

「治療法がないということですか」

「いえ、そういうわけでは……」

「それならなぜここで治療してくれないのです。大学病院は最高の医療機関だと思うからこそ来ているのに、なぜほかの病院に行かせるのです」

詰め寄ると、沢村は逆に身を引いた。看護師のほうを見て、困ったように耳を掻《か》く。

「おっしゃる通り、大学病院は最高の医療機関です。だからこそ、最高の治療を必要とする患者さんの治療をしなければなりません。小仲さんの病気は、必ずしも大学病院でなくても、十分な治療ができる状態です。だから、そちらへ行っていただきたいのです」

「でも、私だって最高の治療が必要ですよ。同じ治療でも、大学病院で受けたいんです。そのほうが安心だし、万一のことがあっても、大学病院でだめだったならあきらめもつきます。だから、どうかここで治療してください。お願いします」

小仲は額を膝《ひざ》にすりつけんばかりに頭を下げた。

「小仲さん。どうぞ頭を上げてください」

「いえ。治療すると言ってくださるまで上げません」

「困りましたね」

沢村はしばし沈黙する。看護師は苛立っているようだが、沢村の声は穏やかなままだ。

「小仲さん。これは大学病院のルールでもあるのです」

「えっ」

思いがけない言葉に顔を上げる。

「大学病院では大勢の患者さんが治療を待っています。大学病院でしか治療できないむずかしい病気の人も多いのです。だから一般病院でも治療できる人は、そちらに行ってもらうようにしています。それが暗黙のルールなのです」

自分はルールを無視して、大学病院で治療を受けるべき人を押し退《の》けようとしているのか。さっき採血部で順番を無視した男のように。

小仲は激しく動揺した。大学病院のベッドは、治る見込みのある患者に譲るべきなのか。こちらも同じ患者なのに。しかし、ルールと言われれば仕方がない。残念だが、身を引くしかない。

「わかりました。じゃあ、先生のおっしゃる病院に行きます。紹介状を書いてください」

「ご理解いただき、ありがとうございます」

准教授が穏やかに微笑《ほほえ》んだ。強い立場にいる者の、満ち足りた笑みだった。

8

銀行重役の大腸がんの患者が退院した翌日、森川は六階の副院長室に呼ばれた。

「失礼します」

「ああ、忙しいのにすまないね」

副院長は席を立って、応接椅子を森川に勧めた。

「君が診てくれてる肝硬変の患者ね。食道静脈瘤のオペ待ちの」

あの大腸がんの患者と仲の悪かったゴマ塩頭の男性かと思い当たる。

「昨日の夕方、わたしの部屋に来てね。主治医を代えてほしいと言うんだ」

思わず声をあげそうになる。いきなり外科のトップである副院長に直訴《じきそ》するとは。目《ま》顔《がお》で問うと、副院長はひとつ軽くうなずいた。

「森川君の診療に問題がないことはわかってる。病棟の看護師長に聞いたら、ちょっとむずかしい人らしいな。同室の患者ともめたんだって」

「はい。二人とも私が主治医だったので」

「そういうときは、お互いが比べるから困るんだ。こっちが同じように接していても、本人同士は相手のほうがていねいに診てもらってると思ったりするからな」

森川は焦れて、性急に訊ねた。

「主治医を代えてほしいという理由は、何でしょうか」

「まあ、些細《ささい》なことだよ。今も言ったが、自分よりとなりの患者をよく診るとか、そんなことだ」

「そんなつもりは、決して」

「わかってる。ただ、患者と主治医がもめていると、手術もうまくいかないことが多い。たしかこの患者は、出血傾向があって血小板の回復を待ってるんだったな」

「そうです」

「で、君はどうする。主治医をやめたいなら代わってもいいし、続けたいならもちろんそれでもかまわんが」

森川は顔が紅潮するのがわかった。主治医交代は医師にとって大きな屈辱だ。

「私が続けて診ます。患者には理解してもらうよう話しますから」

「そうか。それなら任せるよ」

席を立ちかけると、副院長は森川を制するようにひとつ咳払いをした。

「わたしにも経験があるが、患者にはいろんな人がいるもんだ。ふだんはいい人でも、病気になると平常心を失う。気むずかしい人はよけい気むずかしく、怒りっぽい人はより怒りっぽくなる。そんな患者を怒らせる医者もいるし、怒らせない医者もいる。むずかしい患者とでも上手にやれるのは、レベルの高い医療だ。この患者は森川君にとって、ある意味で試練かもしれんよ。まあ、頑張りたまえ」

「わかりました。お騒がせして、申し訳ありません」

一礼して部屋を出たが、森川は頭に血が上ったままだった。同室の二人の診療に差をつけた覚えはない。雑談も同じようにしたつもりだ。ゴマ塩頭が銀行の重役に嫉妬《しっと》する気持はわかるが、それと診療をごっちゃにするのはまちがいだ。

外科病棟に行くと、看護師長と目が合った。森川はまっすぐ近づき、自棄っぱちのように頭を下げた。

「今、副院長室に行ってきました。ご迷惑をおかけして、すみませんでした」

言葉では謝っているが、気持が正反対なのはまるわかりだ。年配の看護師長は苦笑しながら、森川をなだめた。

「先生もたいへんね。いきなり副院長先生のところに行くんだものね。困った人だわ」

「あの人、副院長になんて言ったんですか」

「森川先生が依怙贔屓《えこひいき》するって。まるで小学生みたいなことを言うんだから」

森川はその言葉に過敏に反応した。

「冗談じゃない。いつ依怙贔屓をしたっていうんです。本人に聞いてきます」

飛び出しかけたところを、横にいた主任看護師に止められた。

「森川先生。ちょっと」

「何だよ」

主任看護師は森川と同い年だが、病院勤務は彼女のほうが数年長い。

「いいから、こっちに来て」

彼女は森川をだれもいない処置室に引っ張り込んだ。

「森川先生。今、あの人のところに行くのはまずいわよ。主治医は交代しないんでしょう」

「もちろんだよ」

「だったら、もう少し冷静にならないと」

「十分、冷静だよ！」

つい怒鳴ってしまい、自ら冷静でないことを証明してしまう。主任看護師は森川の気持が収まるのを待って、静かに言った。

「森川先生は悪くないわ。まちがってるのは赤鬼さんよ」

赤鬼というのは、看護師たちがゴマ塩頭につけたあだ名だ。酒やけした赤い顔に、いつも怒った目をしているから、そんなふうに呼ばれるのだ。

「あの人、身寄りがないでしょ。だから淋しいんだと思う」

「わかってるよ。でもそれは本人が選んだ人生だろう」

「そうよね。経済的に苦しいのだって自業自得よ。六十歳を超えても、自分で頑張ってる人はたくさんいるもんね。赤鬼さんは、言い方はよくないけど、社会の底辺で挫折《ざせつ》ばっかり味わってきたって感じよね。ひがみっぽくて、こらえ性《しょう》がなくて、怠《なま》け者で、すぐお酒に逃げて」

「主任さん、何が言いたいの」

「森川先生はエリートだけど、見えないところですごく努力もしてるでしょう。だから赤鬼さんみたいに、あんまり努力しない人は好きになれないのよね」

たしかにそうだ。しかし、患者の好き嫌いは、当然ながら抑えているつもりだ。

主任看護師が続ける。「でも、本人にはどうしようもないことだってあるでしょう。生まれつきの性格とか、才能とか。森川先生は努力家だけど、それは努力する才能に恵まれているからよ」

「努力する才能？」

妙な言いまわしに首を傾《かし》げる。

「そう。わたしなんか羨ましいと思うもん。頑張ろうと思っても、すぐ自分に負けてしまう。努力できるのもひとつの才能よ。森川先生はそんなこと意識したことないでしょう。はじめから与えられている人は感じないのよ」

たしかに森川は努力家だし、今があるのも努力のおかげだと思っている。大学受験や国家試験のときは、怠け心を抑えて懸命に勉強した。病院勤務をはじめてからも、優秀な医師になるために努力を続けてきた。それは自分の頑張りだと思っていたが、努力する才能のおかげだというのか。

戸惑いを浮かべると、主任看護師は軽く腕組みをして言った。

「森川先生は、青鬼さんみたいな人とは、うまくやっていけると思うわ」

「青鬼さん？」

「昨日、退院した銀行の重役さんよ」

赤鬼さんの横にいた大腸がんの患者だ。しかし、なぜあの穏やかな紳士が青鬼なのか。

「森川先生は知らないでしょ。あの人、そんなにいい人じゃないよ。先生の前では紳士ぶってるけど、看護師はメイド扱いだし、赤鬼さんともめたときも、ものすごくいやな目で赤鬼さんを見て、さも軽蔑《けいべつ》するように鼻で嗤《わら》ったのよ。陰湿な鬼だから青鬼よ」

知らなかった。穏やかで謙虚な人だと思っていたのに、それは医師向けの一面だったのか。森川は自分の見る目のなさにたじろいだ。

「看護師はドクターみたいに偉《えら》くないから、いろんなことが見えるのよ。だから、こうして必要なことを報告してるの」

森川は言葉に詰まる。

「赤鬼さんは入院が長引いてるでしょ。これから手術もあるし、精神的にまいってるんだと思う。だから、少し気持を考えてあげてほしいの。森川先生には、どんな患者さんともうまくやっていけるドクターになってほしいから」

「……」

返事をする代わりに、きつく目を閉じた。甘っちょろいドラマじゃあるまいし、主任看護師に言われたくらいで気持が収まるものか。毎晩遅くまで病院に残って、外来診察の日は満足に昼食もとれず、土日の当直で娘の運動会にも行けない。なのに、あんなひねくれ患者のために、なんでこんなに振りまわされなきゃいけないんだ。

知らず眉間《みけん》に深い皺《しわ》を寄せていた。主任看護師が冷ややかに見ている。

森川は唇を噛み、無理やり怒りを肚の中に押し込めた。

「じゃあ、ちょっと頭を冷やしてくるよ」

そう言って大きく息を吸い込み、医局の控え室に向かった。

9

小仲はアパートの前に立ち、急勾配《きゅうこうばい》の鉄階段を見上げた。モルタル塗りの中庭をはさんで、三階建ての部屋が向き合っている。二階の自室に上がることが途方もない難事業のように思える。それでも手すりを握り、一段ずつ上っていく。このやせた身体が重いはずはない。それなのに地の底へ引きずり込まれそうな重力を感じる。

部屋の前までたどり着き、鍵を開けた。台所つきの板の間を通り過ぎ、奥の和室に転がり込む。簡易ベッドの湿った布団に、がんの饐《す》えたにおいが染《し》みついている。

横向きから仰向けになり、さらにうつぶせになる。どう向きを変えても、だるさと圧迫感が消えない。身の置き所がない。壁に頭を叩きつけて、意識を失えればいいが、安《やす》普請《ぶしん》のアパートでは壁に穴が開くのがオチだ。寝返りが勢い余ってベッドから落ちてしまう。背中のだるさがたまらず、畳の上を転げまわる。死ぬまでこの苦しみが続くのか。だれか、なんとかしてくれ！

壁際に文庫本が平積みにしてある。壁二面に十列ほど。若いときからの習慣だ。こうしておけば本棚はいらないし、必要な本もすぐにさがせる。端のほうにがんの代替《だいたい》療法に関する本が二十冊ほどある。必死の思いで次々読んだが、どれもデタラメばかりで役に立たなかった。藁《わら》にもすがる思いで読んでいるのに、人の弱みにつけ込んで、いい加減な本を売る出版社は地獄に堕《お》ちろ。

何もする気が起こらない。着替えも、食事も。天井を見上げる。みすぼらしい羽目板に、気分が沈む。

東京医科理科大学病院でもらった紹介状は、名もない個人病院宛で、敗戦処理が見えだった。本気で治そうとしてくれる病院はないのか。わずかな可能性でも、それに賭けようとしてくれる医者はいないのか。

なんとか気を紛らせようと、小仲は這うように台所に行き、ウイスキーを取り出した。手術のあとはずっと禁酒していた。今も飲みたいわけではない。苦しみを和らげたい一心で、アルコールにすがろうとするのだ。

グラスに注ぎ、一息に飲み干す。のどが灼《や》ける。この強烈な刺激が、がん細胞を灼き殺してくれないか。

本の上に置いたDVDが目に止まる。廉価版で買った『ディア・ハンター』だ。小仲はこの映画が好きだった。ロバート・デ・ニーロ扮《ふん》する米兵のマイケルが、ベトコンの捕虜《ほりょ》になって、ロシアン・ルーレットをさせられる場面は何度見ても感動する。

DVDをセットして再生する。前半を早送りして、件《くだん》の場面を再生する。捕虜になったマイケルたちが、水牢《みずろう》に閉じ込められている。上の部屋からこめかみを撃ち抜く銃声が聞こえ、血がしたたり落ちる。マイケルの親友スティーブンは極限状態で、発狂寸前。同じくニックも放心状態。マイケルだけが確かな精神を保ち、脱出の方法を考える。そしてニックに言う。このままじゃ全員殺される。ロシアン・ルーレットの弾を三発にしてもらおう。

やがて二人は水牢から引き上げられ、勝負を強要される。一発目はニックが引き金を引く。弾は出ない。ここでマイケルは弾を二発追加させる。五つの弾倉に三発の弾丸。マイケルは大声で笑いながら、引き金を引く。弾は出ない。ふたたびニックの番になる。弾の出る確率は四分の三。ニックは怯《おび》えて引き金を引けない。マイケルはニックを怒鳴りつけ、激しく叱咤《しった》する。ニックは息も絶え絶えになりながら、かろうじて引き金を引く。弾は出ない。ふたたび銃がマイケルに渡る。次は確実に弾が出る。マイケルは自分のこめかみから、ベトコンのボスに銃口を向け、引き金を引く。ボスは即死。マイケルはすかさず残りの部下を撃ち、ニックもほかのベトコンに飛びかかる。マイケルとニックはスティーブンを解放し、川を下って脱出する。

何度見ても手に汗握る場面だ。小仲は捕虜になったロバート・デ・ニーロと自分を重ねる。マイケルの精神的な強靱《きょうじん》さが、自分にあるのか。極限状態に追い込まれても、なお生きる気力を失わない強さが。

ウイスキーの酔いが頭を痺《しび》れさせる。腸が刺激され、便意を感じる。トイレに行って便座に座るが何も出ない。隅に置いたA４サイズの事務封筒が目につく。中には二十枚ほどの紙が入っている。ネットのアダルトサイトからプリントアウトした画像だ。正面のクリップにはさんで、眺めながら自慰をするためのものだ。今はそんな気もまるで起こらない。

しかし、と小仲は思う。性欲は生命力の証《あかし》じゃないのか。自分にまだ残っているのか。剝《む》き出しのやせた両脚が目に入る。やってみろ。無理にでも気力を絞り出してみろ。『ディア・ハンター』のマイケルを思い出せ。生きる意志を自分に示せ。

封筒から中身を取り出し、順に眺める。性交している女、性器を露出している少女、悶《もだ》えている人妻。見飽きたものばかりだ。次々と床にばらまく。目を閉じ、空想をふくらませ、指で刺激する。しかし、身体は反応しない。あきらめるな。だめなのか。ふたたび画像を繰る。女の声を想像する。喘《あえ》ぐ女。切なげに眉《まゆ》を寄せる女。わずかに性器が膨張する。小仲は懸命に手を動かす。これまで経験したこともない努力。かすかな火種を炎にすべく、必死に煽《あお》る。想像力を総動員して、自分を励まし、息を詰める。生きろ、生きろ、あきらめるな。徐々に神経が浮揚する。大丈夫だ。おまえは負けない。生きろ、生きてゴールを駆け抜けろ。頼りないけいれんが起こり、弱い射精反射が三回ほど起こった。

うう……。

虚脱してうなだれる。おれは何をやっているのか。無理やり自分に課したハードルをクリアした。しかし、いったい何の意味があるのか。

便座に座ったまま、しばらく後ろにもたれていた。目を開けると、やせて土気色になった脚が目に入る。それとは対照的に健康そうな女たちが、床の画像で小仲を嗤っていた。重い身体を起こし、紙を拾い集める。封筒に入れ、思い切りねじ曲げる。こんなものを残しておいたら、死後まで恥が残ってしまう。這うようにトイレを出たあと、小仲は封筒をゴミ箱に捨てた。

10

森川は頭を冷やすべく、医局の控え室に向かった。三人の先輩医長が、ソファに座って雑談していた。

日ごろからぼやきの多い医長が、いつものようにぼやきはじめる。

「吉祥寺《きちじようじ》の開業医が送ってきた乳がんの患者には参ったよ」

せっかちな医長が「どうした」と聞く。

「骨盤に転移して、胸水もたまったバリバリの末期なのに、先進医療をやってる病院を紹介してくれって言うんだぜ」

「先進医療って何だい」

もう一人の頭脳明晰《めいせき》な医長が興味を示す。

「分子標的薬とかさ。テレビで見たんだと。この状況では効きませんと説明したら、やってみないとわからないじゃないかって、くってかかるんだぜ」

「テレビにも困るよな。患者に幻想をふりまくから」

せっかち医長が言うと、明晰医長が首を傾げる。

「しかし、胸水までたまっていて、まだ助かると思うのかね。ダメなことはわかりそうなもんだが」

「だから言ってやったんだよ。抗がん剤なんか使えば、命を縮めるだけですよって」

「そうだ。何もしないのがいちばん長生きする」

三人は声をあげて笑った。森川がぼやき医長に訊ねる。

「その患者さん、どうして先進医療にこだわるんですか」

「できるだけのことをやって、悔いを残したくないんだとさ」

「ズレてるよな。幻想を追い求めてるんだ」とせっかち医長。

「厄介《やっかい》な患者が多すぎる。なんとかしてほしいね」

ぼやき医長があきれたようにのけぞったので、森川も愚痴《ぐち》の口調で言った。

「僕も変な患者に困らされてるんです。診察で依怙贔屓をしたと言われたり、私に死ねと言うんですかって詰め寄られたり」

「何だい、その死ねと言うんですかって」

明晰医長が退屈しのぎのように聞く。森川は先日の一件をかいつまんで説明した。

「いるいる、そういうひねくれた患者」

「逆恨みだな」

「相手が悪いんだ。気にするな」

三人の先輩医長が森川を慰める。

「でも、どうして患者って最後まで治療したがるんですかね。副作用で苦しむより、思い残すことがないように好きなことをしたほうがよっぽどいいと思うんですが」

森川の疑問を明晰医長が冷静に分析する。

「患者というのは、望みがない状況になっても無理やり希望を作り出すんだ。そこに重大な問題がある」

せっかち医長が声色《こわいろ》を交えて言う。

「ときどき、『今はまだ死ぬわけにはいかないんです』とか言う患者がいるだろう。そんなこと言ったって死ぬものは死ぬさ。病気は人間の都合なんかかまっちゃくれないんだから」

「僕も言われたことがあります」

思わず言って、森川は口をつぐんだ。思い出したくない患者が頭をよぎる。中学生と小学生の姉弟を持つ三十八歳の母親で、スキルスタイプの胃がんだった。

――娘は多感な時期だし、息子はまだ九歳なんです。だから、わたしは死ぬわけにはいかないんです。森川先生、どうか、助けてください。

懇願《こんがん》され、森川も手術にベストを尽くした。しかし、すぐに肝臓に転移して、手術後四カ月で亡くなった。病室で泣きじゃくる子どもたちを前に、森川は肩を落とすしかなかった。

似たような経験はほかにもある。知的障害のある息子と母一人子一人の膵臓《すいぞう》がんの女性は、息子の将来を案じて最後まで死ねないと繰り返した。直腸がんが見つかった個人会社の社長は、今、倒れたら莫大な負債が残ると必死に治療にしがみつき、肺炎であっけなく死んだ。離婚してスナックをやりながら娘を結婚させ、ようやく楽ができると思った矢先に食道がんになった女性は、入院したまま亡くなった。ラグビー部で活躍していた二十一歳の青年は、念願の社会人チームへの加入が決まったあと肛門がんに倒れ、激しい痛みで一カ月以上ベッドの上で苦しみ抜いて死んだ……。

病気の理不尽さは、いやというほど身に染みている。がんはあらゆる個人の事情を無視して突然襲いかかり、患者を翻弄《ほんろう》する。医師は懸命に治療するが、病気には勝てない。そのうち、医師は気持が萎《な》え、達観するようになる。そうでないと神経がもたない。

考え込んでいると、また先輩医長の言葉が耳に入った。

「しかし、治療で命を縮めてたら何をしてるのかわからんよな」

「おれの肺がんの患者なんか、命が縮まってもかまいませんってはっきり言ったぞ。副作用より、何も治療しないでいることのほうがつらいんだと」

「困るよなあ。みすみす死を早める治療をするわけにいかんしな。治療の余地はないと言えば、森川みたいに、死ねと言うのかって怒られるし」

「じゃあ、どうすればいいんですか」

森川が聞くと、先輩医長たちは決まり悪そうに顔を見合わせた。明晰医長がおもむろに答える。

「いい質問だ。つまり、答えはないということさ。治らん患者は仕方がない。しかし、治る患者もいるだろ。我々はそういう患者に目を向けていればいいんだ」

「ははは。言えてる」

ぼやき医長が笑い、ソファに出しっぱなしのマンガを手に取った。せっかち医長もゴルフ雑誌を拡げ、明晰医長も新聞に目を落とす。三人とも患者の話はすっかり忘れたようだ。

答えはない。そうなのかもしれない。治らない患者は仕方がない。森川は自分を納得させ、考えるのをやめた。

11

日曜日の朝。何気なくめくった新聞に、小仲は釘付けになった。

『抗がん剤治療のエキスパート』

医者の中に、抗がん剤を専門に扱う「がん薬物療法専門医」という資格があるというのだ。抗がん剤は副作用が強く、次々と新薬が出るので慎重に使う必要がある。しかし、内科医や外科医は多忙なので、十分な修練を積む余裕がない。そこで二〇〇五年に、この資格が新たに作られたと書いてある。知らなかった。

インタビューを受けた専門医はこう語っていた。

『副作用で命を縮めるのは、使い方が悪いからです。しっかり対策をすれば、抗がん剤で確実に余命は延びます』

さらに次の記事に小仲は激しいショックを受けた。

『日本の抗がん剤治療は、たいてい外科医が手術のあと引き続きやっている。しかし、外科医は手術が本業なので、抗がん剤の治療にさほど習熟していない。漫然とマニュアル通りの投与をしているのが現状だ』

まさに自分のケースがそれだ。三鷹医療センターのあの医者は、手術の説明は堂に入っていたが、再発がわかったとたんにやる気をなくし、抗がん剤の説明はいかにもおざなりだった。

記事によると、がん薬物療法専門医はまだ七百人ほどしかおらず、絶対数が不足しているとのことだった。そういえば、三鷹医療センターにも東京医科理科大学病院にも、専門の科はなかった。抗がん剤を専門とする「腫瘍内科」はまだ珍しい科で、記事に取り上げられていたのも北海道と大阪の病院だった。

治療のためなら、北海道でも大阪でも行く。そう思いながら、小仲は記事の最後に出ている「腫瘍内科のある病院」という一覧表を見つめた。五十ほどの病院が列挙されている中で、都内に荻窪白鳳会病院《おぎくぼはくほうかい》というのがあった。荻窪なら井《い》の頭《かしら》の小仲のアパートからも遠くはない。

そう思って新聞を繰ると、読書欄のページに『がん徹底治療』という本が紹介されていた。著者は荻窪白鳳会病院の腫瘍内科医・徳永茂夫《とくながしげお》。先の一覧表に出ていた病院の医師だ。この偶然はいったい何か。たまたま見た新聞に、抗がん剤の専門医の記事が載っていて、そこで目をつけた病院の医師の著書が、同じ新聞に紹介されている。これが運命の示唆《しさ》でなくて何だろう。

小仲は夢中でその書評を読んだ。

「『転移したがんがあっても大丈夫。患者さんの第二の人生を精いっぱいサポートしたい』という徳永医師の言葉は、多くのがん患者に希望の光を与えるだろう」

この記事はまさに自分のために書かれ、天の導きで目の前に現れたとしか思えなかった。

翌月曜日、小仲は朝いちばんに荻窪白鳳会病院に電話をかけ、徳永医師の診察を受けたいと申し入れた。すると、いとも簡単にその日の午後の予約がとれた。大学病院でのことを思い出し、紹介状は持っていないとあらかじめ断ったが、案内の女性は「大丈夫ですよ」と優しく応じてくれた。

そわそわと落ち着かない気持で待ち、ちょっと早いが午後一時半に家を出た。気分が高揚すると食欲も湧く。だが、検査があるかもしれないので、絶食のほうがいいだろう。そう思うとよけいに空腹が募り、最近ないことに、ラーメンを食べたいという気になった。検査が終わってから食べればいい。想像しただけで、口の中にぎゅっと唾《つば》が湧いた。

荻窪白鳳会病院に着いたのは、予約の一時間近くも前だった。パステルカラーの近代的な内装で、吹き抜けのあるロビーはホテルのような快適さだ。初診受付に保険証を出し、診察カードを作ってもらう。問診票に記入すると、受付の女性が愛想よく受け取ってくれた。

ロビーで待つ間、小仲は不思議に気持が安らぐのを感じた。白鳳会病院は全国にチェーン展開する特定医療法人で、海外の病院とも連携している。それなら最先端の治療にも通じているだろう。正面の壁には「病院憲章」と書いた大きなボードが掲げられている。「何よりも患者様の治療を優先します」「常に患者様の立場になって考えます」などと宣言するように書いてある。きれい事かもしれないが、患者にすれば励まされる言葉だ。

しかし、予約時間が近づくにつれ、また不安が頭をもたげた。もし、ここでも治療法がないと言われたらどうしよう。徳永は本にはいいことを書いているが、実際の診察ではどう言うかわからない。もしだめだと言われたら、それこそ死だ。

いや、徳永は抗がん剤の専門医なのだから、これまで診察を受けた医師とはちがうはずだ。なんとか方法を考えてくれるだろう。しかし、副作用はどうするのか。いや、専門医ならその解決手段もあるだろう。しかし、それでも、やっぱり、しかし……。

堂々巡りをするうちに気分は沈み、さっきの食欲も消えてしまった。

午後三時の予約時間ちょうどに、小仲は腫瘍内科の外来に呼ばれた。暗い顔で診察室に入ると、四十代の医師がにこやかに白い歯を見せた。

「小仲さんですね。徳永と申します」

白衣の胸ポケットから名刺を取り出し、気さくに差し出す。医師から名刺をもらうなど、はじめてのことだ。小仲は慌てて札入れを出し、自分の名刺を手渡した。

「ほう、印刷会社にお勤めですか。問診票を拝見しましたが、これまでの治療経過をもう少し詳しくお聞かせ願えますか」

三鷹医療センターでの治療を説明すると、徳永は机のメモ用紙に走り書きをした。電子カルテはあるが、患者の前では入力しないようだ。

問診のあと、診療台に横になって触診を受けた。乾いた指が柔らかく腹部を押さえる。

「超音波の検査をさせていただきますね」

徳永は看護師に指示して、コピー機ほどの器械を診療台に横づけにした。端子《たんし》にゼリーを塗り、腹部に当てる。

「肝臓の転移は三個ですね。腹水も少しある、と」

モニターを見ながら、徳永が独り言のようにつぶやいた。

「あー、腹膜のリンパ腺にも、ちょっと大きいのがあるな」

やはり手遅れなのか。脇腹に汗が流れる。しかし、まだ血液検査もしていないのに、超音波の検査だけで最終的な判断は出ないだろう。

「はい。けっこうですよ。服を着てください」

どんな判決を下されるのか気が気でない。口が渇《かわ》き、息が震える。

着替え終わって椅子にもどった小仲に、徳永は背筋を伸ばして言った。

「ちょっとむずかしい状態ですね。うーん、どうしましょうか」

やっぱりだめなのか。絶望を覚悟したとき、徳永が小仲を気遣うように言った。

「検査が多くなりそうだから、やっぱり入院していただきましょうか。外来では通うのがたいへんでしょうから」

小仲は思わず身を乗り出した。

「じゃあ、治療をしてもらえるのですか」

「もちろんですよ。そのつもりでいらっしゃったんでしょう」

喜びが込み上げ、返事ができなかった。口を開けば涙があふれそうだった。やっと治療を引き受けてくれる医師に巡り会えた。しかも、抗がん剤の専門医だ。その喜びはとうてい口では言い表せない。この世のすべてがありがたくて、地面にひれ伏したくなるほどだった。

目を閉じ、ひとつ深呼吸をして心を静める。

「ありがとうございます。三鷹医療センターで治療の余地がないと言われ、大学病院でも診られないと言われて絶望していたんです。ここでも同じことを言われたらどうしようかと思って」

「つらかったですね。治療の余地がないなんて、腫瘍内科医はぜったい口にしませんよ。そんなことを言うのは外科の先生でしょう。こんなことを言うと怒られますが、外科医の抗がん剤治療はレベルが低すぎますから」

そうなのか。やっぱり新聞の記事は正しかった。ほっとすると同時に、三鷹医療センターの医者に対する怒りが込み上げた。あいつを見返すためにも、ぜったいに元気になってやる。

そう思ったとき、不吉な言葉がよみがえった。小仲は不安を隠しきれない気持で言った。

「前の病院では、余命は三カ月と言われたのですが」

徳永は頬を緩《ゆる》め、わずかに首を振った。

「医師の言う余命はアテになりませんよ。統計上のデータですから、小仲さんに当てはまるとはかぎらない。気にしなくていいと思いますよ」

「そうなんですか」

小仲は胸の奥底から喜びが湧くのを感じた。死刑囚が冤罪《えんざい》の再審決定を聞いたら、きっとこんな気分だろう。

治療はできるだけ早いほうがいいと言われ、さっそく明日入院することになった。まるで雲の上を歩いているようだった。地に足が着かないとはこのことか。病院を出て荻窪駅にもどると、近くからとんこつスープのいいにおいが流れてきた。小仲はさっきの食欲を思い出し、迷わず赤い暖簾《のれん》をくぐった。

カウンターに座り、メニューを見ながら威勢よく注文する。

「チャーシュー麺！」

ちょっと無理かなと思ったが、かまうものか。

目の前に湯気の立つ丼が置かれる。箸を割り、麺をすくい上げたとき、ふいに強烈な吐き気が突き上げた。

口を押さえてトイレに駆け込む。何も食べていないのに、なぜだ。空えずきにせき上げられ、便器に顔を伏せる。身体がよじれる。見えないヤクザに腹と鳩尾《みぞおち》を蹴り上げられるようだ。歯を食いしばって苦痛に耐えながら、小仲は念じた。

大丈夫だ、へこたれるな、明日から新しい治療がはじまる……。

12

日曜日の午後、森川は昼食を終えたあと病院に向かった。重症患者がいなくても、時間があるときは病院に行く。日曜日に顔を出すと、患者との信頼関係が深まり、治療がしやすくなるからだ。

休日出勤の看護師とも軽口をたたき、森川は機嫌《きげん》よく病院を出た。今日は新宿で買い物の予定だった。JR新宿駅の南口に行くと、改札を出たところでちょうど瑤子と可菜が歩いてくるのに出会った。

「グッ・タイミン」

にこやかに手を振り、京王《けいおう》百貨店七階の子ども服売り場に直行する。買い物のメインは可菜の冬用のコートだ。まだ十月なのに売り場はすっかり冬モードになっている。

「可菜。こんなのいいね」

森川がケープつきのコートを指さす。

「それカシミアじゃない。予算オーバー」

瑤子が値段をチェックして即、却下する。森川は自分の買い物以上に熱心に見てまわり、裾《すそ》広がりのダッフルコートを取り上げた。

「これはどう。かわいいぞ」

「そうね。いいかも」

瑤子も気に入ったようすだ。真っ赤なフェルト地に、濃いグリーンのラインが入っている。内側のタータンチェックも高級っぽい。

「クリスマスカラーでいいだろう。暖かそうだし」

「でも、こっちのほうがいいんじゃない」

瑤子が手にしたのは、同じデザインで赤とグリーンを入れ替えたものだ。

「それは地味だよ。可菜には赤のほうがぜったい似合うよ」

「あら、グリーンのほうがオシャレよ」

「赤のほうが女の子らしいって」

夫婦とも譲らず、結局、可菜に聞いてみることになった。それぞれが推薦のコートを持って、娘の前にしゃがみ込む。

「可菜。どっちがいい。赤のほうがかわいいぞ。緑なんか、男の子みたいだよな」

森川はつい言葉を重ねてしまう。瑤子は黙って笑みを浮かべるだけだ。可菜は口を尖《とが》らせて迷っていたが、やがて「こっち」とグリーンのコートを指さした。

「ほらね。可菜はセンスがいいわ」

勝ち誇ったように瑤子が言う。森川は渋々《しぶしぶ》赤のコートをハンガーにもどす。

ほかに可菜の帽子、瑤子のスカーフと森川の革手袋を買って百貨店を出た。

「天気いいからサザンテラスに行ってみようか」

森川は家族で街を歩くのが好きだ。可菜を真ん中に三人でゆったり歩くと、豊かな時間が感じられる。新宿サザンテラスには太陽が降り注ぎ、斜め前にニューヨークの摩天《まてん》楼《ろう》かと見まがうようなドコモタワーがそびえている。

「ケーキ、ほしい」

可菜がオープンカフェに向かって走る。森川は芝生に面した席を取り、娘と自分用にケーキセットを注文した。瑤子はハーブティーでいいと言う。

「気持いいね」

雲ひとつない青空を見上げて、身体を伸ばす。可菜は早々にケーキを食べ終え、目の前の鳩を追いかけはじめた。

「この前、医局で先輩医長と話してたら、みんな困った患者が多くて苦労してるみたいだったよ」

「困った患者って？」

「末期がんなのに、テレビで見た先進治療をしてくれって言う患者とか」

「テレビの影響は大きいよね」

「それに患者ってほんとうにあきらめが悪いんだよな。いつまでも治療に執着してさ」

瑤子がハーブティーを口元に運び、目を細める。

「患者さんが治療に執着するのは、当たり前じゃない。だれだって病気は治したいもの」

「でも、そうやって治療にすがることが時間を無駄にするんだよ。残された時間は限られてるんだから、気持を切り替えて有意義に過ごしたほうがいいだろう」

「でも、治療にすがるって無駄なことかな」

何を当然なことをといぶかると、瑤子はひとつうなずいて森川に言った。

「やっぱり無駄じゃないわよ。効果がなくても、治療をしている間は希望が持てるもの。希望は生きていく支えでしょ。それなしに時間を有意義に過ごせないわ。だって、好きなことをするといっても、絶望してたらだめでしょう」

「そりゃ治療に執着してるからだよ。絶望ってのは、望みがあるから起きるわけで、治療の余地がないという現実を受け入れれば、気持も落ち着くさ。いわゆる死の受容だよ。それができてはじめて、残りの人生を自分らしく生きられるんだ」

「そんなふうにできる人は少ないわよ」

「じゃあ、虚《むな》しい希望を捨てられない人のために、副作用のある治療をやれって言うのか。明らかに命を縮めるとわかっているのに」

瑤子は声のトーンを落として聞く。

「副作用のない治療はないの？」

「ビタミン剤みたいなものならあるけどね。それをよく効く薬ですって言って出すの？そんなの詐欺《さぎ》じゃないか」

「でも、何もないより安心するんじゃないの」

「そんなのまじないと変わらない。僕は嘘やごまかしはしたくない」

「良ちゃんの気持はわかるよ。でも、どうなんだろ」

「何が」

「うーん、なんか溝《みぞ》を感じるな」

　瑤子はポットからハーブティーを注ぎ足し、ゆっくり飲んだ。

　森川はなんとか解決に近づく答えはないかと考えを巡らせる。考えるのは嫌いではない。学生時代から、試験でもむずかしい問題ほどファイトが湧いた。

「患者が現実を受け入れられないのは、心の準備が足りないからじゃないか。だれでもがんや脳梗塞《のうこうそく》でいつ倒れるかしれない。だから、ふだんから心づもりをして、今を精いっぱい生きていれば、いざとなってもまだしも冷静に受け止められるんじゃないかな」

　何気なく言ったつもりが、いきなり瑤子の声が尖った。

「じゃあ、良ちゃんはいつがんになってもいいように心づもりしてるの？　自分のことだけじゃないよね。わたしががんになるかもしれないし、可菜が小児がんになるかもしれない。可菜は交通事故に遭うかもしれないし、O《オー》-157にあたるかもしれないし、地震で建物の下敷きになるかもしれないし、プールで溺《おぼ》れるかもしれない。それもこれも全部心づもりしてるの？　してれば受け入れられるの？」

「どうしたんだよ、急に」

「急じゃないわよ。良ちゃんはいつもそうやって頭で考えすぎるのよ。人間はそんな理屈通りにはいかないよ」

なぜ瑤子が急に反発したのか、森川にはわからなかった。自分の何かが妻を苛立たせたのはまちがいない。頭で考えることがいけないのか。しかし、考える以外に、どうやって答えにたどり着けばいいのか。

森川はもう一度、考え直した。自分に正直になること。それ以外にない。

「もし、瑤子や可菜が事故で死んだら、僕はどんなに心の準備をしていても、きっと受け入れられないと思う。頭がヘンになるくらい悲しむだろう。でも、病気で死ぬとなったら、少しちがうと思うんだ。医学の知識がある分、自分や君や可菜の治療でも、あらぬ期待は持たない。もうだめだとなったら、治療はしない。だって、害にしかならないんだから。治療の余地がないという現実を、しっかり受け止めて、少しでも後悔しないように、残された時間を大切にすると思う。思い出をいっぱい作って、君たちといっしょにいられる一分一秒を、決して忘れないように、精いっぱい生きるよ。最後のそのときが来るまで、一生懸命に生きる。それが悔いや悲しみをいちばん少なくする方法だからだよ。だから、患者にもそうしてほしいんだ」

自分に確かめるように、ゆっくり話すと、瑤子も気持を鎮《しず》めたようだった。視線を落とし、瑤子が小さくつぶやく。

「つらいよね。だれのところにも、そんなことが起こらなければいいのに」

それはそうだが、止められない。結局、自分には大したことはできない。青空、光、行き交う人々。目の前の情景が、解読不能なだまし絵のように見える。無邪気に遊ぶ五歳の可菜。もし、彼女が目の前から消えてしまったら。

そう思っただけで、森川は地の底へ堕《お》ちていくような恐怖を感じた。

13

荻窪のラーメン屋では、結局、一口も食べずに店を出た。それでもアパートに着くころには吐き気もおさまり、夕食時には買い置きのヤクルトを一本飲むことができた。焦《あせ》りは禁物だ。小仲は自分に言い聞かせた。病気の治癒など、まだまだ先の話だ。それなのに、ちょっと気分がいいからといって、チャーシュー麺を注文するなんて調子に乗りすぎだ。

明日からの治療がいよいよ本番だ。楽観してはいけない。いくら専門医の治療でも副作用はあるだろう。三鷹医療センターの治療よりも苦しいかもしれない。だが、どんな苦痛にも耐える覚悟だ。治療を続けてこそ、未来は開けるのだから。

翌日、小仲は期待と緊張を胸に病院に向かった。受付をすますと、すぐに四階の腫瘍内科病棟に案内された。ナースステーションに徳永が待っていた。

「小仲さん。体調はお変わりありませんか」

「大丈夫です。どうぞよろしくお願いします」

昨日の吐き気のことは言わないことにした。あれはラーメン屋に入ったのが原因だ。体調が悪いと判断されて、治療が中止になったらたいへんだ。

部屋は四人部屋で、入ってすぐの右側のベッドをあてがわれた。愛想のよい看護師が入院の決まりを説明してくれる。そのあと、さっそく血液検査があった。午後には胸部と腹部のレントゲン、全身のCTスキャンがあるという。早くも治療がはじまりつつあることが実感され、小仲は胸の高鳴る思いだった。

「専門医のいる病院はやっぱりちがうね。やることが早いわ」

看護師に言うと、「わたしたちは常に患者様の立場になって考えていますから」と、明るい笑顔を返してくれた。ロビーに掲げられていた「病院憲章」の通りだ。さすが私立だけあって、サービス教育が行き届いている。

昼食後に、二種類の薬が配られた。何の薬かと訊ねると、抗生剤だと教えてくれた。

「抗がん剤がはじまると、白血球が少なくなって、感染症になりやすくなるので、予防的に抗生剤をのんでいただくんです」

なるほど。先を読んで対策を講じるというわけか。行き届いた危機管理だと小仲は感心する。

午後の検査からもどったあと、同室の患者たちに改めて挨拶をした。彼らは徳永が主治医ではなく、もう一人の若い腫瘍内科医が担当だった。病気はそれぞれ直腸がん、膀《ぼう》胱《こう》がん、皮膚がんらしい。腫瘍内科だけあって、いろんな科の患者がいるようだ。小仲より若そうな患者もいたが、三人ともあまり元気がない。全員が鎖骨《さこつ》の下に点滴の管を入れている。「中心静脈ルート」と呼ばれるものだということは、三鷹医療センターにいたときに知った。重症の患者にするものだと思っていたが、この病棟では、行き交う患者のほとんどがこれを入れている。

小仲は自己紹介がてら、自分の病歴をかいつまんで話した。

「私は早期の胃がんだったのですが、手術のあと肝臓と腹膜に転移して、もう治療法がないと言われて、絶望していたんです。でも新聞で、がん薬物療法専門医というんですか、ここの徳永先生みたいなお医者さんがいるのを知って、昨日、ダメ元で診察を受けたら、治療してもらえることになったんです。もう天にも昇る気持でしたよ」

興味を持つ人がいたら、いくらでも話すつもりだったが、だれもそんなそぶりは見せなかった。

「みなさん、もう入院は長いんですか」

小仲が聞くと、直腸がんの患者は四カ月、膀胱がんと皮膚がんの患者はすでに半年を超えているとのことだった。自分もそれくらいの入院が必要なのか。落ち込みかけたが、抗がん剤は短期決戦ではない、副作用と折り合いをつけながらする長期戦なのだと、自分を納得させた。

翌朝、徳永が来て今後の治療方針を説明した。

「昨日のCTスキャンでは、やはり肝臓と腹膜リンパ節への転移が確認されました。でも、いい方法がありますから、それを試してみましょう。週に一回、タキソールという抗がん剤を、お腹の中に直接注入するのです」

そんな方法があるのか。三鷹医療センターでは一度もやっていない。やはり専門医ならではの治療だ。

「それから口からのむ抗がん剤も出します。TS－1という薬ですが、これは毎日のんでいただきます」

「わかりました。よろしくお願いいたします」

「CTスキャンやMRIの検査は定期的に行います。薬が効いているかどうか確認する必要がありますからね。治療の効果は学会に発表したいので、データをとらせていただいてもいいでしょうか。それと、これは予防的な処置なのですが、中心静脈ルートといって、鎖骨の下に刺す点滴を入れたいのですが」

「はい……。でも、あの、予防的な処置というのは」

遠慮がちに聞くと、徳永はいやな顔をせずに答えてくれた。

「このルートを入れておけば、いつでも高カロリー輸液ができるのです。抗がん剤の副作用で食欲が落ちたとき、栄養を補う必要がありますからね。手や足の点滴では、静脈が細いので、濃度の高い点滴はすぐ静脈炎を起こすのです。鎖骨の下から大静脈までカテーテルを通しておけば、カロリーの高い点滴ができます」

説明を終えて病室を出て行こうとした徳永は、思い出したように立ち止まり、小仲のそばにもどってきて声をひそめた。

「こんなことを申し上げると失礼かもしれませんが、専門的な治療はかなり高額になります。一昨日いただいた名刺では、印刷会社にお勤めのようですが、今はお仕事は」

「休職しています」

「そうですか。民間の医療保険か何かには、加入されていますか」

「いえ」

徳永はむずかしい顔で顎《あご》を引き、口をつぐんだ。小仲は不安になって訊ねた。

「高額な治療というと、どれくらいになるのですか」

「自己負担が三割ですと、薬剤費だけで一カ月に約三十五万円」

「そんなに」

思わず声が出た。徳永は深刻そうにつけ加える。

「別に検査や入院の費用が十五万円ほどかかります。もちろん、高額療養費制度を使えば、あとで限度額以上は返ってきますが」

小仲は自分の貯金を思い出し、背筋が寒くなるのを感じた。普通口座に八十万円ほど、定期預金は三百万円ある。単純に計算して一年ももたない。

徳永がひとつ咳払いをしてベッド横のパイプ椅子に座り直した。さっき以上に低めた声で、謀議を持ちかけるように言う。

「もし、ご負担が重すぎるようでしたら、生活保護を申請するという手もありますが」

オウム返しに聞くと、徳永は同室の患者を気にするように人差し指を口元に立てた。

「生活保護、ですか」

「休職されているなら、給与はかなり減額されるでしょう。それに長期の休職は心理的な負担にもなりませんか」

たしかに復職の目途《めど》もなしに、いつまでも会社に甘えているのは心苦しい。しかし、あとで返ってくるなら自己負担分を支払うことは不可能ではない。

「生活保護なんて考えたこともありませんでしたが、申請は無理なんじゃないですか。わずかですが預金もありますから」

「預金は引き下ろしてタンス預金にすればいいですよ。現金はじゃまにはならないでしょう」

「でも、どうして先生がそんなことまで」

「患者さんの生活全体を考えるのが、白鳳会病院の医療なのです。医学的な視点だけで治療して、病気は治ったけれど、生活が立ちゆかないなんてことになれば申し訳ないので」

この病院はそこまで患者のことを考えてくれているのか。

徳永は席を立ちながら、穏やかに言った。

「よけいなことを申し上げたのなら、失礼をお許しください。抗がん剤の治療は保険で認められない薬を使うこともあります。そうなると、かなりの金額にもなるので、預金はそちらにまわしていただいたほうがいいでしょう。もし、手続きが必要でしたら、患者相談室に医療社会福祉士がおりますから、いつでもおっしゃってください」

ていねいに一礼して、病室を出て行った。

小仲は改めて預金の残高を思い浮かべた。保険適用のない薬を使うとなれば、自己負担になるだろう。先のことを考えて、早めに生活保護を申請したほうがいいのだろうか。貯金を隠して申請すれば不正になる。それは避けたいが、命には代えられない。そもそも、経済的な余裕がないために、命のことで悩まなければならない世の中がまちがっているのだ。

小仲はやり場のない思いに歯嚙みし、頭から布団をかぶった。

14

木曜日の夜、新宿のハル・ステートビルで、キューブリック製薬が主催する研究会が開かれていた。

講演のテーマは「腫瘍内科医による抗がん剤治療」。森川は後輩の医師二人と聴きに来ていた。

会場には六十人ほどの医師が集まっている。こういう研究会ではいつもそうだが、演壇は豪華に飾られ、聴衆用には座り心地のよい椅子が並べられている。

「キューブリック製薬は景気がいいからな。懇親会が楽しみだよ」

「そうだな。この前はキャビアが食べ放題だったからな」

同行の二人は講演後の懇親会が楽しみのようだったが、森川は研究会の内容に興味があった。抗がん剤の専門家であるがん薬物療法専門医の話が聞けるからだ。

抗がん剤は森川も使っているが、一般的な知識しかなく、今ひとつ治療に確信が持てなかった。専門医の話を聞けば、コツのようなものがつかめるかもしれない。そう思って研究会に参加を申し込んだのだ。

ふたつある演題のうち、ひとつ目は首都医療大学の腫瘍内科准教授による発表だった。再発した胃がんに対するTS－1の治療効果である。この薬は副作用が強いが、准教授は毎日ではなく、一日おきに服用する「隔日投与法」を考案していた。これにより、効果は維持したまま副作用を軽減し、長期の延命が可能になったと、准教授は胸を張った。

なるほど、隔日投与はひとつのアイデアだ。しかし、森川には「長期の延命」という言いまわしが気になった。発表では、「生存期間中間値」（百人の患者のうち、五十番目に死んだ人の死亡時期）が、無治療の場合は三から四カ月であるのに対し、TS－1で治療した場合は、八から十四カ月に延びるとのことだった。その差はたったの五から十カ月。これを「長期の延命」と言えるのだろうか。

患者にすれば、「長期の延命」といえば、五年とか十年をイメージするのではないか。しかし、准教授も聴衆も、「長期」という表現に何の違和感もないようだった。

次の演題は、がん医療センターの医師による肺がん治療の発表だった。肝臓に転移した肺がんの患者のうち、二八パーセントが新薬で転移がんが縮小したという報告である。この医師も先の准教授と同じくがん薬物療法専門医で、長年の経験からして「新薬の効果は画期的」と自画自賛した。

わずか二八パーセントの効果で、「画期的」と表現できるのだろうか。肝臓に転移した肺がんの治療はたしかにむずかしい。絶望的な状況からすれば、それだけでも「画期的」といえるのかもしれない。しかし、一般の患者は、処方された薬が四人に一人強しか効かないとはだれも思っていないだろう。必ず効くと思うから、脱毛も吐き気も我慢して治療を続けるのだ。

実際、抗がん剤は一般の人が思うよりはるかに効かない。分子標的薬で乳がんの特効薬のようにもてはやされるハーセプチンでも、遺伝子的に有効なタイプは乳がん全体の約三分の一で、そのタイプの約半分に効果を発するにすぎない。すなわち、六人に一人しか効かないということだ。それで特効薬といえるのだろうか。

さらに森川が疑問に思うのは、抗がん剤ではがんは治らないという事実を、ほとんどの医師が口にしないことだ。それはあたかも当然すぎて、今さら言う必要もないと思われているかのようだ。医師が目指すのは、がんの縮小や腫瘍マーカーの低下、すなわち延命効果でしかない。がんを治すことなどはじめから考えていないのだ。

しかし、大半の患者は、抗がん剤はがんを治すための治療だと思っているだろう。治らないとわかって薬をのむ人はいない。この誤解を放置しているのは、ある種の詐欺ではないか。

しかし、医師は反論するだろう。自分たちは「効く」とは言っても、「治る」とは言っていない、患者が勝手に誤解しているだけだと。

では、なぜ医師は事実を明かさないのか。それは患者を絶望させたくないからだ。そうやって患者の気持を思いやるふりをしながら、本音では医療の限界を認めたくないという気持もある。がんは治らないと認めることは、敗北宣言であり、自己否定にもつながるのだから。

　演壇では二題目の発表が終わり、続いてキューブリック製薬のＭＲ（医療情報を担当する営業マン）が、新しい抗がん剤の説明をはじめた。製薬会社が研究会を催すのは、この自社製品の宣伝が主目的である。

　十五分ほどの説明が終わると、会場をとなりに移して懇親会となった。シャンデリアの下に豪華な料理が並んでいる。今夜のメインは三田牛《さんだぎゅう》のローストビーフと、オマール海老のクリーム煮だ。シャンパンで乾杯のあと、医師らは体裁を取り繕《つくろ》いつつも、我先にと高級料理のコーナーに群がる。後輩二人も皿いっぱいに料理を盛り、ワイン片手にせわしなげに飲み食いしている。森川とて上品に構えているわけではない。研究会の終了が午後八時半を過ぎていたので、かなりの空腹だった。手近なところからスモークサーモン、鴨のロースト、生春巻などを皿に取り、割り箸で食べはじめる。

　人心地がついたころ、顔見知りのＭＲが近づいてきた。

「森川先生。本日はご参加いただき、ありがとうございます」

「こちらこそお世話さま。なかなかためになる研究会だったよ」

　お愛想を言うと、ＭＲはしきりに恐縮した。森川はふと思いついて言った。

「だれか、がん薬物療法専門医を紹介してもらえないかな。個人的に話を聞いてみたいんだ」

「承知しました」

　左右をさがし、壁際にいる医師のところへ森川を連れて行った。紹介されたのは、やや暗い表情の医師だった。新宿中央病院の腫瘍内科医長だという。

「はじめまして。三鷹医療センターの外科の森川といいます」

　自己紹介をしてから、外科医の抗がん剤治療はほとんど当てずっぽうだと正直に言い、治療のコツがあれば、ぜひ教えてほしいと率直に頼んだ。

「特別なものはありませんよ。専門医だって迷ってばかりですから」

　相手はなぜか投げ遣《や》りな感じだった。安易にコツなど聞いたので、気分を害したのか。口をつぐむと、相手はいきなり思いもかけないことを言った。

「わたしはもうすぐ病院をやめるんです」

「開業されるということですか」

「いえ。しばらく何もしないつもりです」

「どうして……」

　事情を聞いていいのかどうかわからないまま、森川は相手を見た。医師は小さなため息をついて、問わず語りに話しだした。

「医師ならだれでも病気を治したいと思うでしょう。腫瘍内科医はそれができないんです。当たり前のことですが、抗がん剤ではがんは治りませんからね。自分の仕事は、患者さんに残された時間をどうサポートするかということです。でも、多くの患者さんががんを治してくれと求めてくる」

森川が感じる疑問と同じだ。この医師も患者との意識のギャップに悩んでいるのか。

「この前も、胆のうがんの女性で苦労しました。黄疸《おうだん》が出て、これまで十二種類の抗がん剤を使ったのですが、効く薬がなかったんです。これ以上治療したら副作用で逆に命を縮める状態なのに、どうしてもわかってくれない。まだ子どもが小さいから、死ぬわけにはいかないと、強硬に治療を求めるのです。治療を続けているかぎり自分は死なないはずだと泣き崩れて。もうどうしたらいいのかわからない。こちらまでおかしくなりますよ」

外科医は手術で治る患者がいるだけ救われる。腫瘍内科医は再発や手遅れの患者ばかりを押しつけられて、精神的に追い込まれるのだろう。

森川は同情しつつも、なんとか状況を打開する道はないかと考えた。

「差し出がましいようですが、がんは抗がん剤では治らないことを、もっと情報として世間に広めたほうがいいんじゃないですか。そこがはっきりしないから、多くの患者があらぬ希望に振りまわされるように思いますが」

「そうかもしれません。でも、世間もメディアもきれい事ばかりもてはやして、いやな現実からは目をそむけますからね。今は弱い人への優しさばかり求められる。それが弱い人をさらに弱くして、多くの人を苦しめているのだけれど、厳しいことはなかなか言えない」

「ですよね」

森川は鬱然《うつぜん》とした気分で相槌《あいづち》を打った。重苦しい沈黙が訪れかけたとき、相手の医師はひとつ大きく息を吸った。

「さっき、何もしないと言いましたが、実は来年の二月から、JICA《ジャイカ》の専門家としてタンザニアの医療協力に行く予定なんです」

JICA（日本国際協力事業団）のことは、森川も聞いたことがあった。

「アフリカでは、まだまだ助かる命が失われていますからね。それを救えれば、わたしも少しは心が安まるかと思って」

「いいですね。ぜひ頑張ってください」

励ましの言葉をかけながら、森川は医師の言ったことの裏の意味を考えた。アフリカでは助かる命が死んでいるが、日本では助からない命を無理に助けようとしている。

15

入院した翌日の午後、小仲は処置室で鎖骨の下に中心静脈ルートを入れてもらった。これでほかの患者同様、どこへ行くにもキャスターつきの支柱に点滴パックをぶら下げて歩く身となった。治療はその後、予定通り進められたが、必ずしも順調というわけにはいかなかった。やはり副作用が出たのだ。

入院の翌々日、小仲はタキソールの腹腔《ふくくう》内投与を受けた。へその横に局所麻酔をして、テフロンの細いチューブで薬液を注入するだけの簡単な処置だったが、その日から激しい嘔吐と下痢に見舞われた。

徳永は制吐剤と下痢止めを処方してくれたが、どちらも錠剤が消化される前に吐いてしまう。抑えようにも、突き上げる嘔吐反射を止められない。無理にこらえると、食道が裏返るのではないかと思うほど、強烈な嘔吐が起こる。まさしく身体に毒を入れられた感じだが、治療だから耐えるしかない。徳永は点滴にも制吐剤を入れてくれたが、効果はなかった。

初日からこんなことでは、どうなることかと危ぶまれたが、幸い二日後には吐き気も下痢も少しましになった。身体のだるさは残っているが、ベッドに横になればなんとかしのげる。食事は半分くらいしか食べられないが、いざとなれば、中心静脈ルートで高カロリー輸液をしてもらえると思うと心強かった。

体調が落ち着くと、ふたたびCTスキャンとMRIなどの検査がはじまった。血液検査は一日おきに行われる。そんなに血を抜いて貧血にならないかと心配だったが、専門医の指示なのだから大丈夫だろう。検査した日の夕方には、徳永が結果を知らせに来てくれる。

「血液検査は異常ありません。肝機能も腎機能も問題ないです。白血球も十分あるし、電解質も狂っていません」

異常がないなら、一日おきに検査する必要はないのではと思ってしまう。しかし、もちろん口にできない。

「ありがとうございます。これだけ万全な検査をしていただければ、私も安心です」

わずかに力を込めて仄《ほの》めかすと、徳永は察しよく小仲に説明した。

「検査が多いとお感じかもしれませんが、抗がん剤治療はいつ患者さんの状態が変わるかわからないのです。ほんとうは毎日でも検査したいところなのですが、健保連《けんぽれん》がレセプト審査で削ってきますのでね」

レセプトとは診療報酬の請求のことだ。医療保険の給付をする健保連が、支払いを渋って審査で請求を削るのだと、徳永は嘆《なげ》いた。

小仲は眉をひそめて聞いた。

「必要な治療なのに、どうして削るのですか」

「そこがお役所仕事なんですよ。画一的というか、腫瘍内科医がいくら必要だと言っても、一般の医師はそこまでしないからと受けつけないのです」

「でも、抗がん剤の治療は先生のほうが専門でしょう。専門医の言い分を無視して、片手間にやっている医者のやり方を優先するなんて、不合理にもほどがある」

小仲は矛盾を感じ、声を荒らげた。徳永はあきらめ顔で首を振る。

「仕方ないんです。でも、どうぞご心配なく。小仲さんの治療にはたとえレセプトで削られようとも、必要な検査や治療はすべてやりますから」

徳永は笑顔でうなずき、病室を出て行った。小仲は、徳永が主治医でよかったと自分の幸運を喜んだ。


翌週、タキソールの二回目の腹腔内投与が行われた。最初の投与で激しい嘔吐と下痢に苦しめられたので、小仲は不安だったが、あらかじめ強めの制吐剤と下痢止めを服用すれば大丈夫と、徳永が説得した。

「先手必勝ですよ。副作用がきついということは、効果も強いということです。がんも苦しんでいるのです。頑張りましょう」

「先週の腹腔内投与は、効果があったのですか」

「まだ一回目ですからね。はっきりしたことは言えませんが、少なくとも転移は大きくなっていません。抑止《よくし》効果はまちがいなくあります。今度は副作用の予防に、ステロイドも入れておきますから」

しかし、注入後の副作用は前にも増して強く、激しい嘔吐と下痢は三日間続いた。全身がたまらなくだるい。トイレに行くにも、吐くための膿盆《のうぼん》を構えるにも看護師の助けが必要となり、申し訳ないと思いながら、ナースコールを押さざるを得なかった。症状がおさまってからも食事はほとんどとれず、注入の翌日からはじまった高カロリー輸液がそのまま継続された。

「高カロリー輸液さえしておけば、絶食でも栄養は心配いりません。下痢で失った水分も補給できますから、脱水症の危険もありません。早めに中心静脈ルートを入れておいてよかったですよ。状態が悪くなってからだと、入りにくい場合がありますから」

「……ありがとうございます」

息も絶え絶えの小仲は、徳永の説明に礼を言うのが精いっぱいだった。口からは何も食べられなくなったが、徳永は経口の抗がん剤TS－1だけは続けてくれた。小仲にもそれはありがたかった。自分が苦しいということは、がんも苦しいということだ。この苦しみに打ち克《か》てば、きっと道が開けるにちがいない。

二回目のタキソールから五日後、小仲はわずかに元気を取りもどし、採血の結果を知らせに来た徳永に訊ねた。

「徳永先生。あの、前から聞こうと思っていたのですが、腫瘍マーカーはどうなっています」

「調べてますよ。でも、ちょっとね、結果が思わしくないので……」

「どれくらいなんです」

小仲は緊張して耳をそばだてた。徳永は申し訳なさそうに声を落とした。

「先週の値しか出ていませんが、たしか、CEAは724」

まさか！　小仲は思わず枕から首を起こした。東京医科理科大学病院で調べたときには、311・0だったはずだ。あれから二十日ほどしか経っていないのに、倍以上になっている。これで抑止効果があると言えるのか。小仲は急に目の前が真っ暗になり、ふたたびベッドに頭を落とした。

徳永が弁解するように言葉を紡《つむ》ぐ。

「小仲さん。気落ちしないでください。腫瘍マーカーは必ずしもがんの状態を反映しないのです。治療ははじまったばかりですし、まだまだあきらめる必要はありません。厳しい闘いですが、いっしょに頑張りましょう」

小仲はショックと全身倦怠感で、まぶたを持ち上げることもできなかった。徳永が病室を出て行く気配を感じながら、ぼんやりと思った。徳永の対応はていねいだが、すべてを説明してくれているわけではないのだ。悪いデータはこちらから聞かなければ教えてくれない。いったいどこまで信じればいいのか。

三回目のタキソールの日、小仲はかなり体調が悪かった。それでも徳永は予定通り、腹腔内投与の準備をして病室にやってきた。

小仲は遠慮しながらも、必死の思いで徳永に訴えた。

「先生。胸がムカつくんです。下痢も止まらないし、治療は、もう少し、待っていただけませんか。せめて、口からものが、食べられるようになってからに、してもらえたら、ありがたいんですが」

徳永はベッドサイドから小仲を見下ろし、唇を引き締めて言った。

「小仲さん。前にも言いましたが、副作用が強いのは薬が効いている証拠です。治療は継続が重要です。ここで弱音を吐いてはいけません」

「でも……、もう少し、体力をつけてからにしたいんです」

「それなら大丈夫ですよ。高カロリー輸液で十分補っていますし、血液検査の結果も正常ですし。今、薬を休んだら、これまでの二回の効果が半減してしまいます。つらいでしょうが、ここが正念場です。頑張りましょう。ねっ」

最後は強引に押し切る形で、徳永は処置の準備をはじめた。看護師がベッドの周囲にカーテンを引き、消毒液やゴム手袋をワゴンに並べる。小仲はなすすべもなく、ヘソの横に局所麻酔を打たれ、腹腔内にタキソールの注入を受けた。腸が湯に浸《つ》けられたような感じになり、息が乱れる。このままどうかなるのではないかと、不安が湧き上がる。

「今回は点滴に入れる吐き気止めを倍にしました。ステロイドの量も増やしています。それに、身体も薬に慣れてくるはずです。副作用は時間がたてば必ずおさまります。それまでどうぞ頑張ってください」

徳永はていねいに一礼して、看護師とともに病室を出て行った。

医者は気楽でいい。あの激烈な苦しみに耐えなくてもいいのだからと、小仲は恨めしく思う。しかし、すべてはがんを克服するためだ。どんな苦しみにも耐えると自分に誓ったではないか。

小仲は自分に言い聞かせて、いつ襲ってくるかしれない副作用に備え、布団の中で身構えた。

16

森川の返したボールは、またもネットにかかった。

「フォーティ・ラブ。サーバー・マッチポイント」

審判を務める天馬製薬のMRが厳《おごそ》かに言う。ペアを組んでいる中央手術部の若い看護師が、前衛から苛立った顔で振り返る。

「森川先生。ドライブショットはもういいですから、ふつうに返しましょう」

「わかった。ごめん」

次のサーブはラインいっぱいに急角度で落ちてきた。手元でぐいと延びる。フラットで返すとなんとか相手コートに入った。リターンに飛びついた看護師が、ボレーを焦り、ボールをネットにかけてしまう。

「ああっ！　ごめんなさぁい」

しゃがみ込んだ看護師に近寄り、「ドンマイ」と明るく言う。ラストボールが自分でなくてよかったと、森川は胸を撫で下ろした。

土日を利用して、毎年行われる「ペイペイ会・秋のテニスツアー」である。今年は多《た》摩《ま》湖畔にあるリゾートホテル「ヴィラージュ奥多摩」に来ていた。

ペイペイ会は三鷹医療センターの役つきでない医師と看護師の親睦会《しんぼくかい》で、医長になった森川は参加資格がないのだが、オブザーバーとして招かれたのだった。

ツアーには製薬会社のMRたちも来ていた。イベント進行から景品の準備までを、一手に引き受けてくれる。テニスの参加は十四チーム。四ブロックのリーグ戦のあと、トーナメントで準決勝と決勝がある。ペアを組んでいた看護師がまなじりを決して言う。

「森川先生。ブロックで一位になるには、もう負けられませんよ」

「自信ないな」

「そんな弱気じゃだめ。先生は外科医でしょ」

テニスと手術は関係ないと思うが、敢えて反論しない。今回の当番幹事はキューブリック製薬で、豪華な景品が用意されているので、看護師は気合いを入れているのだ。優勝ペアにはiPad3、準優勝ペアはモンブランの万年筆、三位でも高級ワインが用意されている。

森川は医師になってから休日のテニススクールに通い、多少は腕に覚えもあったが、体力がかげりはじめてきた。残りの試合はドライブショットを封印し、ミスをしないことだけ心がけた。逆に若い看護師は攻撃的なテニスでミスを繰り返し、頭に血が上って自滅するという最悪のパターンになった。トーナメント出場はならなかったが、その責任はほとんど看護師にあったので、森川は気が楽だった。参加賞のヘンケルスの爪切りセットをありがたくちょうだいして、あとはにっこり笑っておけばよかった。

テニスが終わると、一行は大浴場の露天風呂に行った。空は茜《あかね》色に染まり、吹き抜ける風が心地いい。汗を流し、湯に浸かって疲れた筋肉をほぐすと、身体中の細胞が生き返るようだ。

温泉のあとは、多摩湖を見下ろすテラスでバーベキューが待っていた。医師も看護師も湯上がりのさっぱりした姿で集まってくる。備えつけのバーベキューグリルに、炭火がいい感じでおこっている。MRたちが一足先に風呂から出て準備をしていた。

「それじゃ、森川先生。乾杯のご発声をお願いします」

キューブリック製薬のMRが頼みに来る。サーバーから注がれた生ビールが参加者に行き渡る。

「えー、今日はみなさんお疲れさまでした。当番幹事のキューブリック製薬さんはじめ、各社のMRのみなさん、ご協力ありがとうございます。僕は去年でペイペイ会は卒業のはずでしたが、なぜか今年も来てしまいました。来年も来るかもしれません。再来年も来るかもしれません。そのときはよろしく。乾杯！」

全員が唱和し、MRたちが手分けして肉や魚介類を焼きはじめる。

「あっ、富士山が見える」

看護師が指さすほうを見ると、山影の向こうに薄紅色の富士山が頭を出していた。多摩湖の湖面はオレンジと紫に輝き、神秘の鏡のようだ。

「きれいねぇ」

「外国のリゾートみたい」

看護師たちが並んでうっとりと見とれる。

「肉が焼けました。タンは塩とレモン搾《しぼ》ってますから」

MRが皿を持って供してくれる。

「こっちもうまいですよ」

別の社のMRがケバブ風の串焼きを持ってきてくれる。森川はビールを飲み干し、空に向かって身体を反《そ》らす。

「ビールにこのうまい料理、きれいな景色。ああ、生きててよかったぁ」

「ほんとですね」

MRがすかさず調子を合わせる。だが、ふと何かが引っかかる気がした。何だろう。わからない……。

「森川先生。お代わりどうぞ」

新しいグラスを差し出され、刹那《せつな》の違和感は消えてしまう。

二時間ほど飲み食いして満腹し、気温が下がりはじめたので部屋に引き上げることにした。グループの半分はカラオケ、残りはUNO大会になった。森川はUNOグループで、美人看護師二人にはさまれ、若手医師にブーイングを受ける。

「オブザーバーがそんないい目を見ていいんですか」

「森川先生は来年からは遠慮してもらおう」

「じゃあ、あたしは来年、森川先生と個人旅行に行っちゃう」

酔った看護師のたわむれに嬌声《きょうせい》があがる。

ゲームの間も芸達者のMRがモノマネをやり、森川は笑いすぎて腹筋が痛くなった。ころ合いを見計らって、MRが有名店のロールケーキを持ってくる。看護師たちが歓声をあげる。森川にも一皿まわされる。これ以上入らないと思いつつも、一口食べると濃厚な生クリームとしっとりした生地に、思わず完食する。

「もう、無理。悪いけど、おれ、先に寝るわ」

森川はしなだれかかる看護師をそっとかわし、ふらふらと立ち上がる。手刀を切りながら廊下へ出て、自分の部屋にもどる。

満腹し、大笑いし、心地よい酔いに身を任す。ああ、気持いい。たまにはこういう日もなきゃやってられない。しかし、今日はちょっと食べ過ぎた。そう思った瞬間、「うっ」と吐き気がこみ上げた。慌ててトイレで吐く。苦しい。抗がん剤の副作用で苦しむ患者もこんな感じかな。

ひとしきり吐くと楽になり、布団に入るとすぐに眠りがやってきた。

森川は夢も見ずに熟睡する。

17

「うげぇっ、グボッ、おがぁぁぅっ」

猛毒を注射された野獣のようなうめき声が、病室中に響いた。小仲は頭から布団をかぶり、頭を抱える。弾かれたように身体を反らせ、布団の中でのたうちまわる。それでも吐き気はおさまらない。

三回目のタキソールの腹腔内投与は、二回目以上に苛烈《かれつ》な副作用を引き起こした。腹をよじるような壮絶な嘔吐。一日十回もの水様《すいよう》下痢。血管に水銀を流し込まれたような身体の重さ。背中から脇腹に電撃的な痛みが走り、眠ることもままならない。寝返りも打てず、ベッドの上でひたすらうめき、もがく。これもがんを克服するためだ、生きるためだと、脂汗にまみれながら自分に言い聞かす。

しかし、こんな苦痛に耐えてまで、なぜ生きなければならないのか。突き上げる吐き気に歯を食いしばりながら、小仲は布団の中で自問する。

徳永は鎮痛剤と鎮静剤を処方し、点滴にも薬を入れてくれたが、苦痛が激しすぎて丸二晩、一睡もできなかった。四日目になってようやく症状がわずかに和らぎ、布団から顔を出すことができた。看護師の助けを借りて、ベッドに座り、髭を剃ってもらう。高カロリー輸液で栄養は足りているはずなのに、皮膚はひからびた餃子《ギョーザ》の皮のようになり、手鏡に映った顔はアマゾンの干し首のようだった。

自分は何のために生きているのか。

虚しい疑問が頭をよぎる。入院する前はここまで衰弱していなかった。自分で歩けたし、曲がりなりにも独り暮らしができていた。今は点滴の支柱にすがって、這うようにトイレまで行くのがやっとだ。相変わらず口からは何も食べられない。徳永は食事ができなくてもTS－1だけは続けろと言うが、大丈夫なのか。身体がどんどん弱っていく気がする。

しかし、朗報もあった。三回目のタキソールのあとに撮ったCTスキャンで、肝臓の転移が少し小さくなったのだ。ようやく薬が効きはじめたのか。小仲は希望の光を見た気がしたが、副作用の苦痛で十分には喜べなかった。治療も大事だが、まず口からメシが食えることのほうが先決ではないのか。しかし、そんなことは徳永には言えない。彼はがん薬物療法専門医なのだから、治療がまちがっているはずはない。

そう思っていた六日目の午後、看護師が折りたたんだ車椅子を押して、小仲のベッドに近づいてきた。

「小仲さん。ご気分はいかがですか」

「まあ……、なんとか」

力なく答えると、看護師は妙に明るい声で言った。

「今日はいいお天気ですよ。屋上に出てみませんか。外の空気を吸うと、体調がよくなるかもしれませんよ」

「……そうかな」

億劫そうに身体を起こすと、看護師は手早く車椅子を広げ、小仲が乗り移るのを手伝った。名札を見ると、「吉武《よしたけ》」とある。何度か小仲の担当になった看護師だ。

吉武はナースシューズを軋《きし》ませ、なぜか緊張したようすで病棟の廊下を進んだ。小仲は妙な気がしたが、そのまま車椅子に身を預けていた。

屋上のエレベーターホールに着くと、吉武はガラス扉を開いて、眩《まぶ》しい光の下へ出た。晩秋にしては暖かいインディアン・サマーだ。

「外の空気を吸うのは、何日ぶりだろう」

思わず言葉が洩れた。タキソールの治療がはじまって以来、ずっと病棟から動けなかった。屋上には何人かの患者や見舞客がいる。吉武はだれもいない北東の一画に小仲の車椅子を押して行った。

「イチョウが黄葉しているね」

街路樹が色づいているのを見て、小仲が何気なくつぶやいた。しかし、吉武は相槌を打たない。どこかで短いクラクションが鳴ったのを合図のように、ようやく口を開いた。

「小仲さん。治療はつらくないですか」

「そりゃつらいよ。でも、病気を治すためだから」

「明日、タキソールの四回目ですよね。大丈夫ですか」

それはわからない。またあの苦しみを味わうのかと思うと、正直、自信はなかった。

「大丈夫かどうかわからないけど、やらなきゃ。肝臓の転移は小さくなってるんだし」

「小仲さん。わたしがこんなことを言うのはおかしいかもしれませんが、明日の治療は、やめたほうがいいと思います」

「何だって」

小仲は弾かれたように後ろを振り返った。吉武は強ばった表情で車椅子のグリップを握っている。

「わたし、もう、これ以上見て見ぬふりはできないんです。徳永先生のやり方は、あまりにひどいから」

「ひどいって」

聞き返しながら、小仲は周囲をうかがった。あたりに人影はない。吉武ははじめからそのつもりで、小仲を屋上の隅へ連れ出したようだ。

「徳永先生は、患者さんの治療より自分の研究を優先しているんです。論文のデータにするために、患者さんの体調が悪くても、最初に決めた投与法を変えないんです」

たしかに三回目の治療のとき、徳永は強引にタキソールを注入した。しかし、医者がそんなことをするだろうか。半信半疑でいると、吉武は車椅子の横に屈み込んで早口に続けた。

「タキソールはきつい薬なので、効く人には効きますが、副作用で命を縮める患者さんも多いんです。でも、だれも何も言えません。看護師の申し送りでも、小仲さんの白血球がどんどん減っているとわかっているのに、徳永先生が看護師長と主任を抱き込んでいるから、ヒラの看護師は口出しできないんです」

小仲は厳しい表情で問い返した。

「しかしこの病院は、患者の治療を最優先にするんだろう。常に患者の立場になって考えるって、病院憲章に書いてあるじゃないか」

「あんなの嘘です。ここはひどい金儲《かねもう》け主義の病院です。白鳳会系の病院はみんなそうです。検査とか治療のやり方を見ていてわかりませんか。不必要なCTスキャンやMRIを繰り返して、血液検査も前は毎日やっていて、健保連から目をつけられて、やっと一日おきになったんです」

「血液検査のことは徳永先生からも聞いたけど、役所の画一的な判断だって批判してたよ。抗がん剤治療は患者の状態が変わりやすいから、ほんとうは毎日チェックする必要があるって」

「状態の悪い人はそうでしょうけど、それでも白血球を調べるなら、一ミリリットルの採血で計れます。毎回十二ミリリットルもとって、フルセットで検査する必要なんかありません」

そう言われればたしかにそうだ。

「それに、画一的と言うなら、中心静脈ルートこそそうです。必要な患者さんもいるけれど、はじめから全員に入れるのは明らかにやりすぎです。中心静脈ルートは保険点数が高いからやるんです。抗生物質やステロイドもそうです。使うのは保険点数の高い薬ばかり。それも予防的投与とか称して、必要のない患者さんにもどんどん投与して、稼げるだけ稼ごうとするんです」

徳永のやり方はたしかに検査も治療も濃厚だ。はじめはていねいだと思っていたが、今は過剰な気がしないでもない。薬の副作用が出たらその薬をやめるのではなく、副作用を抑える別の薬を追加するから、薬は増える一方だ。

「小仲さんは、徳永先生に生活保護を勧められませんでしたか」

吉武が横からのぞき込むように聞いた。「あれも徳永先生の得意技です。生活保護の人は自己負担金がゼロだから、いくら高額な治療をしても、患者さんにはわからないんです。患者さんの懐《ふところ》具合を気にしないで、好き放題の治療ができるから、生活保護の治療は青天井だって、徳永先生は笑ってました。それに医療費が全額支給の生活保護は、窓口での取りはぐれもないから、病院側も歓迎するんです」

まさかそんなウラがあったのか。こちらの経済状態を心配してくれているものとばかり思って感謝した自分は、なんとおめでたいのか。

「徳永先生は院内で発言権を強めるために、収益を上げることばかり考えています。白鳳会の理事長に取り入って、自由に患者さんからデータをとったり、研究費をもらって海外の学会に行ったりするためです」

いつの間にか雲が出て、太陽がかげりだした。急に気温が下がる。

「でも、どうして君はそんなことを教えてくれるの」

吉武はすっと視線を逸らし、眉間にかすかな皺を寄せた。

「わたし、今月で病院をやめるんです。ここには三年半お世話になりました。荻窪白鳳会病院は、病院憲章にあるようないい病院だと思って入りましたが、中身はまるでちがってました。データをとるために、徳永先生の患者さんが何人も亡くなって、それを見ているのがつらかった。今までは何も言えませんでしたが、やめると決めたら黙っていられなくなって」

小仲は、背中に匕首《あいくち》を突きつけられているような緊張を感じ、ぞんざいに言った。

「おれの治療も、命を縮めると言うのか」

「はい。小仲さんは腫瘍マーカーも上がっているし、白血球は二〇〇〇を切りそうなレベルで、このままタキソールの四回目を受けたら、危ないと思います」

吉武のナース服が異様に白く見えた。首にかけた聴診器、手の甲にボールペンでメモした血圧。吉武の言葉には医療者としての重みがあった。

「じゃあ、治療をやめたほうがいいのか。でも、それはおれに死ねと言うのと同じだ。治療ができないことの恐ろしさには耐えられない」

「ほんとうはタキソールの間隔を延ばすとか、量を減らせばいいんでしょうが、徳永先生は変えないと思います。それをすると、論文のデータには使えませんから」

「冗談じゃない。患者の命と論文とどっちが大事なんだ。薬の使い方を変えてもらうように頼んでみるよ」

小仲が声を荒らげると、吉武はうつむいたまま首を振った。

「無駄だと思いますよ。タキソールの腹腔内投与は四回で一クールですから、ここまで来てあきらめることはしないでしょう。小仲さんがいくら言っても、きっと専門知識で言いくるめられるだけです。徳永先生の常套《じょうとう》手段ですから」

こめかみに冷たい脂汗がにじむ。吉武の言うことは事実なのか。病院をやめる看護師が、腹いせに徳永を誹謗《ひぼう》しているのではないのか。

もし吉武が正しいなら、徳永は患者をモルモット扱いする極悪の医者だ。小仲は全身が小刻みに震えるのを抑えることができなかった。

「寒くなってきましたね。そろそろ部屋にもどりましょう」

吉武が車椅子の向きを変えた。目の前に流れる風景は、さっきとまるでちがっていた。身体の震えは、屋内に入っても止まらなかった。

18

テニスツアーから帰った数日後、森川はツアーを欠席した内科の看護師から、相談に乗ってほしいと頼まれた。美人だが年齢は三十前で、ペイペイ会では最年長の部類だ。

「わたしがご馳走しますから、高円寺《こうえんじ》で飲みませんか」

彼女が案内してくれたのは、商店街にある沖縄料理の店だった。髷《まげ》を結った女将《おかみ》さんとは親しいらしく、会釈《えしやく》ひとつで奥の席に通された。まずはビールで乾杯し、テニスツアーの話題でしばらく盛り上がった。

「多摩湖の夕陽はきれいだったよ。君も来ればよかったのに」

「ええ……。残念です」

「それで、相談って何？」

看護師がビールから泡盛《あわもり》に変えたのを潮《しお》に水を向けると、彼女は手酌《てじやく》で飲んでいたカラカラを置き、視線を落とした。相談というのは、彼女とつき合っているという医師のことだった。森川と同じ消化器外科医で、六年後輩だから看護師とはほぼ同い年のはずだ。噂《うわさ》は聞いていたが、どこまでほんとうかわからず、深い関係だとは思っていなかった。しかし、看護師の表情からして、事態が深刻であるのは容易に想像できた。

「……結婚の話もしてたんです」

彼女は絞り出すように言った。森川はまずいなと思いつつ、ビールを飲んだ。

「アッちゃんが来年、大学病院にもどったら籍を入れるって」

看護師はその医師を愛称で呼んだ。親密さをアピールするためだろう。

「だから、中絶にも応じたんです。ほんとうは産みたかったのに」

そんなことがあったのか。ますますまずいと思いながら、女性はうまく隠すもんだなと妙なことに感心した。それにしてもあいつはと、内心で後輩をなじる。

その後輩は、夏に大学の医局長の紹介で見合いをし、商社の重役令嬢とつき合いはじめていた。まだ公にはしていないが、すでに結婚を決めているのは医局では周知の事実だった。つまり、答えはもう出ているということだ。

「アッちゃんが見合いをして、結婚を決めたってほんとうですか」

「いや、詳しくは知らないんだけど」

「相手はお金持ちのお嬢さんなんでしょう」

「さあ……。僕は会ったことがないから」

　このままごまかし続けていていいのか。

「アッちゃんは、少し前から急に態度が変わって、わたしを避けるようになったんです。でも、九月にはわたしからの誕生日プレゼントも受け取ったし、ホテルにも行きました。なのに、そのあとまたわたしを無視するようになって。きちんと話し合いたいと思っても会ってくれないし、メールアドレスも変えて、連絡できないようにしてしまったんです」

　なんてヤツだと、森川は顔をしかめる。

「このままじゃ、わたし、あきらめきれない」

　看護師が両手で顔を覆う。病棟では颯爽《さっそう》としている彼女が、肩を震わせている。どうすればいいのか。後輩を呼びつけて、怒鳴りつけるべきか。そんなことをしても、彼女はよけいに惨めになるだけだ。

　困り果てていると、看護師は大きく息を吸い、持ち前の勝ち気さで顔を上げた。

「森川先生。わたし、だまされるのはいやなんです。虚しい希望にすがるのは耐えられません。がんの患者さんにも、そんなことさせないでしょう」

　治らないがん患者に、無駄な治療を受けさせるのは酷《こく》だという意味か。彼女はすでに状況を察知していて、あとは踏ん切りをつけたいだけのようにも見えた。

森川はひとつ咳払いをして、眉間に深い皺を寄せた。

「まだ正式に決まったわけじゃないと思うけど、彼が結婚するのはたぶんほんとうだと思うよ。ぜったいに許しがたいことだけど、彼はもともとそういうヤツだったんじゃないかな」

「じゃあ、やっぱり、わたしはだまされたんですね」

吊《つ》り上がった目から大粒の涙がこぼれる。それを拭《ぬぐ》おうともせず、自分のぐい飲みに泡盛を注ぎ、一気に飲み干す。

「アッちゃんは、医師としてはどうなんですか」

いきなりの問いに戸惑うと、看護師は重ねて訊ねた。「森川先生から見て、外科医としてどうでした」

「それはまあ、可もなく不可もなくというところかな。手術の腕はまあまあだけど、患者に対しては、ちょっと冷たいかも」

「ですよね。わたしも何度か言ったんです。もっと患者さんの気持をわかってあげなきゃだめだって。あいつは手術の自慢ばかりして、女性が乳がんで乳房を失う悲しみとか、がんが再発した患者さんのショックとか、ぜんぜん理解してませんから」

看護師は泡盛を二十五度から四十四度に替え、その医師をこき下ろしはじめた。やはり覚悟はしていたのだろう。それなら気のすむまで話を聞いてやればいい。森川もいっしょになって後輩の欠点をあげつらい、あんな男と別れてよかったと思えるよう、できるだけ悪《あ》しざまに言った。すると、看護師は「でも、かわいいところもあったんです」と弁護にまわり、呂律《ろれつ》の怪しくなりかけた口でまくしたてた。

「あいつ、手術の前には緊張してデキないくせに、手術がうまくいくと、飢えた狼みたいに求めてくるんです。ほんと、わかりやすいヤツだった。偉そうなことばかり言って、強がってたけど、ほんとうは弱虫で、だめな男だったから、わたしが支えてあげなきゃって、思ってたのに……」

大きな目からふたたび涙があふれる。森川は黙ってハンカチを差し出した。看護師は上半身をぐらつかせ、それでもぐい飲みを口に運ぶ。

トイレに立ったあと、看護師は森川の横に座った。仕方がないので、肩をさすって慰める。女将さんが水を持ってきてくれる。ふたたび後輩の悪口がはじまり、軽蔑と罵倒《ばとう》が延々と繰り返される。森川は看護師につき合い、閉店の午前二時までいて、そのあとタクシーで看護師を送っていった。

「森川先生……。ありがとう……ございます。ほんとのことが、聞けて、よかった……」

別れ際、看護師はしおれたバラのように首を垂《た》れ、声を絞り出した。大粒の涙が散る。それでも、なんとか現実を受け入れる気になったようだ。

嘘でごまかすより、やっぱり真実を告げるほうがいい。

森川はほっとする思いで、待たせてあったタクシーに乗り込んだ。家に着いたのは午前三時前だった。瑤子と可菜を起こさないように、細心の注意で寝室の布団にもぐり込んだ。

19

病室にもどったあと、小仲はすぐにも吉武の言ったことを徳永に確認したかったが、声が震えるほど興奮していたので、一晩、頭を冷やすことにした。仮に吉武の話がほんとうでも、徳永は簡単には認めないだろう。正面から糾《ただ》すのではなく、話の持っていきようを考えなければならない。

翌朝、小仲は看護師がタキソールの準備をはじめる前に、徳永を呼んでもらった。朝の忙しい時間のはずだが、徳永は気さくに部屋に来てくれた。

「今日はいよいよ四回目ですね。これで一クール終了ですから、次はしばらく休めますよ。副作用はたいへんだったでしょうが、よく頑張られましたね」

徳永は先手を打つように明るく言った。

「徳永先生。実はそのことでお願いがあるのですが」

「何でしょう」

「我が儘《まま》を言って申し訳ありませんが、今日の薬は少し待ってほしいのです」

徳永の表情が強ばる。

「理由は？」

「やっぱり口からものが食べられるようになってからにしたいのです」

「それでしたら心配いりませんよ。中心静脈ルートから高カロリー輸液をしてるんだから」

「いえ。それでも私は……」

「大丈夫ですって。四回目が終わればしばらく休めますから、まちがいなく食べられるようになります。食事など焦る必要はありませんよ。まず病気を治すことに専念しましょう」

やはりタキソールの延期は認めないようだ。小仲は無理に押さず、話の矛先《ほこさき》を変えた。

「白血球の検査は大丈夫なんですか」

徳永は虚を衝かれた顔になり、ぎこちなく笑う。

「もちろんです。いつもそう説明しているじゃないですか」

「大丈夫とは聞いています。でも、具体的な数字を知りたいんです」

「カルテを見ないと細かな値までわからないけど、数値なんか聞いてどうするんです」

「自分の身体のことですから、知っておきたいんですよ」

あらかじめ想定していた受け答えだ。徳永に拒否する理由はない。案の定、かすかに不快の色を浮かべ、ナースステーションにもどっていった。小仲には徳永の表情の変化が手に取るようにわかる。いつも医者の顔色をうかがっている患者には苦もないことだ。

間もなく、徳永は血液検査の結果をプリントアウトしてもどってきた。口元を引き締めて、小仲に差し出す。

「どうぞ。でも、数字にはこだわらないほうがいいですよ。我々は専門知識があるからバランスよく判断できますが、患者さんは得てして数字に振りまわされますから」

検査の日付は二日前。白血球の数は二一〇〇とあった。基準値は三五〇〇〜九五〇〇とあり、下向きの矢印が二本ついている。

「ずいぶん低いですね」

「抗がん剤の治療をしているから当然ですよ。基準値はあくまで基準です。抗がん剤の治療をしている場合は二一〇〇でまったく問題ありません」

ほんとうだろうか。そのあたりが素人《しろうと》にはわからない。しかし、敢えて確認はしない。

「では、今日、四回目の注入をして大丈夫なんですか」

「もちろんです」

徳永は愛想のよい表情にもどり、自信ありげに胸を張る。

「しかし、徳永先生」

小仲が言いかけると、徳永はまだ何かというように眉根を寄せる。

「今日はタキソールの薬を少なめにしてほしいんです。少しでも副作用をましにするために」

「それはできませんよ。抗がん剤は、半分に減らしたら副作用も半分になるというものではないんです。決められた量を入れないと、十分な効果は得られません。ここまで頑張ってきたのに、今、薬を減らしたらこれまでの治療が水の泡ですよ」

「今日の薬を減らすことが、これまでの治療にも影響するのですか」

「そうです。同じ量を入れないと、効果は出ません。抗がん剤とはそういうものなのです」

これだから素人は困るというような強圧的な口振りだ。しかし、説明になっていない。単に強弁しているだけだ。

黙っていると、さらに言葉を押し被《かぶ》せる。

「副作用がつらいのはわかります。だから吐き気を抑える新しい薬を加えます。これまでは末梢性の制吐剤を使ってましたが、今回は中枢性の薬を入れます。5－HT3受容体拮抗剤《きっこうざい》という新しい薬です。だからどうぞご心配なく」

これが吉武の言っていた専門知識で言いくるめるというやつか。

「でも、今日は気分が優れないので、やっぱり延期してください」

「気分が優れないって、そんなことで治療を延期していたら、治る病気も治りませんよ。我が儘を言うもんじゃありません。あなたは病気を治すために入院しているのでしょう。それなら医師の指示に従ってください。わたしは専門医として、綿密な計画を立てて治療に当たっているのです。それを気分がどうとかで延期するなど、あり得ない」

　徳永は苛立ちを隠そうとしなかった。医師にここまで言われれば、ふつうなら患者はうろたえ、引き下がるだろう。しかし、小仲には心の準備があった。徳永が治療の延期を受け入れてくれるなら彼を信用する。そしてもし感情的に治療を押し通そうとしたなら、頑として断る。前者であることを願っていたが、結果は後者だった。

　小仲は掛け布団を胸元まで引き上げ、布団の縁《ふち》をきつく握った。力尽くでも腹部を露出しないという意志表示だ。そして静かに言った。

「申し訳ありませんが、今日は薬の注入をお断りします。もう少し体力が回復するまで待ってください。お願いします」

「そんなことを言わずに」

「いえ、どうしてもお断りします」

　徳永は唇の端を細かくけいれんさせ、怒りで言葉が出ないかのように表情を歪《ゆが》めた。患者から面と向かって治療を断られたことなど、これまで一度もなかったのだろう。自分が否定された屈辱と、データがとれなくなることの無念さに、徳永は身体を震わせて部屋を出て行った。

小仲がタキソールの注入を拒否したことは、すぐ病棟中に知れ渡ったようだ。部屋の担当の看護師は、徳永に逆らった無謀な患者として小仲を驚異の目で見た。吉武はトイレに行ったときにすれちがったが、何も言わずにうなずいただけだった。

翌日、徳永は病室には来たが、明らかに態度がそれまでとちがった。不機嫌そうで、必要最低限のことしか口にしない。タキソールの注入も延期か中止かも言わなかった。その後も血液検査は一日おきだったが、徳永が説明に来ることはなかった。

タキソールをやめたせいで吐き気はなくなり、徐々に食欲が出てきた。口からのむTS-1も自分で勝手に中止した。それでなんとなく身体が楽になり、食事も半分ほど食べられるようになった。吉武に聞くと、白血球も四〇〇〇まで回復したらしい。耐えがたい身体のだるさも、徐々に薄れていった。これなら、もう一度、タキソールを注入しても耐えられそうな気がした。

翌週、徳永が病室に来たとき、小仲は努めて明るい表情で言った。

「徳永先生。この前は我が儘を言って申し訳ありませんでした。あれからずいぶん体調がよくなりました。食事もとれるようになってきたし、体力もかなり回復したと思うのですが」

「そうですか」

「そろそろ治療を再開してもらっても大丈夫だと思うのですが」

「治療って?」

わざととぼけているのは明らかだった。それくらいの意趣返しは仕方ないだろう。子どもじみた医者だと思いながら、小仲は感情を抑えて言った。

「タキソールの注入ですよ。今なら副作用にもなんとか持ちこたえられそうなので」

「小仲さん。あれはもう効かないようですよ。肝臓の転移が大きくなってますから」

「えっ」

思いがけない言葉に、小仲は血の気が引く思いだった。CTスキャンやMRIは相変わらず検査していたが、何の説明もなかったので、状態は変わっていないだろうと思っていた。大きくなっているなら、なぜ説明してくれないのか。なぜ、早く治療を再開しないのか。

「効かないって、じゃあほかの薬があるんですか」

「むずかしいね。タキソールを途中でやめちゃったから」

「そんな。先生は私が指示に従わなかったから、治療を考えてくれないんですか。この病院は患者の治療を最優先するって、病院憲章に書いてあるじゃないですか」

「そうですよ。わたしはあなたの治療を最優先していたんだ。それをあなたが断ったんじゃないか」

「副作用がきつくて、体調が最悪だったからですよ。先生は抗がん剤の専門家でしょう。それならふつうの医師にできない方法もできるのではないですか」

相手のプライドに訴えようとしたが、徳永は鼻で嗤うだけだった。

「買いかぶってもらっては困りますよ。専門家でも無理なものは無理ですから」

徳永は明らかにタキソールの拒否を根に持って、治療に手を抜いているのだ。それでも医者かと、小仲は怒りを覚えた。どす黒い思いに声がうわずる。

「何……」

「先生は、私の治療が論文のデータにならないから、いい加減に扱うんですか」

徳永の目に憎悪が浮かんだ。言ってはいけないことを口にしたのか。ちらと後悔したが、小仲は目を逸らさなかった。

「どうなんです」

「話にならない」

徳永は吐き捨てるように言うと、頬を強ばらせて踵《きびす》を返した。

しばらくすると研修医のような若い医師が来て、小仲の中心静脈ルートを抜いた。理由を聞くと、「徳永先生の指示です」としか答えない。

昼食のあと、病棟の看護師長が部屋に来て、「徳永先生から退院の許可が出ました」

と小仲に告げた。

「そんな、急に言われても……」

小仲は抗議しかけて、口をつぐんだ。看護師長の顔はクレーマー対応に慣れた専門家のような仏頂面だった。

「わかりました。お世話になりました」

最後に吉武には挨拶して帰りたかったが、彼女の姿はすでに病棟で見かけなくなっていた。

20

「良ちゃん。ねえ、いい？」

瑤子がとなりの布団から身体を寄せてくる。合図のように、森川の胸に手をのせる。

「ごめん。今夜はちょっと」

「どうして」

「明日さ、ＰＤの手術があるんだ」

ＰＤとは、膵臓がんの大がかりな手術である。切除するのは膵臓の右半分、十二指腸、胃の下半分、胆のうと総胆管《そうたんかん》、小腸の一部で、腹部の手術ではもっとも難易度が高いとされる。

――森川君もそろそろＰＤの執刀《しっとう》をやってみるか。

副院長からそう言われたのは、二週間前だった。まだ若い早期の膵臓がんの患者が、副院長の外来でたまたま見つかったのだ。森川はＰＤの助手はやったことはあるが、まだ自分で執刀したことはなかった。彼は喜んで主治医を引き受けた。

手術の前に手術ビデオを見ながら手を動かして、イメージトレーニングをする。組織の癒着《ゆちゃく》、血管の異常など、不測の事態にも備える。そうこうするうちに緊張して、手術の前夜、瑤子の求めに応じる気になれなかったのだ。

――あいつ、手術の前には緊張してデキないくせに……。

この前、相談に乗った看護師の言葉を思い出し、これじゃあの後輩外科医と同じだとため息が出た。

翌朝はいつもより早めに病院に行き、患者の顔を見て、外科のだれよりも早く中央手術部に行く。オペ室では麻酔科医が患者の受け入れ準備を整えていた。

「今日はよろしくお願いします」

「張り切ってるのぉ。まあ、頑張れや」

年長の麻酔科医がからかうように言う。森川は軽く武者ぶるいをして、準備室で手を洗浄消毒した。看護師に手術着を着せてもらうと、第一助手をしてくれる副院長と、第二助手の医師がオペ室に入ってきた。患者はすでに麻酔がかかり、腹部だけ露出してグリーンの覆布《オイフ》をかけられている。

森川は患者の左横に立ち、一礼して宣言するように言った。

「それでは、はじめます。メス」

看護師からメスを受け取り、腹部に一閃《いっせん》、思い切りのいい切開を入れる。強烈な光の下に鮮血が湧く。

「コッフェル」

出血部を鉗子《かんし》でつまみ、結紮《けっさつ》する。腹膜を切り、ステンレスの開腹器をかける。腹腔内に転移がないことを確認し、予習した通りの手順で手術を進める。副院長は黙って森川の操作をアシストしてくれる。

「ＳＭＡ（上腸間膜動脈）の剝離《はくり》完了。テーピング」

森川は剝離した動脈にテープをかけ、鉗子で留める。第一関門突破だ。続いて後腹膜《こうふくまく》を切開し、背中側に固定されている十二指腸を起こしにかかる。同時に大動脈周囲のリンパ節を廓清《かくせい》（取り除くこと）する。ひとつまちがうと大出血につながる危険な操作だ。

「ライト、フォーカス合わせて。奥が見えない！」

森川が看護師に苛立った声を出すと、副院長が鉤《こう》で術野《じゅつや》を広げてくれる。

「ゆっくりでいいぞ。焦るとロクなことはない」

「はい」

ひとつ深呼吸をして、肩の力を抜く。がんは周囲への浸潤《しんじゅん》もなく、手術は順調に進んでいった。それでも森川は油断せず、教科書通りに手術を進める。胃の周囲を剥離し、離断器《りだんき》をかけて電気メスで切断する。かすかな煙と、肉の焦《こ》げるにおいが立ち上る。

「なかなか順調じゃないか」

副院長の励ましで、緊張がぐっと和らぐ。左右の肝動脈《かんどうみゃく》と門脈《もんみゃく》にテープをかけ、胆のうを肝臓から剝離していると、外科部長が手術を見に来た。

「どうだ。そろそろ取れそうか」

手術開始からすでに四時間余りが過ぎている。通常ならがんを含む臓器とリンパ節をひとかたまりにして切除し終わっている時間だ。

「いえ。まだ肝門部の処理中です」

森川が術野から目を離さず答えると、外科部長は「まあ、はじめてならそんなもんだろう」と慰めてくれる。

「家族には時間がかかると言ってあるんだろ」

「はい。副院長が場合によっては八時間くらいかかると説明してくれました」

「そりゃ、だいぶサバを読んだな」

森川は複雑な思いで、患者と家族への説明を思い出した。自分がこの手術ははじめてのことは、もちろん伏せた。そんなことを言えば、もっとベテランにやってほしいと頼まれるに決まっているからだ。いかにも慣れているふうを装ったが、困ったのは手術時間を聞かれたときだ。ふつうなら五、六時間で終わる。しかし、森川にはとてもそんな時間で終える自信はなかった。

そのとき、同席していた副院長が、おもむろに言ったのだ。

——膵臓の手術は時間がかかるんです。何しろ切除する範囲が広いですからね。場合によっては八時間ほどかかることもあります。

患者と家族はショックを受けたようだが、特に疑問を抱くこともないようだった。森川は申し訳ない気もしたが、焦って失敗するわけにはいかないし、説明より時間がかかりすぎて家族をやきもきさせるのも心苦しかった。

——ああ言っときゃ、森川君も慌てずにすむだろう。

説明のあと、副院長は嘘も方便とばかりに笑った。

森川のはじめてのPDは、七時間ほどで無事終了した。手術時間が長いと患者の体力も失われるし、出血量も多くなる。はじめてにしては上出来だと副院長はほめてくれたが、患者にはとても聞かせられないセリフだ。

森川はその日、深夜まで術後管理に忙殺され、当直室に泊まった。とりあえず手術はうまくいったが、疲れ切っていた。

——手術がうまくいくと、飢えた狼みたいに求めてくるんです。

ふたたび看護師の言葉が思い浮かんだが、森川にはとてもそんな元気はなかった。

21

入院していた間に、アパートは急に老朽化が進んだかのようにくすんで見えた。

荻窪白鳳会病院を退院した小仲は、両手に荷物を持ったまま、外階段の前でしばし目を閉じた。上る気力が湧かない。十一月の冷たい風が背後から吹きつける。

自分はあと何回、この階段を上り下りするのだろう。そんな思いが胸をかすめる。しかし、感傷に浸《ひた》っている余裕はなかった。右の脇腹に痛みが出てきたのだ。肝臓の転移が大きくなっているという徳永の言葉が、毒針のように胸に刺さっていた。

患者の立場は弱い。子どもじみた医者の意地悪に傷つけられ、病気が悪化しても、どうすることもできない。

小仲は荷物を持つ手に力を込め、階段に右足をかける。身体を持ち上げたとたん、右の脇腹に内側から棒で突くような痛みが走った。動きを止め、しばらく待ってから恐る恐る左足を上げる。用心しながら次に右足。肘《ひじ》で脇腹を押さえる。そうやって太極拳のようにゆっくり上がり、ようやく自分の部屋にたどり着いた。

合板の粗末な扉を開くと、郵便受けからダイレクトメールや封書が散らばった。新聞は止めておいたが、郵便物はどうしようもない。入口に荷物を置き、奥の和室に向かった。早く横になりたい。

簡易ベッドの掛け布団をめくると、カビ臭いにおいがした。身体を横にすると、脇腹に痛みが走る。顔をしかめ、両手で押さえる。痛みは常にあって、転移の事実を突きつけてくる。ここにいるぞ、おまえは死ぬぞと、一瞬たりとも心を安らがせない。

もしこの痛みが消えたら、どれほどありがたいだろう。がんさえ治るなら、どんな不幸があってもかまわない。何度そう思ったことか。健康だったころの自分にもどりたい。それが実現できるなら、両手両足を切断されても平気だ。

小仲の脳裏に、妄想とも衝動ともつかない想念が浮かぶ。自分はほんとうに死ぬのか。今はこうして生きているのに。一時間後に死ぬことはあり得ない。明日も生きているだろう。明後日もそうだ。しかし、一カ月先はわからない。あの三鷹医療センターの最悪の医者は、余命三カ月と言った。あれから一カ月以上たつ。あと二カ月ないということか。

このまま痛みが強くなればどうなるのか。この部屋でひとりのたうちまわるのか。それなら、それでもいい。もう恐れるのにも疲れた。

布団が温まり、脇腹の痛みがわずかに和らぐ。眠気がさす。

このまま目が開かないなら、そのほうがいいかもしれない。

22

ＰＤの手術をした患者は、術後の合併症もなく、経過は順調だった。森川は三日連続で病院に泊まり込み、治療にベストを尽くした。四日目には患者の容態が安定し、ほっと一息ついたとき、突拍子もないことが思い浮かんだ。

もし、自分ががんになったらどうするか。

自分の年齢でがんにならないという保証はどこにもない。これまで森川は医師として、病気を治す立場でしか医療を考えてこなかった。もし自分ががんになったら、三鷹医療センターで手術を受けるだろうか。

森川は机の前で腕組みをした。

手術を受けるなら、やっぱり出身校である慶陵大学病院が安心だ。執刀はもちろん、信頼できる医師にしてもらう。だれに頼もうかと顔を思い浮かべながら、どの医師も一長一短あることに気づいた。慎重だが手術が遅い医師、手術は早いが荒っぽいとか、術後に合併症が多いとか、なまじ内情を知っているだけに悩んでしまう。完璧な外科医などいないとわかっていても、いざ自分が手術を受けるとなるとやはり気になる。そんなことなら、何も知らずによろしくお願いしますというほうがどれだけ楽か。

しかし、多くの患者が少しでもいい医師の治療を受けたいと情報を求める。森川にも知人や友人から問い合わせがよく来る。重い病気ならわかるが、いつかも叔母に子宮筋腫の手術はどこの病院がいいかと聞かれた。筋腫ならどこでも同じと答えたが納得してもらえなかった。もちろん、多少のレベルの差はあるだろう。しかし、どんないい病院を選んでも、一〇〇パーセント安全ということはない。

もし、自分が慶陵大学病院で手術を受けるのなら、三鷹医療センターの患者には知られないようにしなければならない。医師がほかの病院へ行くような病院で、だれが手術を受けたがるだろう。

自分の病院以外で手術を受けるのは、患者に対する裏切り行為か。しかし、そんなことを言えば、レストランのコックは自分の店以外で大事な客はもてなせないし、JT（日本たばこ産業）の職員は全員、喫煙しなければならなくなる。医師にもよりよい病院へ行く自由は保障されていいのではないか。

そこまで考えて、森川は恐ろしい思いに囚《とら》われた。治る病気ならいいけれど、手遅れのがんならどうするか。どんなにいい病院に行っても、治らないものは治らない。患者には「仕方ないんです」と言って終わりだが、自分のときもそう思えるのか。

進行がんはもちろんのこと、早期の胃がんでも二十人に一人は転移する。もし、自分のがんが転移して、余命は三カ月などと告げられたら……。

森川はふと、胸に迫るものを感じた。デジャヴュか。わからない。十年間の外科医生活で、あまりに多くのことが森川の心で渦巻き、わだかまっている。

23

『命の砂時計――余命3カ月を宣告されて』

小仲がそのブログを見つけたのは、たまたま見た検索ページだった。開いてみると、流れ星をあしらったトップに続き、若い女性の闘病日記が綴《つづ》られていた。ハンドルネームはサエ。

プロフィールによると、サエは大阪在住の三十四歳で、二年前にスキルス胃がんの診断を受け、胃を全摘。その八カ月後に腹膜のリンパ節に転移して、余命三カ月と医師から言われたらしい。しかし、それからすでに十四カ月がすぎている。やはり医者の言う余命はアテにならないのか。

小仲が開いたページは、今年の六月の記録だった。

『6月15日

大学病院でＭＲＩの検査。腹水が増えている。がんの進行？　でもくじけない。薬が効いていないと言って、先生がうなだれる。うなだれたいのはこっちだよ。先生の態度から、わたしの治療には、もうあまり興味なさそうだし、あとは自然な流れで、ということなのだろう。

でも、お医者さんなら、もう少し頑張ってほしいな。

でないと、患者も元気が出ないよ』

小仲はブログを読みながら、無気力な医者に憤《いきどお》る。元気なときなら、もっと怒っていただろう。今は全身の脱力感で、気持を奮い立たせることができない。

『6月27日
仕事にもどりたい。契約を次々ゲットしていたあのころが、懐かしい。
生保レディのＧＮＰ＝義理・人情・プレゼントで、狙《ねら》った獲物は必ずオトした（笑）。
病気になったあと、自宅でできる仕事に替えてもらったけど、
調子が悪くて、あまりできない。
迷惑をかけたくないので、仕事は今月かぎりで終わりにしよう。
もう働けない。情けない』

サエは保険の外交をやっていたようだ。かなりの凄腕《すごうで》だったことがうかがえる。かわいそうに。小仲は同情するが、今は他人事ではない。

『7月10日
今日は、嵐山《あらしやま》に行って来た。
たぶん、もう紅葉は見られないから。
嵐山には、思い出がある。
むかし、彼氏とドライブして、湯豆腐食べて、野宮《ののみや》神社にお参りした。
わたしには、数少ない貴重な体験（笑）。
今日はひとりで同じ道を歩いた。
7月にしては涼しくて、助かった。神サマありがとう。
あのとき食べたのと同じソフトクリームを見つけて、食べた。
おいしかったー』

もう紅葉は見られないというのは、秋まで生きていないという予測だろう。そんなこと言わずに頑張れと、励ましたくなる。

『7月23日
今日も散歩に行った。

中学校の横の池には、ススキが繁《しげ》っていた。

それが、不思議にきれいに見える。

末期《まつご》の眼？

わたしは、なんて美しい世界に生きているんだろう。

池にオシドリの夫婦がいた。

結婚できなかった自分が、ちょっと淋しい。

でも、結婚していたら、旦那さんや、子どもに悲しい思いをさせたから、しなくてよかったのかも。

でも、毎日看病してくれる母には、申し訳ない。

きっと、娘の嫁入りを楽しみにしていただろうから。

わがまま娘で、ごめんなさい。

花嫁衣装を見せられなくて、すみません』

読むうちに、涙がこぼれる。サエという女性が、残された時間を精いっぱい生きている健気《けなげ》さが伝わってくる。彼女は今どうしているのだろう。同じがんの末期患者として、小仲は連絡をとってみたいと思う。

『8月13日
夏真っ盛り。死ぬほど暑い。
腹水が増えてきたらしく、ベッドから動けない。
薬はいっこうに効かない。
いっそ、治療をやめてしまおうか。
がんを放置するのもアリだと、本に書いてあった。
過剰な医療は、よくないと。
つらい治療にしがみつくより、
運命を受け入れるほうが楽かも』

サエが弱気になっている。なんとか力づけてやりたい。治療をやめるなんて、バカなことを言うな。苦しいだろうけど、頑張っていればチャンスはある。

過剰な医療がよくないという記事は、小仲も新聞で読んだことがあった。だが、それは敗北主義だ。つらい現実から逃げているにすぎない。

患者も医者も、最後までベストを尽くしてこそ、希望が生まれるのじゃないか。

『8月28日
昨夜もすさまじい吐き気で、一睡もできなかった。
何も食べてないのに、どうしてこんなに吐くんだろう。
身の置きどころがないほど、身体がだるい。
大学病院の主治医は、ホスピスを紹介すると言う。
それって、いよいよ終わりということ？』

肚の底が熱くなる。ここにも無神経な医者がいる。患者を見捨てる医者は許しがたい。
なんとか罰を与えられないものか。

『9月17日
つらい。
もう、限界かも。
看護師さんに、眠る薬をお願いした。
ブログも、書けなくなるけど、仕方がない。
今のうちに、サヨナラを、言っておこう。

わたしのブログを読んでくれたみんな、ありがとうございます』

サエは入院したようだ。よほど体調が悪いのか。そう思って次のブログを開くと、いきなり思いがけない記載があった。

『9月29日

娘の佐恵子は一昨日、午後九時十七分に永眠いたしました。

わたしは母親として何もしてやることができず、つらい日々でした。

泣いてばかりの毎日でした。

でも、娘はよく頑張ったと思います。

これで娘も楽になりました。

みなさまの励まし、心から感謝いたします。

ありがとうございました』

小仲は茫然と文面を眺める。サエという女性はもうこの世にはいないのだ。激しい虚しさに苛《さいな》まれる。

やり場のない悲しみでモニターを眺めていると、スポンサーサイトに並んだ広告の文字に目を奪われた。

『がん免疫細胞療法』

何だろう。さして期待もせずにクリックする。開いたクリニックのホームページには、信じられないことが書いてあった。

『がんの三大治療（外科手術、抗がん剤、放射線）に次ぐ第四の治療法』

小仲は興奮に息が詰まる。これはサエという女性が引き合わせてくれたのではないか。がんの免疫細胞療法。それは副作用のない夢の治療法だった。

24

「今日はジィジのお誕生日と、お仕事お疲れさまのお祝いよ」

「オツカレサマって？」

ビロードのワンピースを着せられた可菜が、エレベーターの中で瑶子に聞く。

「長い間働いて、先週でお仕事が終わったの」

森川がきまり悪げに階の表示を見上げる。今日は森川の父・忠生《ちゅうせい》の定年を祝う夕食会だった。忠生は埼玉県和光《わこう》市の総合病院の麻酔科部長だったが、先週、六十五歳の誕生日を迎えて退職したのだ。

夕食会の場所は、池袋・サンシャイン60のスカイレストランフロアにある高級中華料理店である。エントランスで予約を告げると、タキシード姿のウエイターが個室に案内してくれる。まだ予約の十分前なのに、両親はすでに着席していた。

「もう来てたの。相変わらずせっかちだな」

「そうなのよ。もう一本遅い電車で大丈夫って言ってるのに、お父さんたら間に合わないって急《せ》かすから」

お気に入りのクリッツァのブラウスを着た母・真智子《まちこ》があきれ顔に言う。ジャケット姿の忠生は頓着《とんちゃく》せず、満面の笑みで可菜を迎える。

「今日もかわいいねぇ」

「個室だと可菜がはしゃいでも安心ですわ」

瑤子が可菜を忠生の横に座らせ、自分の椅子を少し寄せる。

チーフウエイターが歓迎の挨拶に訪れ、続いて白服の給仕が飲み物と料理を運んできた。

「それじゃ、父さん。誕生日と定年退職おめでとう。長い間、お疲れさまでした」

「お疲れさまでした」

真智子と瑤子が唱和すると、忠生はうれしそうにグラスを掲げた。

「父さんは今の病院に何年勤めたの」

「大学病院をやめてからだから、二十三年だ」

「長いね。で、これからどうするつもり?」

「しばらく休んでから、あとはスポットで麻酔のアルバイトでもやるさ」

「気楽でいいな。僕も早くそんな身分になりたいよ」

愚痴っぽく言う森川に、忠生は鷹揚《おうよう》な笑みを返す。

前菜に続き、この店の名物の小籠包《ショーロンポー》が出た。中の肉汁が熱いので、瑤子は可菜のために小皿に割ってやる。

「おいしい。でもこの味、何かしら」

「瑤子さん。これは蟹味噌《かにみそ》よ」

「あ、そうですね。わたしはじめてです」

瑤子が上手に姑《しゅうとめ》に花を持たせる。セイロの中身を平らげた忠生が、森川に聞く。

「それで仕事のほうはどうだ」

「別に変わりないさ。ちょっと忙しすぎるけど」

ぶっきらぼうに答える夫を瑤子が補足する。

「良生さんは病院でたいへんみたいですよ。困った患者さんが多くて」

「まあ、外科医はそうだろうな」

「良生は子どものときから優しかったから、よけいに苦労するんじゃないかい」

真智子がむかしを思い出すように微笑む。「家に虫が入ってきても、必ず外へ逃がしてやるのよ。殺すとかわいそうだと言って。ゴキブリなんかも外へ逃がしてたわ」

「今でもそうですよ。この前ゴキブリが出たとき、必死に追いまわしてベランダに逃がしてました。わたしはスリッパで叩き潰《つぶ》すんですけど」

「まあ。瑤子さんたら」

真智子が一瞬目を剝いて笑う。森川は照れくさそうに顔をしかめる。

「今日は父さんのお祝いなんだから、僕の話はいいよ。父さん、紹興酒《しょうこうしゅ》を頼もうか」

「ああ。一杯もらおう」

運ばれてきた小グラスに氷砂糖を入れ、琥珀《こはく》色の酒を注ぐ。

料理は北京ダックにフカヒレ、和牛の青椒肉絲《チンジャオロース》と続き、最後は濃厚な杏仁《あんにん》豆腐が出て、可菜を喜ばせた。

森川が勘定をすませて出てくると、ロビーで待っていた父親が満足げに言った。

「今日は楽しかったよ。いい家族に囲まれて、おれはほんとに幸せ者だ」

「お父さん。足元、大丈夫ですか」

真智子が赤い顔でふらつく忠生の腕を支える。ほろ酔い気分の森川が言う。

「タクシーで帰ればいいのに。六千円くらいだろ」

「そんなぜいたくはしない。電車で十分」

サンシャインシティから池袋駅まで歩き、両親と別れてから、森川たちはタクシーを拾った。可菜が眠そうだからと一応は理由をつけているが、最近はいつも夜の外食はタクシーを使う。一度楽を覚えると、なかなか元にはもどれない。

車が走り出すと、可菜はすぐに眠り込んだ。森川が瑤子をねぎらう。

「今日はありがとう。いい親孝行ができたよ」

「わたしもご馳走を食べられてよかったわ」

紹興酒の酔いが、ぬるま湯のように首筋にまとわりつく。シートに身体を預け、森川は思わず深いため息をついた。

「どうしたの」

「え、いや……」

自分でも胸をかすめた思いに戸惑う。

「今日はほんとうに楽しかったけどさ、これでいいのかなって思って」

「どうして」

「なんとなく、申し訳ないような、怖いような」

「またはじまった。良ちゃんの考えすぎ」

瑤子があきれたように肩をそびやかす。何が心に掛かっているのか、森川にもよくわからない。ただなんとなく、落ち着かない思いが頭の中で宙吊りになっている。

25

『がん免疫細胞治療の最先端　活性化NK細胞療法』

　そう大書されたクリニックのホームページには、驚くべき実例が紹介されていた。胃カメラに写し出された噴火口のようながんが、治療後半年ですっかり消えている。CTスキャンで肝臓に砲弾のように撃ち込まれた転移も八カ月で消えている。ほかにも肺がん、膵臓がん、大腸がんなど、治療不可能とされた末期がんがこの治療で治癒したと書いてあった。

　小仲はじっとりと脂汗をかきながら、ホームページの情報を見た。

　免疫細胞療法とは、自分の血液に含まれる免疫細胞を取り出して、培養して数を増やし、ふたたび身体にもどす治療法だ。免疫細胞にはいくつか種類があり、なかでもNK細胞は「ナチュラル・キラー」と呼ばれる攻撃力の強い細胞らしい。もともと自分の免疫なので、がん細胞は攻撃するが、正常な細胞は攻撃しない。だから、抗がん剤や放射線とちがい、副作用がないのだという。

　ホームページには、がん細胞を攻撃するNK細胞の動画もアップされていた。顕微鏡の下で、黒っぽいがん細胞に銀色のNK細胞が取りつき、破壊してしまう。まさに理想の治療法じゃないか。

クリニックは大阪に本部を置く医療法人で、関西および名古屋にクリニックをチェーン展開していた。有効な治療のためなら、名古屋でも大阪でも喜んで行く。

だが、待てよ、と小仲は眉をひそめる。そんなにいい治療法なら、なぜもっと普及しないのか。

ホームページを見ながら、疑心が頭をもたげる。あまりに派手なレイアウト。『もう悩む必要はありません。お気軽にご相談ください！』などの軽薄な宣伝文句。無料相談の電話番号は０１２０のフリーダイヤルで、治療費の支払いはクレジットカード、分割払いもＯＫと書いてある。ちょっと商売っけがすぎないか。

「料金案内」のタブをクリックして、その思いはいっそう強まった。初診料の一万円はいいとして、ＮＫ細胞治療は一回二十五万円だという。それを六回繰り返して一クールだから、最低でも百五十万円。検査や診察費を入れると、百八十万円を超えるという。医療保険の利かない自費診療のためらしいが、あまりに法外な金額ではないか。がんに苦しむ患者のどれだけが、そんな治療費を用意できるというのか。下に大きく「医療費控除」と書いてあるから、補助でも出るのかと思えば、確定申告のときに所得控除されるという説明だった。収入の少ない小仲には、ありがたくもなんともない。

小仲は免疫細胞療法をしているほかのクリニックを検索してみた。ヒット数百万件以上。そんなに情報があふれているのか。対象をクリニックにしぼり、場所を東京に限定すると二十五の施設があった。順番にページを開きながら、金儲け丸出しのクリニックを除いていくと、渋谷の「竹之内《たけのうち》クリニック」というところがよさそうだった。院長の竹之内治雄《はるお》は四十二歳で、首都医療大学を卒業後、アメリカのジョンズ・ホプキンス大学の腫瘍内科で三年間、がんワクチンと免疫細胞療法を研究したとある。「治療費用」のタブを開くと、ここも高額にはちがいないが、一クールが四回で、一回二十万円、総額で九十五万円だった。回数は少ないが、金儲け主義のクリニックよりはかなり安価だ。

それでも小仲は半信半疑だった。もしここで治療を受けるとしても、百万円近い治療費がかかる。今ある貯金の約三分の一だ。もし二クール目もするとなると、半分以上が消えてしまう。これからどれだけ生活費がいるかわからないのに、金をドブに捨てるようなまねはできない。

小仲はネットの検索に疲れ、簡易ベッドに仰向けになった。相変わらず右の脇腹に熱感と痛みがある。身体を動かすたびに存在を誇示するがん。これさえなければと、夢想するのにも疲れた。それでも、ひょっとして、奇跡は起こりはしないかと頭の隅で考えてしまう。

抗がん剤をやめたせいか、吐き気はほぼ収まっていた。腹水もさほど増えていないようだ。身体は楽だが、何も治療をしないのは不安だ。

寝転んだまま天井を見つめる。羽目板の黒カビの染《し》みが幾何学模様のように見える。がん細胞に群がるＮＫ細胞のようだ。百万円、ドブに捨てるつもりでやってみるか。どうせ墓には貯金を持っていけない。効かなければ一クールでやめればいいのだ。

小仲はベッドから起き上がり、ふたたびパソコンの前に座った。竹之内クリニックのホームページを開き、電話で無料相談を申し込んだ。応対の女性は親切で、できるだけ早いほうがと頼むと、翌日に予約を入れてくれた。

次の日、小仲は身体のだるさをこらえ、最低限の身だしなみを整えて渋谷に向かった。竹之内クリニックは、道玄坂《どうげんざか》を右手に折れた奥にあった。受付で名前を告げると、事務の女性が相談室に案内してくれた。

「ようこそ。小仲さん。院長の竹之内です」

ホームページに出ていた医師が、にこやかに握手を求める。小仲はこれまでの病歴を話し、免疫細胞療法を受けられるかどうか訊ねた。竹之内は「もちろんです」と、とびきりの笑顔を見せた。小仲の気持は逆に沈む。医者の愛想のよさほど信用できないものはないと、荻窪白鳳会病院で懲《こ》りていたからだ。

「治療の前にお聞きしたいのですが、この治療法は医療保険の対象になっていないのですね。それは、厚労省が効果を認めていないということですか」

小仲が聞くと、竹之内は軽く眉をひそめて答えた。

「残念ながら、そうですとお答えする以外にないでしょうね」

てっきり効果を強調すると思っていたのに、肩すかしを喰《く》らった感じだ。

「がん治療の効果は、通常、腫瘍が小さくなったとか、腫瘍マーカーが下がったとかで判断します。そういう意味では、免疫細胞療法は十分な効果はないでしょう」

「がんは治らないんですか。ほかのクリニックのホームページには、がんが消えた写真とか出ていますが」

「よそのことはとやかく言いたくありませんが、信頼できるものは多くはないでしょう。がんが縮小しているのは、たいてい併用している抗がん剤や放射線の効果ですよ」

そうなのか。ある程度は眉唾だとは思っていたが、こうはっきり否定されると落胆する。

「どうぞ気落ちしないでください。がんの治療はもっと広い視野で考える必要があるのです」

「どういうことです」

「たとえば、がんは小さくなったけれど、副作用が強くて退院できず、ろくに食事もとれないまま病院で過ごすのと、がんはそのままだけれど、好きなものを食べて家で自由に暮らすのと、どちらがいいですか」

「それは後者です」

「そう、大切なのはQOL、クオリティ・オブ・ライフです。生活の質ですね。患者さんは得てしてがんを消すことにこだわりますが、必ずしも賢明ではありません。免疫細胞療法はQOLを重視して、延命効果を狙う治療なのです」

「つまり、がんは治らないけれど、死なないということですか」

「そうです。ただし、いつまでも死なないというわけではありませんが」

竹之内が目線を下げて微笑む。やっぱり死ぬのか。小仲は落胆を抑え、さらに訊ねる。

「ネットで調べたのですが、この治療はどこでもべらぼーに高いですね。なぜなんです」

「それは設備の関係ですね。血液の無菌処理から特殊な培養まで、膨大な経費がかかりますから。培養に使う無血清培地《むけっせいばいち》や細胞の成長因子も高額ですし」

「先生のクリニックはほかのところより安いようですが」

「うちは首都医療大学の臨床研究グループと連携していますからね、少し補助が出るのです」

「治療のデータが研究に使われるということですか。いったん治療をはじめると、途中で中止できないのですか」

小仲は荻窪白鳳会病院の治療を思い出し、表情を険しくした。竹之内はその変化に戸惑いながらも、冷静に答えた。

「治療はいつでも中止できます。データをとるといっても、記録するだけです。決められた方法でやるわけではありませんから」

それでも不信感はぬぐい去れなかった。考え込んでいると、竹之内が、「何かあったのですか」と聞いてきた。小仲は、荻窪白鳳会病院の医者の悪行を洗いざらい話した。竹之内は厳しい表情で聞いていたが、話が終わると、顔を伏せて声を落とした。

「そういう医師がいることを、同業者として情けなく思います。わたしは論文を優先したり、治療を強要したりはしないつもりです。免疫細胞療法は患者さんに大きな経済的負担を強《し》います。ですから、実際のところをしっかり説明して、十分納得していただいてからしかお勧めしません。あまり期待されても困るんです。小仲さんもよく考えてご判断ください。その上で我々の治療を希望されるのでしたら、喜んでさせていただきます」

竹之内の真摯《しんし》な口振りに、小仲は困惑せずにはいられなかった。彼は免疫細胞療法でがんが治るとはひとことも言わない。それが正直なところなのだろう。それでも治療を試してみるのか。百万円という費用を払って。

「先生のクリニックで、効果が出る患者さんはどれくらいの割合ですか」

「胃がんの場合は二割五分から三割ですね」

三、四人に一人ということか。どうする。期待されても困ると言う竹之内は、逆に信用できる気がした。ほかに治療法はないのだし、ダメ元で頼んでみようか。
「わかりました。それでもけっこうですからお願いします」

「承知しました。では、受付で検査と培養用の採血の予約を取って帰ってください」

竹之内は穏やかな笑顔で小仲を送り出した。

予約を終えたあと、クリニックを出た小仲は複雑な気分だった。良心的なのはわかるが、もう少し希望を持たせてくれないものか。こちらは大金を支払うのに……。

26

先輩の明断医長をさがしていると、まだ外来にいると看護師に言われた。診察時間はとっくに終わっている。いぶかりながら外来に下りると、診察室から話し声が聞こえた。患者の家族と話しているようだ。森川はとなりの診察室で待つことにした。

パーティションの向こうから男性の苛立った声が聞こえる。

「妻はショックで、毎日泣いて暮らしています。日に日にやつれて、廃人の一歩手前です」

「お気の毒ですが、わたしに言われてもね」

「しかし、ものには言い方があるでしょう。いきなりがんだと言われれば、だれだってショックを受けますよ。どうしてもう少し配慮をしてくれなかったんですか」

「いきなりって、心窩部《しんかぶ》に痛みがあって、体重も減ってるんだから、がんの可能性があることくらいわかるでしょう。そちらの認識不足じゃないですか」

「そんなこと、素人にはわかりませんよ。少なくともがんを告げる前には、患者の心の準備ができているかどうか確かめるべきでしょう」

「外来には大勢の患者さんが待ってるんです。そんな悠長なことはしてられませんよ。患者さんはあなたの奥さんだけじゃないんだから」

「そうかもしれませんが、少しは妻の気持を考えてくれたのですか。インフォームド・コンセントとは、そういうことでしょう」

「ちがいます。インフォームド・コンセントは、事実をありのままに伝えることです。患者さんがショックを受けそうだから、手心を加えるというようなことはしません。がんの告知でショックを受けるのは、基本的には危機管理意識の不足です」

「じゃあ、先生は、自分がいきなり手遅れのがんだと言われても、平気なんですか」

「もちろんです。事実なら、受け入れるよりほかありません」

「あんたに人間の心はあるのか！」

患者の夫の声が跳ね上がる。明晰医長が露骨なため息をつく。

「では、治らないがんの患者さんに、嘘の慰めを言えと言うのですか。必ず治りますとか、手術すれば大丈夫ですとか？　それこそ欺瞞《ぎまん》でしょう」

「しかし、あんな突き放した言い方をすることはないだろう。膵臓がんです、手術はできませんなんて、あまりに残酷すぎるじゃないか」

声が震えている。悔し涙をこらえているようだ。しかし、明晰医長は動じない。

「いくら優しい言い方をしても、現実は変わりませんよ。嘘の期待を持たせるのは、詐欺も同然です。事実に向き合い、覚悟を決めたほうが、つらい治療にも取り組みやすい。いつまでもぐずぐずと虚しい希望をひきずらせるほうが残酷です」

「もう、いい！」

患者の夫が椅子を蹴って立ち上がる音が聞こえた。

「もうあんたなんかに診てもらわない。もっと患者の気持のわかる病院に行く」

「ご自由に。わたしもあなたみたいな家族のいる患者は診たくありません。わたしの手術を待っている患者さんは大勢いるのです。わたしは助かる患者さんのためにこそ、自分の時間と能力を使いますから」

明晰医長の口調は乱れない。森川は緊張して耳をそばだてた。患者の夫がありったけの憎悪を込めてうめく。

「あんたは最悪の医者だ」

患者の夫が荒々しく診察室を出て行く音が聞こえた。明晰医長が不快そうにつぶやく。

「バカバカしい」

森川はとなりの部屋で動けずにいた。

明晰医長の言い分は、明らかに医療者側の理屈だ。患者の側に立てばどうか。心の準備ができていない患者は、告知で絶望させられても仕方ないのか。

明晰医長の言い分は冷たすぎるように思えたが、森川はこの医長が外科きっての勉強家で、常に患者の治療に打ち込んでいることを知っていた。自分が手術をした患者は、プライドにかけても治すと明言している。患者にすればこれほど頼もしい医師はいないだろう。しかし、だからこそ、明晰医長は治らない患者に関わりたがらない。治る患者には長時間の手術をこなし、緊急手術にも対応し、重症の患者には何日も泊まり込んで懸命に治療している。治療に疲れ果て、食事の時間もまともにとれず、医局のソファにぶっ倒れていることもしばしばだ。その上にまだ、患者の不安を理解しろとか、延々と繰り言につき合えとか、求められるだろうか。

理想の医師を求めたら、現実の医師はほとんどが不合格だ。人気《ひとけ》のない外来診察室で、森川は答えの出ない疑問の森に迷い込む思いだった。

27

テーブルの上で、めったに鳴らないケータイが震えた。表示されたのは、見たことのない番号だった。

「はい」

「小仲さんですか。わたし、荻窪白鳳会病院にいた看護師の吉武です」

思いがけない相手に、小仲は顔を上げた。遠慮がちな声が続ける。

「お加減はいかがですか。退院されるとき、きちんとご挨拶もできず、申し訳ありませんでした」

「いいよ、そんなこと」

「わたし、小仲さんに悪いことをしたんじゃないかと、ずっと気になっていたんです。わたしが出過ぎたことを言ったせいで、無理やり退院させられたんでしょう。なんとお詫《わ》びしたらいいのか」

吉武は込み上げる思いに語尾を震わせた。小仲はかすかに苦笑する。

「ありがとう。でも、おれがタキソールを断ったのは、吉武さんに言われたからじゃないよ。そりゃきっかけにはなったけど、自分なりに考えて決めたことだから。徳永は治療を待ってくれと言っても、薬の量を減らしてくれと言っても、聞いてくれなかった。吉武さんが言った通り、専門知識で言いくるめようとして、それでも断ったら手のひらを返したように検査の説明もしなくなった。挙げ句の果てに、肝臓の転移が大きくなっていることを、まるで仕返しのように冷たく告げたんだ」

「そうだったんですか」

「こっちも腹が立ったから、論文のデータにならないからいい加減に扱うのかと言ったら、徳永は逆ギレして、即、退院と言われたんだからね。あいつは吉武さんが言う通り、治療より自分の研究を優先するエゴイストだ。医者の風上にも置けんヤツだよ」

思い出すだけで怒りが込み上げる。吉武が案じるように問う。

「小仲さん。今はどこか別の病院にかかってるんですか」

「病院じゃないけどクリニックでね。そうだ、ちょっと聞くけど、吉武さんは免疫細胞療法ってのは知ってる？」

ついでに聞こうとしたら、吉武の声がトーンダウンした。

「リンパ球とかＮＫ細胞を培養して、体内にもどす方法でしょう。その治療を受けてらっしゃるんですか」

「いや、これから受けようかと思ってるんだけど」

「費用とか、聞いてらっしゃいますか」

「高いのは知っている。金儲け目当てでやってるところも多いらしいな。おれが行ってるのはわりと良心的なところなんだ。効果もあまり期待しないように言われてる。でも、副作用がないんだろう。だから、ダメ元のつもりでね」

小仲は予防線を張るように言った。専門知識のある彼女に否定されると、期待が持てなくなる。彼は話題を変えるように訊ねた。

「吉武さんはもう病院をやめたのかい」

「ええ。予定通り十五日付けで。有休がたまってたので、その前から休んでましたが」

「で、次の勤務先は見つかった？」

「はい。今は調布《ちょうふ》の診療所で働いています。病院じゃないですが、やり甲斐《がい》はありますよ。高齢の患者さんは、ちょっと親切にしてあげるだけでも、すごく喜んでくださいますし」

「吉武さんは優しいね」

お愛想のつもりで言うと、小さな照れ笑いが洩れた。

「あの、もしご迷惑でなかったらですが、一度、小仲さんのお見舞いにうかがってもいいですか。わたし、荻窪白鳳会からそのままになっているので、気になって」

思いがけない申し出に、一瞬、部屋が明るくなったように感じた。自分のことを心配してくれる人間がいる。しかも、若い女性だ。

「お見舞いはいつでも大歓迎だよ。こっちはずっと暇なんだから」

「よかった。じゃあ、今度の土曜日の午後はいかがですか」

「いいけど、家はわかるかい」

訊ねながら、吉武が答える前に住所と道順を説明した。胸の中でゴムまりが跳ねるような気分だった。


土曜日は朝からいい天気で、十一月後半とは思えない陽気だった。小仲は窓を開け放って部屋を掃除した。病人のにおいを追い出し、新鮮な空気を入れる。右脇腹の鈍痛《どんつう》は消えないが、気分は悪くなかった。

午後二時。約束の時間ちょうどにブザーが鳴った。几帳面《きちょうめん》な小仲は、相手が時間に正確なだけでも気分がいい。

「いらっしゃい」

扉を開けると、予想に反して吉武は一人ではなかった。六十代前半のふくよかな女性が後ろに立っている。小仲は頰を強ばらせた。

「小仲さん。ご気分はいかがですか。今日はわたしの知り合いの稲本好子《いなもとよしこ》さんをお連れしました。ぜひ小仲さんにお目にかかりたいとおっしゃるので」

そっちがお目にかかりたくても、こっちは別に会いたくないよ。そう思ったが、来た者を追い返すわけにもいかない。

「ま、入ってよ。汚いとこだけど」

奥の和室へ通すと、二人は遠慮がちに膝をついた。座布団が足りないので、互いに押し付け合う。こういうのが面倒くさい。

「これ使ってよ。おれは大丈夫だから」

小仲は自分の座布団を勧め、横にあった膝掛けを畳《たた》んで座った。

吉武が雰囲気を察して、遠慮がちに言う。

「すみません。勝手に二人で来てしまって。稲本さんはわたしの先輩で、今はがん患者のサポートをしている『ヘラクレス会』というのをやってるんです」

「はじめまして」

差し出された名刺には、「NPO法人ヘラクレス会　代表」という肩書きがついている。

「へえ。がん患者の支援でヘラクレスか。ギリシャ神話の蟹座にちなんでんのかい」

「そうです。さすがよくご存じですね」

稲本が感服するようにうなずく。がんと蟹が英語では同じ「cancer」であることや、ギリシャ神話でヘラクレスが大蟹を踏みつぶし、それを憐《あわ》れんだ女神ヘラが星座にしたことくらいは、読書家の小仲には当然の知識だ。

「入院中から思ってましたけど、小仲さんてすごく博識ですものね」

吉武が敬意を込めて言う。ご機嫌取りなのはわかっているが、知識をほめられるのはまんざらでもない。

「小仲さん。わたし、アップルパイを焼いてきたんですけど」

吉武は紙袋からアルミホイルに包んだ菓子を取り出した。甘い香りが鼻をくすぐる。

「うまそうだな」

「よかった。じゃあ、台所、お借りしますね」

吉武が立って、湯を沸かしはじめる。台所は片づけておいたから、使われても心配ない。それより稲本と二人で残されたほうが気詰まりだ。相手が黙っているので、仕方なく小仲が聞いた。

「あんたも看護師さんなのかい」

「前はそうでした。今はやめて、ＮＰＯにかかりきりですが」

「ヘラクレス会ってのは、どんなことをやるの」

「主にがん患者さんの精神的なサポートです。でも、なかなかうまくいかなくて」

「そりゃそうだろう。がん患者ってのは気むずかしいからな」

小仲は自嘲《じちょう》するように笑った。

「用意ができました」

吉武が紙皿に取り分けたパイを持って来ると、入れ替わりに稲本が台所に立って、紅茶を運んでくる。吉武が紙皿とティーバッグを用意してきたようだ。気が利くとも思えるし、この家にはそんなものはないだろうと見くびられたような気もする。

「小仲さんのお宅、食器とかフォークとかもいろいろあるんですね。感心しちゃった」

吉武が無邪気に言う。

「むかし、女性と暮らしてたこともあるからね。三カ月で出てったけど」

見栄《みえ》でよけいなことを言ってしまい、小仲は乱暴に紙皿を受け取る。鼻を近づけ、わざとらしくにおいを嗅《か》ぐ。

「病気のせいか、嗅覚《きゆうかく》が鈍《にぶ》ってね。でも、これはいいにおいがしてる」

「お口に合うかどうかわかりませんよ。わたし、料理が苦手だから」

フォークで小さく切って食べると、見た目より淡泊な味だった。これなら食べられそうだ。

「それにしても、あの徳永の野郎は許せんな。まったく患者を何だと思ってやがんだ」

小仲が言うと、吉武もパイを頰張《ほおば》りながら口を尖らせる。

「ほんとですね。わたしも徳永先生がそこまで大人げない人だとは思いませんでした」

稲本がもの問いたげな顔をしたので、小仲はあらましを説明した。

「そんなひどい先生がいたんですか。信じられない」

「悪い医者は徳永ばかりじゃないよ。おれは三鷹医療センターでもひどい目にあってるんだ。若造の外科医にもう治療法はないから、あとは好きに生きろなんて言われてね」

「患者さんの気持のわからない先生が多いですね」

稲本の同意に小仲は上目づかいに見る。じゃあ、あんたはわかるのか。小仲は稲本のどことなく上品な物腰が気にくわなかった。気取っているというのか、いかにも余裕がありそうだ。小仲の陰険な視線にも、稲本は穏やかな笑みを崩さない。

吉武が説明口調で言った。

「稲本さんのご主人は内科のドクターだったのですが、五年前に腎臓がんで亡くなられたんです。そのときにがん患者さんの精神的なサポートが不可欠だと痛感されて、ヘラクレス会を立ち上げたんです」

医者の奥さんだと聞くとよけいに好感が持てない。それでも一応、吉武の顔を立てて、「ほう」と相槌を打った。

「吉武さんも、その会に入ってるのかい」

「ええ。及ばずながらお手伝いしています」

そう言うと、吉武は紙袋から印刷物を数部取り出した。

「これ、ヘラクレス会のニュースレターです。よかったら小仲さんも読んでください。がん患者の集《つど》いもありますから、気が向いたらいらしてください」

小仲はニュースレターをものぐさげにめくった。二色刷のリソグラフ印刷で、経費を抑えているのがまるわかりだ。一応、興味のあるそぶりで眺めていると、稲本が壁際に積んだ文庫本の山を見て言った。

「小仲さんは読書家なんですね」

読書家というのは、小仲のいちばんうれしい言葉だ。

「それほどでもないがね」

「いいえ。すばらしいですわ」

稲本は本の背表紙を目で追ったあと、小仲に賞讃の眼差《まなざ》しを向けた。この女は何を考えているのか。小仲は警戒心を秘めて、稲本から目を逸らした。

28

埼玉県の飯能《はんのう》駅を出た特急むさしは、七割方の混み具合だった。

森川は外科部長と並んで二人席に座っていた。出張手術のお供をしての帰りである。

外科部長は二カ月に一度の割合で、慶陵大医局の関連病院に出張手術に行く。たいていはひとりで行くが、この日は森川が助手を頼まれた。お供の指名はまんざらでもない。手術がうまいと定評の外科部長に、助手を頼まれるということは、少なくとも足手まといとは思われていないということだ。外科部長は温厚な性格で、横に座っていても気をつかうことはない。

「今日は森川君のおかげで、スムーズなオペができたよ」

「とんでもないです。僕のほうこそいろいろ勉強させていただきました」

この日の手術は、食道がんの根治術《こんちじゅつ》だった。胸部と腹部の両方を切開する大がかりな手術だ。患者は五十六歳の女性。がんはやや進行していたが、印象は悪くなかった。

「今日の患者さん、助かりそうですね」

「そうだな」

外科部長が横目で森川を見る。君にもわかるようになったかという含みのある笑顔だ。

外科医は経験を積むに従って、徐々に患者の予後がわかるようになる。この患者は助かるか、助からないかがなんとなく感じられるのだ。外科部長は勘が鋭く、口に出すことはめったにないが、彼の予想は的中率八割以上との噂だった。森川はそのことが前から気になっていたので、この機会に聞いてみようと思った。

「先生はどうして患者さんの予後がわかるんです」

「それはまあ、長く外科医をやってるからな」

「予想がはずれることもありますか」

「そりゃあるさ。はじめはいけると思っていても、途中でだめになることもある。これはだめかなと思うと、ほんとうにだめになるから、できるだけ考えないようにしてるがね」

　外科部長は目尻《めじり》に皺を寄せて苦笑した。

「助かりそうなときには、患者さんに言うんですか」

「言わんよ。医者の言葉はこっちが思う以上に重いからね。言わなくてすむことは、できるだけ言わんほうがいい」

　外科部長はついでのように言い添える。「患者に余命を告げる医者も多いが、僕は感心せんな。患者に心づもりをさせるためには必要かもしれんが、予想がはずれることも多い。それにだいたい医者は、余命を短めに言うだろう。長めに言って、はずれると困るからな。いわば自己保身だ。告げられた患者や家族がどれほど悲しむか、たいていの医者はわかっていない。だから、告げるべきではないんだ」

　さすがは経験豊富な外科部長だと森川は感心する。

　電車は所沢《ところざわ》を過ぎ、東京都内に入った。外はすっかり暗くなり、窓ガラスに自分の顔が映っている。森川は目を逸らし、つぶやくように言った。

「助かる患者ばかりだといいんですが、そうでない患者はつらいですよね」

「医者とはそういう仕事なんだ。治らない患者でも、あきらめずにできるだけのことをする。そして、最後はきちんとお別れをする」

「きちんと、というのは」

「互いに心を通わせることかな」

「先生にとって最良の別れはどんなものですか」

外科部長はわずかに眉を上げ、思い出すように言った。

「最後に『よく頑張ったね』と声をかけて、患者からも『お世話になりました、ありがとうございます』と言われるような別れ方かな。病気は不幸だけれど、二人が出会えたことを互いによかったと思えるような別れ。最後に心が通じ合えば、最良の別れじゃないか」

「たしかに」

うなずきながら、森川はふと思い出す。治療法がないと言ったら、死ねと言われたも同然だと怒って外来から走り去った胃がんの患者。あの人は今ごろどうしているだろう。外科部長の話から考えれば、あの別れ方は最悪だった。もう一度、連絡をとってみようか。カルテを見れば、連絡先はわかる。電話をかけて、あのときは申し訳なかったと謝ろうか。

いや、と森川は思う。相手の状況もわからずに、いきなり電話で謝罪しても、それは自己満足にすぎない。患者のことを思って謝るのではなく、単に自分がすっきりしたいだけだ。

それならどうすべきか。

電車は終点の池袋に近づき、窓の外には都会の光があふれ出したが、森川の胸中は暗くなるばかりだった。

29

吉武と稲本が見舞いに来る数日前、小仲は竹之内クリニックで、MRIの検査とNK細胞を培養するための採血を受けた。

「今日は前より調子がいいようですね」

診察した竹之内は、うれしい誤算という表情で言った。吉武の見舞いが楽しみで、小仲は精神的に高揚していたのだ。それで免疫力がアップすれば、この治療法にも効果があるのではと、小仲は密《ひそ》かに期待した。

診察のとき、小仲は竹之内にふたつ頼み事をした。ひとつはできれば検査をしないでほしいということ。すでに受けた検査は仕方がないが、その結果も知らせないでほしいと頼んだ。理由は検査の結果に一喜一憂したくないからだ。これまでいろいろな検査を受け、結果を知らされるたびに動揺した。肝臓の転移が縮小したと聞いては天にも昇る心地になり、そのすぐあとで腫瘍マーカーが上がったと聞いては絶望した。

「これ以上、検査に振りまわされたくないんです」

小仲が言うと、竹之内は困った表情を見せた。

「しかし、検査をしないと、治療の効果も判定できませんよ。それに首都医療大学にデータを提出しないと、補助金ももらえないし」

「けっこうです。治療費が多少高くなってもいいです。それとも、データを出さないと治療も受けられないのですか」

小仲は竹之内を試すように見つめた。治療とデータのどちらを優先するのか。

竹之内は視線をずらさず、穏やかにうなずいた。

「わかりました。では、検査なしでやることにしましょう。免疫細胞療法は自由診療ですから、可能なかぎり患者さんのご希望には添いますよ」

「ありがとうございます」

小仲はほっとして息を吐いた。そのすぐあとで両膝で拳を握り、ふたたび竹之内を見つめる。

「先生。もうひとつお願いがあります。NK細胞の培養を、三日ごとにしていただけないでしょうか」

「どういうことです」

通常、免疫細胞療法では、採血後、二週間かけて免疫細胞を培養し、千倍ほどに増やしてから体内にもどす。そのとき、次の培養のための採血を行い、ふたたび培養する。それを繰り返すので、増やしたＮＫ細胞を身体にもどすのは二週間ごとになる。小仲はその間隔を短くするため、三日間隔で採血をして、順次、培養を行ってほしいと求めたのだ。そうすれば、最初の投与は二週間後だが、そこからは三日ごとに増やしたＮＫ細胞を体内にもどすことになる。

小仲の意図を理解した竹之内は、「うーん」と唸《うな》った。

「だめですか」

「だめではありませんが、そういう投与法のデータがありませんからね」

「この治療法はもともと自分の細胞を使うから、副作用がないのでしょう。副作用が強いなら投与の間隔を空けるのもわかりますが、免疫細胞療法ならその必要はないんじゃないですか」

「たしかにそうですが」

竹之内はそれでもまだ渋っていた。小仲は我慢できずに、深々と頭を下げた。

「先生。お願いします。私には時間がないんです。二週間も待っていられない。いつ命が尽きるかわからないんです」

「わかりました。でも、インターバルが三日というのは、いくら何でも短すぎます。せめて五日にしましょう」

「ありがとうございます。我が儘を申し上げて、申し訳ありません。でも、私はなんとかしたくて必死なんです。どうぞ、この気持を汲《く》んでください」

最後は涙声になって、頭を下げ続けた。


十二月四日。最初の採血から二週間が過ぎたこの日、いよいよ第一回目のＮＫ細胞投与が行われた。

「体調はいかがですか」

竹之内が穏やかな笑顔で聞いてくれる。小仲は緊張と期待で胸が張り裂けそうだった。

「よろしくお願いします」

頭を下げながら、竹之内の表情を探る。二週間前にしたＭＲＩの結果はどうだったのか。肝臓の転移は大きくなっていないか、腫瘍マーカーはどうなのか。検査の結果は知らせてくれるなと言いながら、やはり気になる。

荻窪白鳳会病院を出てから、何も治療をしていない期間が三週間以上になるが、どうしたわけか小康状態が続いていた。もしかしたら、がんの勢いが止まったのではないか。抗がん剤の副作用が消えて、少し食事もできるようになったから、体力が回復したのかもしれない。

思い切って二週間前の結果を訊ねようかと思ったが、小仲は自制した。こちらから頼んでおきながら、前言を翻《ひるがえ》すわけにはいかない。せめて竹之内に何か表情の変化はないかと探ったのだが、何の変化も読み取れなかった。

点滴ルームのベッドに横たわると、看護師がワゴンに点滴セットをのせて運んできた。培養されたＮＫ細胞は半透明の輸血パックに入れられ、ステンレスの盆に恭《うやうや》しく収められている。うっすら輝くようなオレンジ色の液体だ。

「それでは、ＮＫ細胞の点滴をはじめます」

看護師がルートをつなぐと、竹之内が直々《じきじき》に点滴の針を小仲の腕に刺した。培養液が一滴ずつ血管に送り込まれる。ミジンコのようなＮＫ細胞が見えるようだった。それが体内を巡り、がん細胞を攻撃する。小仲は点滴を受ける間中、懸命にＮＫ細胞の活躍を頭に思い浮かべた。

点滴は一時間ほどで終わった。

「どうです。気分は悪くありませんか」

竹之内が点滴の針を抜きながら訊ねた。

「大丈夫です」

大丈夫どころか、爽快な気分だった。身体がかすかに温まった感じだ。早くもＮＫ細胞が活躍しているのか。小仲の脳裏にふたたび誘惑の声が聞こえる。腫瘍マーカーだけでも検査してもらおうか。

「落ち着かれたら今日は帰っていただいてけっこうです」

「あの……」

出て行きかけた竹之内を、小仲は呼び止めた。

「何です」

「いや……。何でもないです」

小仲はとっさに言葉を呑み込んだ。不吉な予感が走ったからだ。免疫細胞療法がいくら新しい治療法でも、そうすぐに効果が出るはずはない。逆に腫瘍マーカーが前より高くなっているかもしれない。なぜだかわからないが、ふとそんな気がした。

動揺を抑えて点滴ルームを出ると、受付に竹之内が立っていた。申し訳なさそうに顔を伏せている。何ごとかと近寄ると、ひとつ咳払いをして言った。

「前にも申し上げましたが、検査データを送らないと、首都医療大学からの補助金がもらえないのです。小仲さんの治療費はホームページの額より、少し高くなります。検査をしない分、幾分か相殺されますが」

「いくらですか」

「今日の分として、二十三万三千円です」

身構えていたが、思ったほどではなかった。やはりここは良心的なのだ。

「もし、今からでも検査をお受けになるのでしたら、補助金の手続きをしますが」

「いえ、けっこうです」

小仲は気分を変えるため、前から気になっていたことを訊ねた。

「それより、ほかのクリニックでは一クールが六回のようですが、先生のところは四回でいいのですか」

「四回やれば効果があるかどうか、およそのところはわかりますのでね。六回というのは、わたしは過剰だと思います」

「わかりました。では、次もよろしくお願いします」

小仲は会釈して、カードで支払いを済ませた。サインをするとき、右手が強ばった。金額欄に今まで見たこともないたくさんの数字が並んでいたからだ。同じサインを、あと三回しなければならない。それがどういう結果になるのか。

30

森川の日常は、さしたる事件もなく、淡々と過ぎていった。

それでもたまに地雷を踏んで狼狽《ろうばい》する。

数日前、三十五歳の胃がん患者が入院してきた。森川と同い年だ。その患者は、森川が念のためにした胃カメラで見つけた早期がんだった。いわば森川のファインプレーだ。

今日、その患者の部屋に午後七時過ぎに呼ばれた。

「こんな時間にお呼びだてして申し訳ありません。実は、うかがいたいことがありまして」

ベッドの横で、若い妻が目を真っ赤に泣きはらしている。

「先生、今日は妻にどのようなお話をされたのですか」

特別なことを言った覚えはない。昼過ぎに廊下ですれちがったときに、軽く声をかけただけだ。よろしくお願いしますと頭を下げられたので、こう言った。

——大丈夫ですよ。ご主人は早期ですから、手術のあとの抗がん剤もいらないし。

励ますつもりで言ったのに、彼女は妙な顔をした。顔面蒼白。おかしいなと感じたが、手術が心配なのだろうくらいにしか思わなかった。

「実は、妻には、僕ががんだとは言ってなかったのです」

「えっ」

森川は思わず声をあげた。まさか、そんなことがあり得るのか。

患者は穏やかな口調で補足した。

「妻は心配性なので、ただの胃潰瘍だと説明してたのです。でも、先生から抗がん剤と聞いて、がんだと気づいてしまいました」

二十年ほど前までは、がんは家族に説明して、本人には知らせないことが多かった。

しかし、今は説明義務があるので、特別な事情がないかぎり、すべての患者に病名を告げる。だから、この患者にも胃カメラの結果が出てすぐに伝えていた。それが奥さんには隠されていたとは。

「そうだったんですか。まさか、そうとは知らなくて」

「こちらも先生にお話ししていなかったのが悪かったのです。ただ、妻がどうしても気持を落ち着けられないと言うので、先生から説明していただこうと思いまして」

「説明というと」

「僕のがんは早期だから、九五パーセントは大丈夫だとおっしゃったでしょう。そのことです。僕が言っても、妻は安心できないらしくって」

「わかりました。奥さん、どうぞご心配なく。ご主人の胃がんは早期ですから、きっと手術でうまく取れますよ」

森川は優しく言った。妻はハンカチでまぶたを押さえてから、唇を震わせた。

「でも、五パーセントはだめなんでしょう。わたし、それが心配で」

大丈夫ですよと言いたいが、安易に言ってしまっていいのか。一瞬の迷いが気まずさを生む。

患者が間髪を入れずに取りなした。

「どんなことにも、一〇〇パーセントというのはないよ。人間のすることだから、不確定要素もある。九五パーセントというのは、そういうのを割り引くという意味ですよね」

「ええ。まあ、そういうことです」

「だから、心配いらないって」

妻は表情を緩めない。患者が苛立つ。森川は加勢しなければと思うが、言葉が出ない。早期の胃がんでも、実際、再発する人もある。「死ねと言われたも同然」と言ったあの患者のことがまた思い浮かぶ。今は目の前の患者の妻を安心させることが先決だ。森川は焦る。だが、焦れば焦るほど妻の不安は増大する。森川は目をつぶって崖《がけ》から飛び降りる気分で言った。

「大丈夫ですよ。ご主人は必ず助かります」

「ほらね。先生もそう言ってくれてるんだ。安心しただろ」

沈黙は何秒くらい続いたろう。患者の妻はため息をつき、目を伏せたまままうなずいた。

「わかりました。ありがとうございます」

そう言ってから、ふいに森川を見つめて声を強めた。

「森川先生。きっと主人を助けてください。うちの子はまだ五歳と二歳なんです。もし、主人が命を落とすようなことがあったら、わたし、どうやって生きていけばいいのか……」

妻がハンカチに顔を埋める。森川は声に力を込める。

「ご安心ください。がんはごく早期ですから、再発などあり得ません。必ず完璧な手術をしますから、ご心配なく」

言葉は不思議なほどすらすら出た。一線を越えてしまうと、あとは毒を喰《く》らわば皿までか。

病室を出ても、森川の動悸《どうき》は収まらなかった。万一、この患者が再発したら、ファインプレーどころか、目も当てられないボーンヘッドになってしまう。

地雷はどこにでも潜《ひそ》んでいる。踏むまでわからない。

31

右の脇腹にふたたび痛みがやってきた。

認めたくはないけれど、痛い。息を吸うたびに肋骨の内側が引きつれる。押さえたり、撫でたり、できるだけ静かな呼吸をしても痛い。

毎日ががんとの闘い一辺倒だ。竹之内クリニックで自宅療養の指導を受けた小仲は、可能なかぎり栄養をつけて、体力を温存しようとした。精神的な安静も必要だ。がんのことは忘れて、できるだけ快適な気分になること。それが免疫力を高める。そう思っていた矢先の痛みだ。いやでもがんがそこにあることが意識される。これでどうやって快適な気分になれるのか。

土曜日の午後、畳の部屋で足を投げ出していると、戸口のブザーが鳴った。

「開《あ》いてるよ」

小仲はベッドに寄りかかって苦しげに言う。面倒なので鍵はかけていない。

「こんにちは。ご気分はいかがですか」

入ってきたのはヘラクレス会の稲本だった。また来たのか。小仲は不機嫌な顔を向けたが、稲本は笑みを絶やさない。

「今日は吉武がちょっと都合悪くって」

「それで、あんたひとりで来たのか」

歓迎するつもりはない。ただ、話をすれば少しは気が紛れるかもしれない。

稲本は遠慮がちに畳の上に正座した。

「体調はいかがですか」

「よくないよ。ここが痛いし」

顔をしかめて右の脇腹をさする。「身体もだるいし、食欲もない。顔色も悪いだろ」

「いいえ。この前よりいいですよ」

「嘘をつけ」

乱暴に言っても稲本は笑顔を崩さない。

「今日は何の用なんだ」

「別に用があって来たんじゃありません。お困りのことはないかと思って」

困ってることはある、このがんだ、あんたになんとかできるのか？　そう思いながら、不快げに目をそむける。

「小仲さんはお独り暮らしでしょう。食事とかはどうされてます」

「コンビニで買ったり、自分で作ったりさ」

「わたしたちの会では、ヘルパーの派遣事業もやってるんです。もし、必要でしたら、こちらにも来させますよ。掃除や洗濯もやりますし」

「今のところ大丈夫さ。自分のことくらい自分でできる」

「でも、ご無理されないほうがいいんじゃありませんか。それに、今後のことを考えても」

今後のこと？　小仲は稲本をにらみつける。病気が悪くなって、おれが動けなくなるときのことか。おれが死にかけたときのことか。

怒りがにじむが、稲本の笑みに弾かれる。実際問題、体調が悪くなれば、ひとりでは食事もトイレもままならない。かと言って、だれか助けてくれる当てもない。

「そのヘルパーというのは、どうやって来てもらうんだい」

「介護保険が使えるんです。ふつうは六十五歳以上ですが、小仲さんのような病気の場合は、それ以下でも大丈夫です」

稲本は介護保険の仕組みをかいつまんで説明した。はっきりとは言わないが、末期がんの場合は高齢でなくても保険が使えるらしい。

「要するに、役所に申請して、ケアマネージャーさんに相談すればいいってことかい」

「そうです。ケアマネはもしよかったら、わたしが担当させていただきますよ」

「あんた、ケアマネージャーの資格も持ってるのか」

「そうなんです。申し遅れました」

稲本はバッグから名刺を取り出し、営業スマイルで差し出した。『NPO法人・ヘラクレス居宅介護ステーション・代表』と書いてある。

名刺と本人を見比べながら、小仲は考えを巡らせた。この女がおれを訪ねてくるのは、自分のところのヘルパーを使わせるためではないのか。NPO法人なんていっても、どこまで非営利かわからない。人件費もいるし、赤字では経営が成り立たないだろう。

小仲はわざとぞんざいな口振りで聞いた。

「あんた、おれの介護で稼ごうと思ってるのか」

「とんでもない。そんなこと」

稲本は垂れ気味の目をいっぱいに開いて首を振った。小仲は追及を緩めない。

「じゃあ、あんたがおれを訪ねてきた真意は何だね」

「それは吉武から話を聞いて、少しでもお役に立てればと思ったからです。ヘルパーのお話が気に障《さわ》ったのなら謝ります。どうぞ忘れてください。わたしどもの会では、ほかにいろんな活動もしています。たとえば、傾聴ボランティアとか」

「傾聴?」

「そうです。がんの患者さんのお話を聞くボランティアです。グループワークでも、訪問でもやっています」

「ただ話を聞くだけかい」

「そうです。アドバイスしたりせず、ありのままに受け入れるんです。話すことで気持が落ち着き、患者さんも力が湧いてきます。それで新たな一歩を踏み出せることもあるんですよ」

「冗談言うな!」

小仲はいきなり怒鳴った。自分でも思いがけないほどの大声だった。稲本はさっき以上に困惑の目を見張っている。その善人面によけいに腹が立った。

「ありのままに受け入れるだと。それで寄り添ってるつもりなのか。がんで死にかけてる者の苦しみはそんな簡単なもんじゃないぞ。ただ話を聞くだけで、おれの気持がわかるとでも言うのか。いい加減にしろ」

「わたしは、ただ、がんの患者さんの力になりたいと、その一心で」

「それが僭越《せんえつ》なんだよ。あんたに何がわかる。自己満足でやってるだけじゃないか。おれたちがん患者を憐れんで、救いの手を差しのべたつもりになって、自分の善行にうっとりしてるだけだろう」

小仲は自制を忘れて言い募った。過去の思いがよみがえる。若いころ、おれは困っている人、苦しんでいる人のためにと思って、いろいろ活動した。社会運動的なこともした。しかし、そこに集まっている連中は、ほとんどが口先だけの偽物だった。善意の仮面をかぶって、自己顕示欲を善意にすり替えているだけだった。純粋な気持でやっている者などだれもいない。苦しんでいる人間を自分の満足に利用しているだけだった。この稲本という女も、同じ穴のムジナだ。

稲本の唇が震えている。頼りなげな言葉が洩れる。

「わたしは、夫ががんで亡くなったとき、なんとか励まそうと思ったのに、夫の気持を理解できなかったから……」

そう言えば、この女の夫は腎臓がんで死んだと前に聞いた。小仲の頭に邪悪な思いが閃《ひらめ》く。

「それは気の毒だったな。けど、あんたのダンナはたしか医者じゃなかったのか。それなら、どうして自分のがんに気づかなかったんだ」

稲本の顔色が変わる。小仲はおかまいなしに続ける。

「おかしいじゃないか。医者なのに自分のがんを見落とすなんて。医者の不養生《ふようじょう》ってやつか。けど、自分のがんも見つけられないような医者が、患者のがんを診断できるのかねえ。あんたのダンナは、医者として問題があったんじゃないのか」

稲本の目から涙がこぼれる。必死でそれをこらえようとしている。

「結局あんたは、自分のダンナをうまく見送れなかったことの埋め合わせに、ヘラクレス会とやらをやってるだけだろう。自分の罪滅ぼしに、おれたちを利用しているだけじゃないのか」

稲本は無言で立ち上がる。ハンカチで口元をきつく押さえる。

「……失礼、します」

かろうじてそれだけ言うと、まっすぐ戸口に向かった。出て行く直前、稲本は深々と頭を下げた。

図星だなと、小仲は口元を歪めて嗤う。

もうあの女が来ることはあるまい。厄介払いができたと、清々した気分だった。

32

森川はもともと、霊感や虫の知らせを信じるほうではなかった。

しかし、ときに不思議な気分になる。人間はほんとうに自分の意志で生きているのか。そう見えているが、実は運命に操《あやつ》られているのではないか。

十二月の第二日曜日、午後二時五十分。森川は近所のコンビニの前に立っていた。新聞に広告が出ていた「ご褒美《ほうび》ロール」を買いに来たのだ。

コンビニで目当てのロールケーキを三つ買い、レジに向かうとき、ふと目に入ったレモンキャンディーを買った。店の外へ出たとき、キャンディーを食べたくなり、特に何も思わず包装紙を破ってひとつ口に入れた。そして包装紙を捨てるため、ゴミ箱の前に立った。ありふれた日常。その間約十秒。

何気なくその場を離れて、自転車に乗って走り出した。

数秒後、後ろで凄《すさ》まじい音が響いた。ダイナマイトが爆発したかのような衝撃。ガラスが割れ、鋭い悲鳴が空気を切り裂いた。振り返ると、乗用車がコンビニに突っ込んでいた。

車はボンネットの部分を斜めに店内にめり込ませている。リアウインドウに歪んだ四つ葉のマークが貼ってあった。高齢のドライバーがアクセルとブレーキを踏みまちがえたようだ。

森川は自転車を下り、車のほうに走った。車の運転席で、白髪頭の男性が前屈みにぐたりしている。

「怪我はありませんか」

応答がない。ドアを開けようとしたが開かない。把手に両手をかけて思い切り引くと、なんとか開いた。

「わかりますか」

　森川は声をかけながら、男性の胸を見た。呼吸はしている。ついで手首を取って脈を診た。脈も正常だ。これならとりあえず救急蘇生の必要はない。森川は運転席から身を引き、店内に目を向けた。

「怪我をした人はいませんか」

　声をかけると、「一人、倒れてます」と店員の声が返ってきた。森川はすぐ店内に入り、店員に抱きかかえられて唸っている女性に呼びかけた。

「手を握れますか」

　女性は弱々しくではあるが、森川の手を握り返した。こちらも蘇生は不要だ。

「救急車をお願いします」

「今、呼びました」

　別の店員が答え、ほかの客たちも、我に返ったように事故現場を遠巻きにしている。

あたりにはガラスの破片が飛び散り、棚の商品が崩れている。その前で店員が両腕を広げて、客が近寄らないようにしていた。

やがて、救急車のサイレンが近づいてきて店の前で止まり、ヘルメットをかぶった救急隊員が駆け込んできた。

「下がってください。怪我された方はどちらですか」

「こっちです。車がいきなり突っ込んできたんです」

興奮した店員が救急隊員に告げる。外を見ると、車の運転者にも別の救急隊員が対応していた。パトカーのサイレンも聞こえ、警官が店に入ってくる。

ふと気づくと、外にあったゴミ箱がへしゃげて店内にめり込んでいた。もし、あと数秒、ゴミ箱の前にいたら、暴走する車に跳ね飛ばされ、死んでいたかもしれない。ほんのわずかな差で、助かったのだ。

死がすぐそばを通り抜けた感触に森川は慄然《りつぜん》とした。

そう言えば、最近、似たようなニュースをよく聞く。十八歳の無免許の少年が、居眠り運転で集団登校の列に突っ込んだ事故、てんかん患者のドライバーが京都の祇園《ぎおん》で歩行者を次々はねた事故、刑務所から出たばかりの男が、死刑になりたいと通りがかりの人を刺し殺した事件。何の落ち度もない人が、突然、死の魔手にさらわれる。大震災や台風でも多くの人が命を落としている。今、生きているのは当たり前のことではなくて、幸運な偶然のおかげなのかもしれない。

森川は奇妙な放心状態に陥り、夢遊病者のように自転車にまたがった。病気も同じだ。今回は通り過ぎたが、次はどうなるか……。

33

十二月の第二日曜日。会社の同僚三人が、小仲のアパートに見舞いに訪れた。同僚といっても年の離れた若い印刷工たちで、部下に近い後輩だ。

小仲が荻窪白鳳会病院を退院したのが十一月の半ば。それから何度か連絡があり、三人がそれぞれの都合を調整して決まったのがこの日だった。

「小仲さん。体調はいかがですか」

最初に口を開いたのは、優秀でまじめだがやや気の弱い沢井《さわい》だった。

「思ったより元気そうっすね。これなら大丈夫。すぐに復帰できるっすよ」

早口に続いたのは、せっかちで肥満体の柏田《かしわだ》。

「ええ、ほんとうに」

最後は長身で無口な染川《そめかわ》だった。

「よく来てくれたな。汚いとこだが、ま、上がってくれよ」

小仲は無精髭《ぶしょうひげ》によれよれのジャージの上下という出で立ちで、三人を招き入れた。

「少しでも元気を出してもらおうと思って、こんなものを持ってきました」

それぞれが見舞いの品を差し出す。沢井は卵豆腐、柏田はシュークリーム、染川はパイナップルの缶詰だ。

「ありがとう。気持はうれしいけど、今、食欲がな」

「じゃあ、とりあえず冷蔵庫にしまっときますから」

沢井が機敏に台所に立つ。

「会社のほうはどうだい。うまくいってるか」

柏田が染川のほうをちらと見てから、「まあ、なんとか」と曖昧な笑みを浮かべる。

「おれが休んでると、会社は喜んでるだろ。口うるさいのがいなくなったって」

「そんなことないっすよ。専務あたりは小仲さんを煙たがってたかもしれませんけど」

「へへっ、やっぱりな」

小仲は自嘲するように嗤い、台所からもどった沢井に訊ねた。

「おれが休む前、マットコートのチラシ印刷をSPD（スクリーンパッド印刷）でやろうとしてただろ。あれはうまくいってるか」

「大丈夫です。最初、ヘラを入れたらちょっと硬いかなって感じだったけど、四色掛け合わせでやったら、ベタの乾きはよかったですから」

小仲は自分が変えたインクの具合を確かめ、満足げにうなずく。

に答える。

「じゃあ、再生紙でも使えるな。で、染川はどうだ。元気にやってるのか」

染川は細長い身体を折り曲げ、困惑気味に頭を掻いた。沢井が横目で見ながら代わりに答える。

「相変わらず主任のプレッシャーがきついんです。この前も、紙止めストッパーの電磁弁が壊れたんで、染川がフィードボードの下にもぐり込んで替えたら、ジョイントからエアが洩れて印刷できなくなったんです。そしたら、主任が烈火の如《ごと》く怒って」

「そうか。あいつはどうしようもないヤツだな」

部門主任は去年、営業から異動になった四十代の大学出で、二言目には「顧客優先」を繰り返す偏狭な男だった。

沢井がふたたび深刻な表情で小仲に訴える。

「最近、印刷会社で胆管がんの危険性が高いってニュースが流れてるでしょう。僕らも気にしてるんですが、主任は上にいい顔をして、きちんと対策をしないんです。マスクをしろとか、有機溶剤のふたをこまめに閉めろとか言うだけで、換気システムも整えてくれないし、防毒マスクも手配してくれません。使う溶剤も、今騒がれてるジクロロメタンだけ使用リストからはずせばいいとか言うんですが、大丈夫なんでしょうか」

「どうだろうな。ジクロロプロパンも危ないんじゃないか」

「ですよね。でも、そっちは在庫を抱え込んじゃってるらしくって、言わないんです」

沢井が眉を曇らせると、柏田が眼鏡をずり上げながら言う。

「健康診断も受けろって言うんすけど、会社が経費を見てくれるのは簡単な項目だけで、詳しい検査は自費なんすよ」

「ひどいな」

「でしょう。現場をバカにしてますよね。作業場の空気を社長室に送り込んでやれって言うヤツもいますよ。こんなとき、小仲さんがいてくれたら、上にガツンって言ってもらえるんすけどね。みんな残念がってますよ」

「上の連中は許しがたいな」

そう言いながら、小仲は自分の言葉に力がこもっていないことを感じる。いくら憤っても、今は身動きがとれない。それに長期の休職にも気が引ける。

沢井がいち早く気づき、弁解するように言った。

「いや、自分たちの職場ですから、我々でなんとかやっていきます。ただ、小仲さんにも状況を知っておいてもらったほうが、復帰されたときにも、話が通じやすいかと思って」

「そうっすよ。お見舞いに来たのもそのためなんすよ。つい愚痴っぽいこと言っちゃって、申し訳ないっす」

柏田が続き、染川も黙って頭を下げた。

「いいんだよ。申し訳ないのはこっちだ。何の力にもなれなくてな」

「いえ。僕らは今まで小仲さんに頼りすぎてたんです。これからは自分たちでやりますから、見ていてください」

沢井は顔を上げ、背筋を精いっぱい伸ばした。これが育つということかと、小仲はうれしくなる。

「わかった。君らでもう十分やっていけそうだな。おれも安心したよ」

「小仲さんも早く復帰して、我々の後押しをしてください」

「そうです。よろしくお願いします」

「待ってますから」

沢井に続き、柏田と染川が口々に言った。小仲は若い同僚たちを見つめ、刹那、気持の和《なご》むのを感じた。

34

退院する胃がん患者が、森川の手を握って深々と頭を下げる。八王子《はちおうじ》でりんご農園を経営している七十二歳の男性だ。

「お世話になりました。ありがとうございます。森川先生は命の恩人です」

「恩人だなんて、そんな」

「いや、恩人です。先生に手術してもらわなけりゃ、わしはとっくに死んどりました。ほんとうに、先生のおかげで命拾いしました。ありがとうございます」

「はあ……」

森川は困惑しながら、頭を掻く。

肝臓がんの血管内治療を終えて、車椅子で退院する老婦人の娘が森川に頭を下げる。

「お世話になりました。ありがとうございます。でも、母は大丈夫なんでしょうか。まだ食欲もないし、おしっこの出が悪いみたいだし、お通じも毎日はありませんのよ。下剤をのんでやっと出るくらいで、夜も睡眠薬をのまないと眠れないし、朝の目覚めもよくないんです。家ではどんなことに気をつければいいんでしょうか。わたしが面倒を見ますので、細かなことまで聞いておきませんと心配ですの。体力的なこともありますし、もちろんヘルパーにも世話をさせますけれど、母にはまだまだ長生きしてもらわないと困りますでしょう。食べものはふつうでよろしいんでしょうか。ワインとかはいけませんわね。肝臓ですもの。塩分は一日何グラムまでならよろしいんでしょうか。テレビは一日何時間までなら許可できますか？　ウオノメが痛いらしいんですけど、それはまた外来で診ていただけますわね。わかっております。問題は黄疸でしょう。母は色白ですからすぐわかります。でも、母の血液検査はＡＬＰとＬＤＨと尿酸とコレステロールが基準値を超えておりますが、よろしいんでしょうか。母はまだ九十二歳ですから、心臓は大丈夫だと思うんです。もう三年も発芽玄米茶と青汁と人参りんごジュースを飲んでいますから。それに……」

「あの、すみません。ちょっと医局で呼ばれてますので」

森川は鳴ってもいない院内ＰＨＳを取り出し、逃げるようにその場を離れる。

首のリンパ腺が腫《は》れて、生検《バイオプシー》で調べたら悪性の細胞が出た患者が不機嫌そうに言う。

「入院するかどうかは、じっくり考えさせてもらいますよ。会社だってそうそう休めないし。それにがんかどうかもわからんのでしょう」

「いや、かなり悪性度の高い細胞が出ているんです。放っておくのは危険です。早急に詳しく調べないと」

「でも、自然に治るってことも考えられるじゃないですか。人間には自然治癒力が備わっているのでしょう。わたしはもともと健康なんですよ。学生時代はアメフトをやってましたし、三十八度の熱でも平気で会社に行ってましたからね。それに我が家は長寿の家系だし」

よかれと思って言っているのに、なぜわかってくれないのか。森川は頭を抱える。

「森川先生。もう帰るんですか」

病院の通用口で、見舞いに来ていた患者の娘と出くわす。時刻は午後九時四十分。三日前、吐血《とけつ》で運ばれてきた患者の緊急手術をして、連泊で重症当直をしていた。

「あ、今夜は少し落ち着かれていますから。私も着替えをしたいし」

娘は別の病院の看護師で、噂によればその病院でも問題の〝モンスター・ナース〟らしい。冷ややかな目線を森川に注ぐ。

「じゃあ、着替えたら、またもどってきてくれるんですね」

「えっ、ええ。そのつもりです」

心にもないことを言ってしまう。ツイてない。今夜は家でゆっくり眠れると思ったのに。


妻にがんを隠していた森川と同い年の胃がん患者も、無事に手術を終え、退院の日を迎えた。

「先生にはとんだご迷惑をおかけして、申し訳ございませんでした」

妻がていねいにお辞儀をする。予定より早い退院で気をよくしているようだ。

「よかったですね。これでもう何の心配もありませんよ」

「ありがとうございます」

この患者に関しては、「大丈夫」で通すことに決めていた。そう言えば相手は安心する。こちらも気分がいい。この状態が麻薬みたいに、誠実さや正確さを麻痺《まひ》させていく。

肝硬変で手術待ちをしていた赤鬼さんも、ようやく退院の日を迎えた。結局、手術はできず、内視鏡で硬化療法をするにとどめた。頑《かたく》なな表情は最後まで変わらなかったが、森川は努めて明るく接するようにした。

「いよいよ退院ですね。お元気で」

「……はい」

仏頂面は変わらない。ところが、ナースステーションの前では打って変わって明るい声を出した。

「それじゃ、退院するわ。長い間、世話んなったな」

以前、森川を諫《いさ》めた主任看護師が顔を出す。

「退院ですか。おめでとうございます」

「ああ。あんたには世話になったね」

「もうお酒を飲んじゃだめですよ」

「わかってる。飲みたくなったら、あんたの顔を思い出すよ。あははは」

「ぜったいですよ。じゃあ、お元気で」

主任看護師が両手を伸ばして、応援するように振る。赤鬼さんも帽子を取り、色褪《いろあ》せた赤ら顔で笑う。

赤鬼さんがエレベーターの中に消えてから、主任看護師が森川に言った。

「これでいいんですよ」

そうかもしれない。曲がりなりにも、治療を終えることができたのだから。

さまざまな患者がいる。うまくいく患者、いかない患者。

どんなに深刻な状況でも、避けて通るわけにはいかない。

いくら問題を先送りしても、病気は待ってくれない。

ひとつ解決しても、また次が迫っている。

35

『がんは怖くない』

小仲の目は、新聞の全面広告に吸いつけられた。自らがんを克服した女性タレントが、笑顔で初老の医師と向き合っている。曰《いわ》く、『がんは早期の段階で見つければ大丈夫。

だから、あなたも今すぐがん検診を』

がん保険を売る生命保険会社の広告だった。

指先が冷たい。小仲はその紙面を力任せに引き裂いた。おれの胃がんだって検診で早期に見つかったんだ。早期の段階で見つければ大丈夫だなんて、よくもそんな無責任なことが言えるものだ。晴れやかな女性タレントの笑顔、いかにも信頼できそうな医者の自信顔、それが無性《むしょう》に憎らしかった。

むかつくのは広告ばかりではない。がん患者が読んだら、思わず期待してしまいそうな派手な見出しの記事は枚挙に暇《いとま》がない。

『がん自滅の「鍵」発見　米大チームら新薬開発に期待　様々なタイプに効果』

『重粒子線治療　がん対策の世界的成果　副作用抑え病巣狙い撃ち』

『iPS　がん治療にも』

いずれも仰々《ぎょうぎょう》しい記事のあと、結局は、『近い将来、患者の治療に役立つ可能性があると見られる』とか『……ができれば、実用化が期待できるという』など、絵に描いた餅《もち》であることが知らされる。がん患者がこの手の記事をどんな気持で読むか、記者は考えたことがあるのか。

新聞はいいことばかり書き、健康な読者はそれを読み、医学はすばらしい、がんが克服されるのも時間の問題だなどと夢見ているのだろう。自分のように救いようのない患者は、傷に塩を擂《す》り込まれる思いだ。

週刊誌の記事はもっとひどい。

『がん治療　世界にさきがける新療法』

大きな見出しに惹《ひ》かれ、ついコンビニで買ってしまう。しかし、中身はまったくのでたらめで、期待できることなど何も書いていない。売らんがために、人の弱みにつけ込むこれらの悪徳商法を、処罰する法律はないのか。

がん難民を取り上げた報道にも、小仲は歯ぎしりをする思いだった。

『声をあげられないがん患者が、医療から見放されている』

『命を軽視するな』

『患者はモノじゃない。人として扱ってほしい』

こんな記事で、患者が喜ぶとでも思っているのか。患者の味方をするふりで、結局は一般読者に媚《こ》びへつらい、医者批判さえしておけばいいというスタンスだ。

しかし、腹の立つものばかりでもない。JHK局で放送された特集番組、『漂流するがん難民』には心を打たれた。

ある食道がんの患者は、「効く抗がん剤がない」と医者に言われて絶望する。自分と同じだ。小仲は思わず身を乗り出す。

効かないのに高価な治療を続けるのは、医療費の無駄遣いというのが国の考えだそうだ。だから入院が長引くと診療報酬が削られる。病院は治らない患者の治療を断り、退院させようとする。

この食道がんの患者は、自分で情報を集め、二カ月後にようやく治療してくれそうな病院を見つけた。しかし、そこでも診断の結果は、「治療はむずかしい」だった。どうして医者は最後まで治療しないのか。

「まだこれだけ体力もあるのに、治療法がないと言われる。それがどうしても納得できんのです」

患者の言葉に、小仲は深くうなずく。その患者はあきらめず、ようやく見つけた病院で医者から治療の継続を告げられる。患者は喜び、小仲も思わず「よかったな」と声をかける。

別の日、小仲はふたたび新聞の記事に、激しい怒りを抱いた。

海外で使える抗がん剤を早く国内でも承認すべきだという社説だが、驚くべき実例が挙げられていた。

セレブ御用達で知られる東京の殷天堂《いんてんどう》病院の患者が、新しく開発された抗がん剤を入手するため、自家用ジェットで秘書をアメリカに派遣したというのだ。患者は大企業の会長で、前立腺がんを患《わずら》っているらしい。秘書をアメリカに行かせたのは、一日も早く薬を手に入れるためだという。がん患者はそれほどまでして海外の薬を求めているのだと記事にはあったが、小仲が憤ったのは、この状況の理不尽さだった。

よい治療を求める気持はだれしも同じだろう。なのにこの金持ち患者は、財力にものをいわせて、自分だけ新しい抗がん剤を手に入れようとしている。同じ病気でも薬を手に入れられない患者は、指をくわえて見ているしかないのか。

経済格差が命の格差になっている。許されていいはずがない。

怒りに震えながら、小仲はふと虚しさを感じる。いくら自分が憤ったところで、世の中は何も変わらない。自分には何の力もなく、力のある者には切実な思いがない。結局、立場の弱い者が虐《しいた》げられる状況が続くのだ。

36

「この前、新聞におかしな記事が出てたぞ」

医局のソファで雑談していたぼやき医長が、欠伸《あくび》をかみ殺しながら言った。

「セレブ御用達の殿天堂病院の患者が、自家用ジェットでアメリカまで秘書に新しい抗がん剤を買いに行かせたんだって」

「ああ、あの金儲け病院か。病院もひどいが、患者もバカだな」

せっかち医長が露骨な軽蔑を浮かべる。

「でもさ、こういう記事を読むと、金持ちだけいい治療が受けられてずるいとか、思う連中もいるんだろうな」

「だろうね。経済格差が命の格差になるのは許せないとか、息巻いたりして」

「ちがうんですか」

　横にいた研修医が明晰医長に訊ねた。医長たちがあきれたように顔を見合わせる。同席していた森川が、代わりに教えてやった。

「今は金持ちでもそうでない人でも、受ける治療は同じだよ。みんな保険診療でやることだから。金持ちがいい治療を受けられるなんてことは、現実問題としてあり得ないんだ」

「でも、自由診療があるじゃないですか。ジェット機で薬を買いに行かせた人もそうでしょう」

　研修医の反論に、ぼやき医長が高飛車に言う。

「おまえねぇ、アメリカに薬なんか買いに行っても同じさ。治るものなら日本の薬で治るからな。それに、自由診療がなんで保険適用にならんのかわからんか。効かないからだよ」

「今、あちこちのクリニックでやってる免疫細胞療法とかもですか」

「あんなもの効くかよ。患者の弱みにつけ込んで金儲けを企む悪徳医療さ」

ぼやき医長が嗤うと、せっかち医長があとを引き継ぐ。

「金持ちが自由診療に大金を費やすのは自由だ。だけど、それは金をドブに捨てるのも自由だと言うのと同じさ。ひょっとしたら効くかもしれないと、夢見ることができるだけ、ましかもしれんがね」

森川は先輩医長たちの口の悪さに困惑しつつも、言い分を否定できない。

「そう言えば」と、明晰医長が口をはさむ。「この前、JHKでひどい番組をやってたぞ。『漂流するがん難民』とかいう特集だ。治療法のないがん患者が、病院から追い出されて、がん難民になってるって話だが、紹介されてるのが庶民っぽい患者ばっかりなんだ。あれは誤解を与える。金持ちの患者だって、どんどん退院させられてるからな」

「その番組、おれも見た。ひどかったな。治療法がない患者に、さらに抗がん剤を使う医者を正義の味方みたいに持ち上げて。あんな無責任な番組、よく流すよ」

「でも、やっぱり患者は最後まで治療を望むんじゃないですか」

研修医がきまじめに言うと、せっかち医長は苛立ったようすで言葉を被せた。

「がんをとことん治療なんかしたら、どんなことになるか知らんのか。そんな甘っちょろい考えでいたら、ひどいことになるぞ」

森川が穏やかにフォローしてやる。

「ある程度以上になると、治療が患者を苦しめるということだよ」

森川も外科医になりたてのころは、患者を徹底的に治療しようとした。そして、悲惨な状況を何度も経験して、治療しないほうがいい時期を見極めるようになったのだ。

「参考になるかどうかわからんが」と、明晰医師が研修医に教えを垂れる。「この前、東帝大病院の放射線科がおもしろいアンケートを発表した。がんになったら最後まで治療しますかという質問に、患者は八割がイエスと答え、医療者は八割がノーと答えたんだ」

「真逆の答えじゃないですか」

「ああ。なぜだかわかるか」

研修医は言葉に詰まる。医師になって一年目の研修医は、まだまだ患者側の感覚が残っているのだろう。かたや先輩医長たちは、現場の矛盾にどっぷり浸《つ》かり、言葉は悪いが、すれっからしになっている。両者を見やりながら、森川は自分がその中間にいることを感じた。

せっかち医長が待ちきれないように答えを言う。

「それはだな、患者は『治療』イコール『病気を治すこと』と思い込んでるが、医療者は『治療』イコール『やりすぎるとたいへんなことになる』ってことを知ってるからさ」

明晰医長がうなずく。

「そうだ。患者は常に治療の副作用を過小評価する。医師は経験上、無理な治療は状況を悪化させることを知っている。だから治療しないほうがいいという状況を受け入れられる。しかし、患者はあくまで治療に固執する。そういう実際的な情報を世間に伝え切れていないのが、我々の問題かもしれんな」

「でも、もう治療法がないって言うのは、医療の沽券《こけん》に関わるような気もしますが」

研修医が未練がましく言う。ぼやき医長がまた高飛車にやり込める。

「副作用で命を縮めるとわかっていて、治療法があるように見せかけるほうこそ欺瞞だろ。いくら患者に要求されても、有害な治療はぜったいにしちゃいけないし、嘘の希望を持たせるのもだめだ」

たしかにそうだと、森川も賛成する。しかし、必死に治療を求める患者を目の前に、それを貫くことがいかにむずかしいか。

森川はまたも「死ねと言われたも同然」と怒らせてしまった胃がん患者のことを思い出した。感傷ではない。現実の問題として目の前に迫っている。次の診察で、末期の肝臓がんの患者に、同じことを告げなければならなかったからだ。

今度は同じ轍《てつ》を踏むわけにはいかない。

37

オレンジ色のしずくが、一定の間隔で落ちてくる。フックに吊《つる》した輸血パックからしたたり、チューブを通って腕の血管に流れ込む。その一滴一滴を見上げながら、小仲は念じる。がんは消える、がんは消える、がんは消える……。

最初のNK細胞療法から十日目。これが三回目の点滴だった。幸い、右脇腹の痛みは消えはしないが、なんとか我慢できる程度に治まっている。食事も毎日三度とっている。夜も眠れる。ということは、治療の効果が出ているのか。

治療の効果があるのかどうか、きちんと検査をしたほうがいいのじゃないか。もしかして、腫瘍マーカーが下がっているかもしれない。こんなに体調がいいのだから。

いや、まだ右脇腹の痛みと熱感は残っている。身体の向きによっては、ナイフで刺されるような痛みが走り、思わず「うっ」とうめく。がんが広がって、腸に癒着しているのではないか。そんな状態をCTやMRIで見せられたら、きっと絶望してしまうだろう。腫瘍マーカーだって、上がっていれば落胆する。気分を明るくして、活力を漲《みなぎ》らせるためにも、検査はしないほうがいい。

しかし、見たい。いや、見ないほうがいい。しかし、気になる。

小仲は目を閉じたまま、堂々巡りを繰り返す。そして最後は、無理やり同じ結論に自分を追い込む。

自分は治る。信じる者は救われると。

ぜったいに治ってみせる。そして、三鷹医療センターのあの最悪の医者の鼻をあかしてやるのだ。治療法がないなんて、簡単におれを見放したあの野郎に、目にもの見せてやる。

だが、もし、あいつの言ったことが正しかったら……。

おれは死ぬのか。この世から消えるのか。恐ろしい。

小仲のこめかみに、冷たい汗が流れ落ちる。

38

その肝臓がんの患者は、今年一月に手術をした五十八歳の男性だった。

手術は成功したが、二カ月後に両側の肺に転移して、困難な展開となった。森川はがん治療学会のガイドラインに沿って、抗がん剤の治療をした。5FU、マイトマイシンC、シスプラチン、ドキソルビシン。新しい分子標的薬のソラフェニブまで使ったが、効果はなかった。それどころか、副作用で食欲が低下し、嘔吐、下痢と続き、白血球も減少した。

入院で体調管理をしながら、副作用を抑え、最大限の効果が得られるよう工夫をしたが、転移は大きくなるばかりで、数も増えた。骨髄《こつずい》の機能が落ち、重度の貧血になって、治療を打ち切らざるを得なくなった。骨髄の回復を優先し、いったん退院してもらって、通院での治療に切り替えたが、それでも貧血は進み、食欲も回復せず、さらには肝臓に新たながんが見つかった。それで、森川はついにこれ以上の治療は本人のためにならないと判断したのだ。

患者は個人で設計事務所を開いていて、いかにもやり手そうだった。転移のことも、はっきり聞かせてほしいと言うので、正直に告げたのだ。すると真っ青になり、言葉を失った。診察に付き添っていた妻が、夫を廊下に出してから診察室で声をひそめた。

「主人はあんなふうに見えて、ほんとうは気が小さいんです。とても死を覚悟できる人じゃありません。どうか、希望を持たせてやってください」

もちろん、はじめは抗がん剤で命が延びる可能性があった。だから治療したのだ。しかし、今はちがう。もう見込みはない。それを患者にどう説明すればいいのか。あの胃がん患者のような失敗を繰り返すわけにはいかない。

もしかして、患者のほうで薄々気づいてくれないだろうかと、森川は安易な思いに傾く。あれだけ副作用に苦しんだのだから、もう治療はやめたほうがいいと、自分で悟ってくれないか。いや、前の診察のときには、まだまだ治療をあきらめるようすはなかった。

幸い、患者はまだ黄疸が出ていなかった。今なら外出もできる。黄疸が出たら身動きも取れなくなる。だから今、有意義な時間を過ごしてほしいのだ。

森川は医局の席で、考え込んでいた。

——治療しないほうが身体に負担がかからないのです。今なら外出もオーケイです。だから、今のうちに好きなことを……。

森川はシミュレーションをして、首を振る。これでは前の胃がん患者のときと同じだ。悩んだ末、森川は外科部長に相談してみることにした。

ノックをして部長室に入ると、外科部長は読んでいた学会誌から目を上げ、森川に椅子を勧めた。

「どうした、深刻そうな顔をして」

森川は問題の患者の病状と治療経過を説明した。

「あとは治療しないのがいちばんだと思うんです。今なら身体も動きますし、したいことができますから」

「そうだな」

「でも、患者は治療の中止を受け入れてくれそうにないんです。通院で無理なら、入院で治療をと求めてくるかもしれません」

「それは最悪の選択だな」

「せっかくの残り時間を、無駄にしてほしくないんです」

「むしろはっきりと言ったほうがいいんじゃないか。正面切って率直に話せば、案外、患者は肚《はら》をくくるもんだよ」

「死は避けられないと言うんですか。大丈夫でしょうか」

森川は患者の顔を思い浮かべて、暗い気持になる。目が血走り、頬がこけ、無精髭を剃る気力もないほど治療に期待をかけているあの男性。妻が涙ながらに言っていた。

――この人は独力で事務所を立ち上げ、何でも自分の努力で解決してきたんです。だから、がんも自分が頑張れば治ると信じていて……。

眉間に深い皺を刻んで考え込むと、外科部長は諭《さと》すように言った。

「死ぬのは患者だけじゃないよ」

「どういうことですか」

「君は患者だけが死に直面しているように思っているかもしれんが、そうじゃない。我々医者だっていずれ死ぬ。それは患者も医者も変わりはない」

「はあ」

「末期がんの患者が、医者より先に死ぬとはかぎらんだろう。交通事故もあるし、火事や災害で命を落とすこともある。だから、患者が死にゆく側の人間で、医者は生きる側の人間というわけではない。医者が認識を変えれば、患者との隔《へだ》たりも消えるんじゃないか。そうすれば自ずと心も通じ合えるだろう」

森川は先日のコンビニに突っ込んだ車の事故を思い出した。たしかに、自分もいつ死ぬかわからない。理屈ではそうだが、末期がんの患者に、そんな観念的な話が通じるだろうか。

険しい表情を解かない森川を見て、外科部長はふっと肩の力を抜くように言った。

「まあ、これは僕の考えだからね。森川君は自分の答えを見つけなくちゃいかんだろうな。それからだよ、ほんとうの医療ができるのは」

「ありがとうございます。もう少し考えてみます」

森川はうなだれるように一礼して、部長室のドアを閉めた。

39

久しぶりに作った肉じゃがを、鍋から移そうとしたとき、小仲は指に感電したような痺《しび》れを感じて小鉢を落とした。小鉢が床で砕ける。何が起こったのか。まさかがんが腕の神経にまで広がって、手の力を奪ってしまったのか。

小仲は茫然として、指を動かした。力が入らない。死が近づいているのか。

震えながら身体を見下ろす。肝臓の転移が見えるようだ。皺だらけの腹の内側に、クラゲのようながんがへばりついている。がんは確実にそこにあり、自分を死へと追い詰めている。全身が強ばり、思わず自分の身体を抱きしめる。

落ち着け。今、竹之内クリニックで治療を受けているじゃないか。副作用のない最新の治療だ。

しかし、それでがんは治るのか。

治りたい。治りたい。治りたい。

治ると信じたい。

だが治る保証はない。死を待つしかないのか。それなら生きている意味がない。恐ろしい。逃げ出したい。

自分はたったひとりで死んでいくのか。闇に墜《お》ちていくような恐怖が湧き上がる。それならもう一気に死にたい。

いや、落ち着け。

小仲は乱れた呼吸で鍋に手を伸ばす。食べろ。生きるには栄養が必要だ。

肉じゃがを鍋から手づかみにして口に頬ばる。食欲はない。それでも無理やり口に押し込む。食べているうちは死なない。小仲は狂ったように肉じゃがを口に入れる。半ば丸呑みで飲み下す。のどがつかえる。小仲は蛇口から直接水を飲み、口の中のものを流し込む。

なんとか腹に収め、濡れた唇を手の甲で拭う。あとは消化を待つだけだ。そう思った瞬間、強烈な吐き気が突き上げた。小仲は口を押さえて洗面所に駆け込む。噴出するような嘔吐がはじまる。胃が裏返って口から飛び出すほどの反射だ。

吐くものがなくなっても、嘔吐反射は荒れ狂うように襲いかかる。息もできない。眼球が飛び出しそうなほど胃がけいれんする。許してくれ、やめてくれ、だれか助けてくれ！

強烈な空えずきを繰り返したあと、最後に胆汁が出た。苦くて黄色い不吉な液体。小仲はそのまま崩れ落ちる。板の間に突っ伏し、死体のように仰向けに倒れる。全身から生気が抜けていく。

もう耐えられない。おれは死ぬ。死んだほうがよっぽどましだ。

みすぼらしい部屋。小仲の目尻から、止めどもなく涙があふれる。

40

瑤子が可菜にブラシを当てている。艶《つや》やかな髪を手の中にとかし込み、ぎゅっと握ってポニーテールにまとめる。

「はい、できた。パパに見せてあげて」

「どおれ、美人になったかな」

森川が両手を差し出すと、こぼれそうな笑顔で飛び込んでくる。頰ずりに身をすくめる。いつまでこうしていられるのか。医局で聞いた内科医長のため息がよみがえる。

——娘はおれとはもう写真に写りたくないんだって。

内科医長の娘は小学校四年生だという。十歳で早くも父親を毛嫌いするようになるのか。娘の反抗期の話は、ほかの先輩医師からも聞いていた。

——ベタベタしてると、よけいに早く嫌われるぞ。

スマホの待ち受けから定期入れにまで可菜の写真を入れている森川に、内科医長がいやがらせのように言った。

「母親はいいよな。いつでも可菜にかまえるから」

愚痴っぽく言うと、瑤子は小意地悪そうに鼻を鳴らした。

「まだはじまってもいない反抗期を心配しても仕方ないでしょ。ほっとけばもとにもどるわよ」

成人した娘を持つ外科部長もそう言っていた。しかし、知らん顔ができるだろうか。森川には自信がなかった。

写真も今のうちにたくさん撮っておいたほうがいい。そう言えば、この前、東京ディズニーランドに行ったときにはたくさん写真を写した。あの日は楽しかった。珍しく手術の予定が空いたので、有休を取って出かけたのだ。可菜が楽しみにしていた空飛ぶダンボに乗り、ミッキーとハグをし、ワンマンズ・ドリームⅡでディズニーの名場面ショーを堪能した。

あの日、園を出たのは午後六時前だった。可菜は聞き分けがよく、そろそろ帰ろうと言っても駄々をこねなかった。同じような年ごろで、帰り支度をしている親の横で、盛大に泣いている男の子もいた。かわいそうだが仕方がない。どれだけ遊んでもいずれ園は閉まるのだから。

そう思ったとき、ふと森川の脳裏にアイデアが閃いた。来週、外来に来る末期の肝臓がんの患者への説明。人生をテーマパークにたとえたらどうだろう。

患者を前にしたつもりで、シミュレーションにつぶやいてみる。

――あなたには、ふたつの余命があるのです。

41

「小仲さん、大丈夫ですか！」

扉を開けるなり、大声を出したのはヘラクレス会の稲本だった。

いつの間にか朝になっていた。肉じゃがを吐いてから、一晩中、板の間に倒れていたのか。身体を持ち上げようにも力が入らない。稲本はスーパーの袋に入れた食材を入口に置き、小仲のそばへ駆け寄った。

「こんなところに寝ていたら風邪をひきますよ。身体が冷え切っているじゃありませんか」

稲本は小仲を抱き起こし、奥の和室へ運んだ。太い腕が温かみを伝える。何か言おうとしたが、わずかに唇がけいれんしただけだった。

「さあ、横になってください。今、温かいものを作りますから。それとも、お水がいいですか」

簡易ベッドに寝かされた小仲は、震える手を台所に伸ばした。

「お水ですね。わかりました」

稲本は台所からコップに水を汲んでくる。

「身体が汚れてますから、きれいにしましょう。下着類はこちらですか。いらないタオルはありますか」

稲本はタンスの引き出しから、手早く着替えとタオルを取り出す。脱水症状を起こしていたのだろう。水はこれまで感じたことがないほどおいしく、一気にコップの水を飲み干した。わずかに活力がよみがえった。

「あんた、また来たのか」

かすれた声で言ったが、稲本は聞こえないのか返事をしない。新しいタオルを熱い湯で絞り、もどってきて顔を拭いてくれる。湯気が鼻孔《びこう》を刺激する。

「熱すぎませんか。強くこすりすぎたら言ってくださいね。次は下着を取り替えますから」

ジャージのズボンを下ろし、抵抗する間もなくいっしょにトランクスも下げた。少量だが大便が洩れている。稲本はトイレットペーパーを手に巻きつけ、素早く始末をつける。無駄のない看護師らしい手際《てぎわ》だ。ペーパータオルを濡らし、肛門をきれいにする。さらに陰部を手際よく拭き上げる。洗濯したトランクスとジャージをはかせ、下腿《かたい》から足の指先まで熱いタオルで拭いてくれた。

「さあ、上半身もきれいにしましょう」

「いや、ちょっと待ってくれ」

小仲はのどに絡《から》んだ痰《たん》を飲み込み、さっきより大きな声で言った。「あんたはどうしておれの世話をしに来るんだ」

「いけませんか。わたし、この前に小仲さんに言われたことを、自分なりに考えてみたんです。わたしがヘラクレス会をやっているのは、夫をうまく見送れなかったことへの罪滅ぼしじゃないかということです。あのときはひどい言われ方だと思いました。でも冷静に考えたら、そうなのかもしれないと思えてきたんです」

稲本は畳の上に正座して、穏やかな表情を浮かべた。小仲は前に稲本に言った言葉を、ゆっくりと思い返した。そして、試すような目つきで鼻を鳴らした。

「いやにものわかりがいいじゃないか。じゃあ、あんたたちの親切は、患者を憐れんで、自分の善行にうっとりしてるだけだというのは、どうなんだ」

稲本は眉間にかすかにかげりを見せたが、納得した口調で答えた。

「厳しい見方ですけれど、そういう一面もあるかもしれません。決してそれだけが目的ではありませんが」

「ほかにどんな目的があるんだ」

「純粋に患者さんやお年寄りを助けたいという気持です」

「それが欺瞞だと言うんだよ。純粋にとか言ってるが、結局は自分がいい気持になりたいだけじゃないか」

吐き捨てるように言うと、稲本が全体重をかけるようにして反論してきた。

「いい気持になったらいけないんですか。たしかに、わたしたちはお世話することでいい気持になっています。でも、それで助かる人がいるならいいじゃありませんか」

「おれは、あんたらの自己満足に利用されたくないんだよ」

「ひねくれるのもいい加減にしてください！」

思わず身の縮むほどの声だった。小仲は目をしばたたき、落ち着きなく指を震わせた。

稲本は真剣な眼差しに力を込めて、小仲を見据《みす》えた。

「わたしたちの活動に、自己満足の一面があるのは事実です。でも、そんな否定的なことばかり言っていても仕方ないでしょう。世の中には困っている人もいるんです。わたしたちはそういう人を助けたい。それだけです。同情されるのはいやでしょうし、頭を下げるのも不愉快でしょう。でも、現実に助けが必要なのだから、それは素直に認めてください。わたしたちは何も求めません。ただお役に立てればいいんです」

小仲は稲本をにらみ返した。しかし、その顔は生きた大仏のように揺るぎない。小仲は唇を噛み、目線を下げた。

おれは同情されるのがいやでこの女に反発しているのか。礼を言うのがしゃくで、屁理屈をこねているのか。だとしたら惨めなことだ。おれは人の善意も素直に受け取れないような人間になってしまったのか。

そう思いながらも、小仲はどうしても自分の非を認めることができない。素直に謝り、必要な世話を受け、ありがとうと言えればどんなにいいか。だが、できない。得体の知れない歪んだ気持が自分を縛っている。それはプライドか、意地か。……くだらない。

小仲はなんとか抵抗しようと、稲本が墓穴を掘りそうな反問をした。

「じゃあ、あんたはおれに、無理に生きろとは言わないのか—

「言いませんよ。小仲さんには少しでも生きてほしいとは思いますが、それが自分のエゴだということは十分にわかっていますから」

　また一歩追い詰められる。生きてほしいと言えば、それはあんたのエゴだと指摘しようと思ったのに、稲本はベテラン看護師らしく、こちらの言い分を見通している。もう降参するしかないのか。そう思いかけたとき、無意識に発した言葉が、予想外の反応を引き出した。

「吉武さんはどうして来ない」

　そう訊《たず》ねたら、稲本が動揺した。なぜかはわからない。しかし、小仲はその変化を見逃さなかった。

「おれは彼女に来てもらいたいんだよ。吉武さんになら喜んで世話になる」

「彼女は今、ちょっと、忙しいんです。ほかの患者さんも担当していますから」

「彼女もヘラクレス会の一員だろう。あんたはそこの代表じゃないか。担当を変えることだってできるだろう。それとも何かい。吉武さんがここに来られない理由でもあるのか」

「いえ。それは……」

「なら、今度は彼女に来てもらってくれ。あれから彼女が来ないんで、おれは見捨てられたような気がしてるんだ」

最後のひとことが決めゼリフだった。稲本は困ったように眉を寄せながら、観念したようにうなずいた。

「わかりました。次は吉武を来させるようにします。確約はできませんが、努力してみます」

それから稲本は洗濯や掃除をし、昨夜の肉じゃがを調理しなおして、持ってきた食材で味噌汁や煮物を作った。

「今日はたくさん自己満足をさせてもらいました。ありがとうございます。じゃあ、次は期待しておいてくださいね」

稲本はことさら明るく言ったが、どこか無理をしているようだった。

42

十二月十八日。今年もそろそろ押し詰まってきたが、外来の待合室には、午前の診察のはじまる前から大勢の患者が待っていた。

「さあ、今日も頑張ろう」

自分に気合いを入れ、診察椅子に座る。モニターの診察リストをスクロールすると、案の定、例の肝臓がんの患者の名前が入っていた。森川は小さなため息をついて、最初の患者から診察をはじめる。

肝臓がんの患者は、先月、抗がん剤の治療を終えていた。これが効かないなら、もう次の治療はむずかしいと、やんわりとは伝えてある。先週、効果を確かめるためにMRIを撮った。肺の転移は大きさを増し、さらに肝臓にも新たながんができていた。

その結果を今日、告げなければならない。患者が素直にあきらめてくれればいいが、そう簡単にいくとも思えない。目の前の患者の診察に集中しつつも、森川は両肩にずっと重圧を感じていた。

「次の患者さん、入ってもらっていいですか」

カルテの入力を終えるのを見計らって、看護師が声をかける。

「どうぞ」

答えながら、森川は肝臓がんの患者のMRIの画像を電子カルテのモニターに呼び出した。

患者が妻に付き添われて入ってくる。やせてジャケットがぶかぶかに見える。足元がおぼつかない。

「どうぞ、お掛けください」

椅子を勧めて、ゆっくりとモニターを患者のほうに向ける。患者の吊り上がった小さい目に、怯《おび》えが浮かんでいる。

「この前の検査の結果ですが、あんまり思わしくないですね」

遠まわしに言うと、その瞬間、患者の緊張が十倍ほどに跳ね上がるのがわかった。患者が膝頭をつかみ、声を震わせる。

「薬が効いていないのですか」

「いや、まあ、まったく効いていないわけではありませんが」

患者に気圧《けお》されて、つい弱腰になってしまう。実際はまったく効いていない。それどころか、がんは悪くなっている。ほんとうのことを言って、引導を渡さなければならないのに、はっきり言えない自分の弱気がいやになる。

「じゃあ、少しは効果があったんですね」

患者はなんとか希望を見出そうとする。それを肯定すると、ますます泥沼だ。

「これをごらんください。肺の内側です。肺門部の転移が前より大きくなって、数も増えているのです」

患者に納得してもらうため、以前のＭＲＩ画像を呼び出して並べる。ボールペンで指すと、患者は深刻な表情で両者を見比べる。横目でようすをうかがうと、深い皺を刻んだ頬が、土気色に乾いていた。

「それから、こちら」

森川は一気に話を進めようと、腹部のＭＲＩ画像を呼び出した。「切除した肝臓の残りにも、新しいがんが二個見つかりました」

「ええっ」

患者は驚きの声をあげる。まったく予想もしていなかったようだ。説明を急ぎすぎたか。しかし、外来にはまだ大勢の患者が待っている。ぐずぐずはしていられない。

「さらに血液検査でも副作用が強くなっているので、前にも少しお話ししましたが、もうこれ以上の治療は、ちょっとむずかしいというのが、今の状況です」

「治療がむずかしいというのは……」

それ以外に意味はないのに患者が訊ねる。ここで不用意な発言はできない。森川は軽く咳払いをし、相手の目を見つめながらゆっくりと説明した。

「がんという病気は、ある時期を過ぎると、治療するより、そのまま経過を見たほうがいい場合があるのです。治療をしないのは不安かもしれませんが、今なら体力もあるし、無理のない範囲でなら外出もできます。治療の副作用で貴重な時間を無駄にするのは、決して得策とはいえません。私は医師として、できるだけ有意義な時間を過ごしていただきたいのです」

ここまではいつもと同じだ。森川はひとつ大きく息を吸い、準備した説明をはじめた。

「妙なたとえかもしれませんが、ちょっと考えてみてください。今、テーマパークに遊びにきた二人の子どもがいるとします。Aという子どもはテーマパークが閉まる時間は知っているけれど、それまで精いっぱい楽しもうとしている。Bという子どもはテーマパークが閉まるのがいやで、事務所に行って必死にテーマパークを閉めないでと懇願している。それで、閉園の時間が来たらどうでしょう」

森川は、患者に考える時間を与える。患者は眉をひそめ、困惑のまばたきを繰り返す。患者の妻は森川の意図を汲み取ったようで、悲しげにうなずく。

「Aという子どもは閉園するのを知っているので、乗りたいものから優先的に乗り、アトラクションも効率よくまわるでしょう。だから、閉園の時間が来ても、ある程度は満足して帰れるのではないでしょうか。かたやBという子どもは、事務所と交渉しているうちに閉園時間が来てしまって、乗りたい乗り物にも乗れず、取り返しのつかない失敗をしたと思うでしょう。遊べたはずの時間を、事務所で無駄にしてしまったのですから」

患者の表情が徐々に真剣みを帯びる。唇が凍《こご》えるように震える。森川はもう一息と、まとめにかかる。

「どういうたとえか、おわかりですね。Aという子どもはがんの治療にこだわらず、時間を有効に使う患者さんです。Bという子どもは、なんとかがんを治そうと無駄な治療に時間を費やす患者さんです。あなたには子どもAか子どもBか、ふたつの選択肢があるのです」

わかってくれるだろうか。それとも、もしかして、自分は残酷なことを言ってしまったのか。

患者の妻は唇を引き結び、後ろから夫をじっと見つめている。すでに覚悟をしたようすだ。患者は未だあやふやな混乱に漂っている。気持が落ち着くまで、少しは待たなければならないだろう。

森川が身を引くと、患者が低い声で言った。

「あの……、わたしは、別に抗がん剤でなくても、放射線とか、免疫の治療でも、かまわないんですが」

「あなた、先生はもう治療は……」

「おまえは黙ってろ！」

弾かれたように怒鳴った。バネ仕掛けのように向き直り、つかみかからんばかりに森川に迫る。

「お願いです、先生。もう一度チャンスを与えてください。どんな治療でもけっこうです。どんなにつらくても頑張ります。だから、もう一度、なんとか治療をお願いします」

「いや、あの、今の私の話を、聞いていただけましたか」

「聞きましたよ。テーマパークの閉園時間でしょう。それで言うなら、わたしは閉まらないテーマパークに行きたいんですよ」

森川はその剣幕に圧倒される。だめだ。ぜんぜん伝わってない。閉園しないテーマパークがあるなら、このたとえ話はそもそも成立しないのだ。

「森川先生。お願いします。この通りです」

患者が土下座するように懇願した。森川はついそれを受け入れてしまう。

「わかりました。でも、今日はいったんお引き取りください。貧血が回復するまでは、次の治療も控えたほうがいいでしょうから」

「治療を続けてもらえるんですね。よかった。ありがとうございます。どうぞ、よろしくお願いします」

患者は森川の手を両手で握って頭を下げる。そのやせた背中を見下ろしながら、森川は深い徒労感をどうすることもできなかった。

43

次に稲本が訪ねてきたのは、四回目のNK細胞療法を翌日に控えた十二月十八日だった。

あれから小仲は少し体力を回復させ、ブザーが鳴ったときも戸口まで行くことができた。

最初は吉武が来たのかと思ったが、扉を開けるとそこに立っていたのは稲本だけだった。

「なんだ、またあんたか」

小仲は露骨に失望してみせた。

「すみません。今日は吉武を来させようと思ったんですが」

「まあいいよ。上がんな」

身を引くと、稲本は神妙な顔つきで入ってきた。理由はわからないが、なぜか稲本は吉武の件で負い目を感じているようだった。どんな言い訳を聞かせてもらえるのか、ちょうどいい退屈しのぎだと思いながら、小仲は奥の和室に向かった。

「悪いけど、横にならせてもらうよ。体力がね、弱ってるから」

大儀《たいぎ》そうに簡易ベッドに横になる。稲本は小仲の体勢が整うのを待ってから、座布団に大きな尻を落ち着けた。

「おれは吉武さんを待ってたんだがな」

天井に向かってつぶやくと、稲本はますます肩をすぼめる。小仲はさらに責めた。

「彼女は荻窪白鳳会病院でおれの世話をしてくれたけど、ほんとうに親切だった。明るく声をかけてくれてな。今日も吉武さんが来てくれたら、身体も楽になったんだがな」

「申し訳ありません」

「彼女は律儀《りちぎ》だよね。退院したあとも、おれみたいな患者のところにわざわざ見舞いに来てくれたんだから。電話をもらったときには涙が出そうだったよ」

「ほんとうにすみません」

稲本は低い声で謝罪を繰り返す。小仲はその低姿勢に逆に苛立った。

「あんたねぇ、さっきから謝ってばかりいるけど、ほんとうに悪いと思ってんの。吉武さんが来ない理由は何なんだよ。ちっともわかんないんだけど」

「はい。あの、吉武にも、いろいろ都合があるようで」

「はっきり言えよ」

稲本は姿勢を正しつつも首を垂れ、硬い表情を解かない。思わず声が尖った。

「そりゃ彼女にも都合はあるだろうよ。けどな、こっちは日を指定してるわけじゃないんだ。いつだっていいって言ってるのに、ずっと忙しいってわけか。いくら忙しくっても電話くらいできるだろう。声を聞かせてもらうだけでも、患者ってのは元気が出るもんなんだよ。看護師ならそれくらいわかるだろう」

「おっしゃる通りです。すみません」

「また謝罪かよ。おれが聞きたいのは理由だよ。そうか、もうおれを見放したってことだな。どうせもうすぐ死ぬから、相手をしても無駄ってことだな。三鷹医療センターの医者と同じだ。治る患者にしか興味がねえんだろ。死んでいく患者なんかどうでもいいって思ってるんだろ」

「ちがいます」

「じゃあ、どうしてなんだよ」

小仲はベッドの上から稲本をにらんだ。そのとき、背筋にかすかな悪寒が走った。相手を追い詰めすぎて、思わぬ反撃を喰らう予感。

稲本は視線を落としたまま静かに言った。

「実は、吉武は、もう小仲さんには関わりたくないと言っているのです」

「ど、どうしてだよ」

語気は強めたが、動揺は隠せなかった。稲本は落ち着いて続けた。

「わたしたちヘラクレス会では、毎週、検討会を開いています。よりよいケアサポートを実現するための勉強会です。たいへん申し訳ありませんが、わたしはそこで小仲さんのことを話したのです」

「検討会で、おれのことを?」

「そうです。小仲さんは対応がむずかしいので、みんなの意見も聞きたかったし、教育的な効果もあると考えたのです。つまり、患者さんの発言として、こういうこともあると、若い人に知ってもらうことは意味がありますから」

「まさか、おれがあんたに言ったことを」

「はい。わたしたちの活動は、がん患者を憐れんで、救いの手をさしのべたつもりになって、自分の善行にうっとりしているだけだとか、わたしがヘラクレス会をやっているのは、自分の夫をうまく見送れなかったことの罪滅ぼしのためだという指摘です」

小仲は羞恥《しゅうち》と怒りで顔が赤くなるのを感じた。稲本はかまわず続けた。

「吉武は小仲さんのことを前から知っているだけに、ショックだったようです。そして、小仲さんのお世話をする自信がなくなったと言って、もうこちらには来たくないと」

小仲の胸に動揺と怒りが渦巻いた。

「そりゃそうだろう。あんた、おれと吉武さんを仲たがいさせるために、そんな検討会を開いたのか」

「とんでもないです。吉武がそこまで過敏に反応すると思ってなかったのです。わたしの落ち度です。謝ります。でも、小仲さんのご指摘は、吉武のように少々潔癖すぎる看護師には、大事なことだと思ったのです。わたしたちがお世話をするのは、重い病気を抱え、不安や恐怖に耐えている人ばかりです。苛立っていたり、病気故に我が儘になっている人もいます。そんな患者さんから、どんな言葉をかけられようと、わたしたちは支援を投げ出すわけにはいきません。そのためには、精神的にタフでなければならないのです。素直にありがとうと言ってくれる患者さんしか、お世話できないようでは困りますから」

稲本は姿勢を崩さず、ていねいに語った。小仲は憎々しげな視線を向けたが、稲本は動じることなく、真剣な笑みを絶やさない。さらに駄目を押すように言った。

「だから今、吉武を説得しているところなのです。彼女が小仲さんの言葉を乗り越え、心を開くことができれば、彼女自身の飛躍につながるでしょう。だから、どうかお願いです。もう少し時間をください」

稲本は深々と頭を下げた。小仲は悔しげに唇を噛んだが、思いは複雑だった。自分の指摘を吉武に暴露した稲本への怒り、しかし、そもそもそれを言ったのは自分で、内容を改めて考えると、あまりにひどいという負い目、だからといって自分を見放した吉武への恨めしさ、あるいは、自分を教育材料のように扱おうとした稲本への釈然としない思い。それらが渾然《こんぜん》となって、小仲を混乱させた。

「検討会で小仲さんのことを、勝手に取り上げたのは申し訳ありませんでした。でも、この前に申し上げたように、わたし自身、小仲さんの指摘で考えさせられるところがあったのです。厳しい見方ですけど、善意の自己満足は、わたしたちが陥りやすい落とし穴ですから。だから、みんなにも伝えたかったし、考えてもらいたかったんです。吉武のほかにも、小仲さんの言葉に反発していたメンバーがいました。でも、案外、若いメンバーのほうが受け入れていたんです。そういうことも勉強になりました。ところで、今は体調はいかがですか」

いきなり訊ねられて、小仲は一瞬、戸惑った。

「前よりは、ちょっとはましだけど」

頭を整理しないまま答えると、稲本が改まった調子で言った。

「もし、体調が許すようでしたら、わたしたちの会にいらっしゃいませんか。来週のクリスマス・イブに、患者さんの集いを開くんです。ヘラクレス会のスタッフもお手伝いします。吉武も来ると思いますよ。よかったらバスで送り迎えさせていただきます」

「おれなんかが顔を出したら迷惑だろう」

「いいえ、大歓迎ですよ。ほかの患者さんに会っていただくことも参考になるでしょうし。みなさん、前向きに頑張っていらっしゃいますから」

稲本は屈託のない笑顔を小仲に向けた。この女はどうしてこんなに明るいのかと、小仲はいぶかった。きっと自己満足のせいだろう。そう思いながらも、嫌悪感が鈍っているのが、自分ながら不思議だった。

44

「森川先生。この患者さんも診察は三週間後ですよ。さっきも言ったでしょう」

処方箋《しょほうせん》を受け取った看護師の声が尖る。外来患者の診察は通常二週間ごとだが、次回は正月休みをはさむので三週間後になる。そのため、薬の処方を二十一日分にしなければならない。森川は何人か前の患者にも同じミスをし、看護師から注意されたばかりだった。

「しっかりしてくださいよ。疲れてるんじゃないですか」

「ごめん。ちょっと考え事をしてた」

苦笑しながら処方箋を訂正する。頭を占領していたのは、さっきの肝臓がんの患者だ。せっかく考えたテーマパークのたとえ話を、まるで理解してもらえなかった。いったいどう説明すればいいのか。

それから十五人ほどの患者を診察して、外来が終わったのは午後三時半。昼食をとる気になれず、そのまま病棟の回診に行った。受け持ち患者をまわり、変わりはないか確認し、手術後の患者はガーゼを交換する。そのときも消毒液をまちがえたり、ドレーン（排液用のチューブ）の挿入部を消毒し忘れたりして、看護師に注意された。

目の前の患者に集中しろ。万が一にもミスを犯したら取り返しがつかないぞ。そう自分を叱咤《しった》したものの、肝臓がんの患者の思い詰めた目がずっと脳裏を離れなかった。

その日の業務を終わらせ、早めに病院を出たが、心は晴れない。患者はまた年明けの外来に来る。今日はなんとか帰らせたが、次はどうすべきか。もう有効な抗がん剤はなく、いちばん副作用の少ない薬でも命を縮める危険がある。それでも患者の求めに応じて治療を続けるべきか、拒否するべきか。

第三の道はないかと森川は思案する。いっそ整腸剤を抗がん剤と偽って処方しようか。それなら副作用はない。患者も治療を受けている気分になれる。しかし、それはまやかしだ。奥さんにはどう説明する。ほんとうのことを言えば、嘘の片棒を担がせることになる。奥さんにも打ち明けずに整腸剤を処方して、もしも事実がばれたら、それこそ詐《さ》欺《ぎ》で訴えられかねない。

森川は悩みながら、重い足取りで自宅のマンションにたどり着いた。

「お帰り。どうしたの、疲れた顔をして」

瑤子が森川の顔をのぞき込む。

「可菜は」

「今日は美保ちゃんちよ。お泊まりって言ってたでしょ」

ああ、そうか、忘れていた。

瑤子と二人きりの食事は久しぶりだが、気がかりのせいで食欲がない。黙っていても目ざとい瑤子は感づくだろうから、森川は自分から話を切り出した。

「あのさ、今日、末期の肝臓がんの患者が外来に来てね」

また病院の話かと、瑤子は小さなため息をつく。森川はかまわず説明した。病状、治療経過、効く抗がん剤がなくなったこと、そして、テーマパークのたとえ話を出した。

「わかりやすいたとえだと思って一生懸命話したのに、まるで理解しないんだ」

「わかりやすいかもしれないけど、それじゃ患者さんには伝わらないわよ」

あっさり一蹴《いっしゅう》され、ダメを押された気分になる。

「どうしてさ」

「その説明は、現実にがんを患っている人には無理よ。がん患者はたぶん、閉園時間のないテーマパークで遊びたいと思ってるんだから」

患者と同じことを言う。

「でも、そんなテーマパークはないだろう」

「がんの治療とテーマパークはちがうわよ」

「ちがわないさ。閉園時間が来てテーマパークが閉まるのと、寿命が尽きて人が死ぬのは似てるだろう。どちらも動かしがたい現実なんだから」

「それは理屈ね。患者さんには理解してもらえないわ」

いかにも上から目線だったので、森川は箸を置いて声に怒気を含ませた。

「じゃあ、どう説明すればいいのさ。ほかにいい方法があるかい。あるなら教えてほしいよ」

「それは、わたしもわからないけど……」

瑶子も箸を止め、ため息混じりに訊ねた。「ほかの先生はどうしてるの」

「みんな、ただ事実を言うだけさ。残念ですがもう治療法はありませんってね。だれも悩んだりしない。悩んだって、現実は変わらないんだから。みんなそう割り切ってる。でも、それでいいのか。僕は前にそれで胃がんの患者を怒らせて、死ねと言われたも同然だって、診察室を出て行かれたから、同じ過ちを繰り返さないようにと思って考えてたんだ。テーマパークの話はたしかに屁理屈かもしれない。でも、それで患者に通じないって言うなら、どう説明すればいいのさ」

興奮してしまい、声が震えた。瑶子は森川が真剣なことに気づいたらしく、わずかに態度を改めた。

「むずかしい問題だわね。批判するのは簡単だけど」

森川が口を動かしかけると、それを遮るように瑶子が続けた。

「でも、前にも言ったけど、患者さんが最後まで治療にこだわるのは仕方ないんじゃないかしら。そうとうの高齢者なら別だけど、壮年くらいの人は仕事もあるし、家庭もあるし、死ぬことなんか視野に入れられないでしょう。なんとしてでも生きたい、助かりたいと思うでしょう」

「じゃあ、無駄な治療の副作用で、残り時間を縮めたほうがいいのか」

「それはよくないけど、医学の知識もそれほどなくて、生まれてはじめてがんになって、もう治療の余地がない状況になっても、治りたいという気持はなかなか捨てられないんじゃないの。良ちゃんがもしそうなったら、どう？　現実を受け入れられる？」

森川は一瞬、答えに詰まったが、気を取り直して答える。

「僕は受け入れると思う。ていうか、受け入れなきゃ仕方がない。貴重な残り時間を、自分から無駄にはしたくないから」

「わたしならどうするかな。命が縮まっても、最後まであきらめないかも。治療せずに怯えながら生きるのはつらいもの。最後までがんと闘うというのも、その人の生き方なんじゃない」

「医者はそれにつき合うべきだと言うのか。効果のない治療を続けて、患者がどんどん衰弱して、寿命を縮める手伝いをしろって言うのか。治療なんかしないほうが、よほどいい時間が過ごせるのに。患者が闇雲に治療を求めるのは、薬の実態を知らないからだよ。患者が望む通りに治療すればいいのなら、専門知識は何のためにあるんだ」

森川は真剣な眼差しで首を傾げる。瑤子はため息をついて、箸を置いた。腕組みをしてふたたびため息を洩らす。

「医者の立場からしたらそうでしょうね。でも、理解は得にくいだろうな。患者は医者の立場がわからないし、医者は患者の気持がわからない。医者と患者の永遠の平行線ね」

テーブルでは、料理がすっかり冷えきっていた。味噌汁もぬるくなり、上澄みができている。

「悪いけど、今日はもうごちそうさまにしていいかな」

「どうぞ。わたしももう食べられない。医者の妻はたいへんだわ」

そう言って、瑤子は冷めた料理を台所に下げた。

45

稲本が訪ねてきた翌日、小仲は渋谷の竹之内クリニックに向かった。四回目、すなわち一クール目最後のNK細胞療法を受けるためだ。

これまで三回の点滴を受けたが、効果があるのかどうか、自分でははっきりわからなかった。指の痺れと激しい嘔吐で前回の点滴のあと倒れたが、それは一時的なものだったらしく、今日はなんとか落ち着いている。だから竹之内クリニックへもタクシーを使わず、電車で来ることができた。

いつもの点滴ルームでNK細胞の投与を受ける。オレンジ色のしたたりを見上げながら、小仲は稲本の言葉を思い返した。

――実は、吉武は、もう小仲さんには関わりたくないと言っているのです。

怒りで耳が熱くなる。よけいなことを言いやがって。しかし、この腹立ちは正当なものだろうか。そもそも、吉武に聞かれて困るようなことを言ったのは自分じゃないか。

小仲は怒っている自分をたしなめるもう一人の自分を感じた。彼がこれまでの人生でいちばん嫌っていたこと、それは自分の落ち度に知らん顔をして、他人を責めることだ。小仲はそんな人間をたくさん見てきた。

二十代から四十代にかけて、小仲はさまざまな社会運動に関わった。障害者自立支援法に反対して、厚労省の前で座り込みをしたり、ホームレス支援のボランティアをしたり、地元の医療訴訟の支援グループに参加したりした。いずれも困っている人、立場の弱い人の役に少しでも立ちたいと思ったからだ。

小仲自身は純粋な気持だったが、そうでない人間も多く紛《まぎ》れ込んでいた。売名行為で運動の旗振りをするジャーナリスト、スタンドプレーで目立とうとする大学教授、正義を振りかざして悦《えつ》に入《い》る全共闘の元活動家、きれい事で盛り上がる市民運動家たち。

ある難病の「家族の会」は、行政を糾弾《きゅうだん》し、示威《しい》行動を繰り返す圧力団体も同然だった。肝心の患者はそっちのけで、役人をやり込めて溜飲《りゅういん》を下げる。小仲がそれを指摘すると、集団で批判された。自己欺瞞、独善的体質。そして、結局は仲間割れして内部崩壊する。だから小仲は正義ぶった活動に抜きがたい不信を抱くようになった。

そういう連中が決まってやるのが、自分を棚に上げて他人を責めることだ。今、小仲は自分がそれをしているのを感じる。稲本への指摘はあまりにひどいものだった。しかし、自己批判の一歩が踏み出せない。

これまで、人に頭を下げるのがいやだから、まちがいを犯さないよう努力してきた。過ちを認めることは、大袈裟《おおげさ》に言えば自己否定につながる。今までの頑張りは何だったのかという気持になる。しかし、だからこそ認めなければならないのかもしれない。新たな飛躍のために。稲本も言っていた。吉武が心を開くことができれば、彼女自身の飛躍にもつながると。

オレンジ色のしたたりが虚しい涙のように見えた。この治療が効かなければ、おれの人生は終わる。すべては無に帰す。絶望が足元から這い上ってくる。自分はがんに負けるのか。情けない。

目尻に涙がにじみ、小仲は右手でそれを抑えた。治療を受けながら泣くなんて、みっともないことをするな。そう叱《しか》りつけたとたん、涙があふれた。熱い液体が頬を伝う。点滴ベッドで仰向けになったまま、小仲は抑えようのない嗚咽《おえつ》を洩らした。人生のすべてが崩れ去るような悲しみ。自分はいったい何のために生きてきたのか。何のために長い間、苦しんできたのか。

自己憐憫《れんびん》。それも小仲が嫌っていたことのひとつだ。だが今は、塞《ふさ》ぎようもない心の穴からそれが止めどもなくあふれ出してくる。つらい。こんなにつらいことはない。

歯を食いしばって耐えていると、看護師が点滴の残りを見に来た。小仲は慌てて壁のほうに顔をそむける。看護師は気配を察して、すぐに出て行った。

点滴はもうほぼ終わりかけていた。小仲は平静さを取りもどそうと、懸命に深呼吸を繰り返した。自分を叱咤すると、また涙があふれそうだった。ほかのことを考えなければ。消費税はどこまで上がるのか、カフカの『変身』の毒虫はどんな顔か。

「小仲さん。そろそろ終わりましたか」

竹之内が入ってきた。看護師から報告を受けているのだろう。声に静かな優しさがこもっている。輸血パックが空になっているのを確かめ、竹之内はゆっくりと点滴の針を抜いた。

「これでNK細胞療法の一クール目は終了です。お疲れさまでした」

「ありがとうございます」

小仲はかすれた声で礼を言い、咳払いをして顔をそむけた。

「今後のことですが」と、竹之内はベッドサイドの椅子に座り、小仲をうかがうように言った。

「小仲さんの場合は検査をしていませんから、治療が一クールでいいのか、二クール目を追加したほうがいいのか、判断がむずかしいですね」

やはり検査が必要なのか。小仲自身も検査で効果を確かめたい気持があった。しかし、一方では検査の結果に振りまわされたくないという思いも消えていない。竹之内はそんな小仲の心を読むように、ていねいに説明した。

「このまま治療を終了して、ようすを見ることもできます。あるいは、検査をせずに二クール目を追加することもできます。もちろん、検査をして効果を確かめてから判断することも可能です」

どうするのかを小仲の判断に委《ゆだ》ねているようだった。

「むずかしいですよね」

竹之内が助け船を出すように声をかける。小仲の実感としては、がんが悪くなっているようには思えなかった。もし、治療の効果が出ているのなら、検査をして確かめたほうが励みになる。しかし、悪化していたら、もう逃げ道はなくなる。どうすべきか。

「先生は、どうしたらいいと思いますか」

小仲は、意見を押しつけない竹之内の姿勢を信頼して訊ねた。

「そうですね。経済的なこともありますからね。もし一クール目がまったく効果がないのなら、二クール目を追加するのはやめたほうがいいでしょう。それを判定するためにも、検査をしたほうがいいかもしれませんね」

現実に向き合えということか。小仲は竹之内の言葉をそう受け止めた。検査をしないのは、単に逃げているだけだ。

竹之内と話していると、不思議に気持が落ち着く。妙な慰めや励ましをせず、穏やかに実際的なことだけ話すからだろう。

「検査をするとすれば、今日やるのですか」

「いや、今日は四回目の点滴が終わったばかりですからね。効果が出るのを待つ必要があります。年明けくらいがいいんじゃないですか。腫瘍マーカーとＭＲＩですが」

竹之内の言葉には、楽観的な響きは含まれていなかった。むしろ、厳しい予測のほうが勝っている。しかし、恐怖は感じられなかった。

小仲は吹っ切れた気持で答えた。

「わかりました。じゃあ、年明けに検査をお願いします」

46

十二月二十一日。今年最後の外科の医局会議が、四階の会議室で開かれた。

ロの字形に机を並べた正面に、副院長と外科部長が座り、右側に森川を含む四人の医長、左側と出入口側にヒラの医員と研修医六人の計十二人が適宜席を占めている。

通常通り、各医師の新患紹介と手術報告が終わると、副院長がむずかしい顔で切り出した。

「運営理事会で出た話なんだが、みんなも知っての通り、この病院も経営的に厳しい状況でね。効率化と無駄減らしが火急の問題となっている。若い先生もいるからあまり言いたくないんだが」

話の内容は森川にも察しはついた。副院長はいつになく深刻な表情だ。

「医療は決して金儲けのためにするものではない。しかし、今は公立病院でも赤字経営は許されない。そこで運営理事会では、より効率のよい収益確保に取り組むべきだということになった。具体的に言うと、患者の在院日数の短縮だが」

副院長はメモを見ながらホワイトボードにグラフを描いた。縦軸に入院基本料、横軸に入院日数をとる。

「患者の入院基本料は、入院初日から十四日までは一日あたり二万六百七十円。十五日から三十日までは一万七千六百二十円。三十一日以降は一万五千五百五十円だ。患者の一日あたりの入院経費は、外科の場合、平均一万六千八百三十円。すなわち、病院の収益につながるのは入院二週間までで、それ以後一カ月まではほぼプラマイゼロ、一カ月以後は赤字ということになる」

入院が長引けば病院の収益が減るのは森川も知っていたが、具体的な数字までは知らなかった。副院長がそれを公表したのは、かなり状況が切迫しているからだろう。

三人の先輩医長たちも、具体的な数字は把握していなかったようすだっ。まず、せっかち医長が驚いたように目を剝《む》いた。

「そんな状況だったんですか。それじゃ一カ月以上の入院は厳禁だな」

「いや、全患者を二週間以内にすべきだろう」

ぼやき医長が言うと、明晰医長が「以内じゃなくて、二週間ぴったりにすべきだ。そこまでは儲かるんだから」と訂正する。

「まあ、それほど世知辛《せちがら》くしてもらう必要もないがね。一応、現状を知っておいてもらったほうがいいと思って」

副院長は苦虫《にがむし》をかみつぶしたように言った。三鷹医療センターに来て三年目の医員が、遠慮がちに副院長に訊ねる。

「退院日は患者さんからけっこう要望が出るんですけど」

「どんな要望だね」

「大安の日に退院したいとか、息子が迎えに来る日曜日まで退院を延ばしてほしいとか」

「ふざけてるよな。大安の日に帰りたいなんて、結婚式じゃあるまいし」

ぼやき医長が言い捨てる。明晰医長とせっかち医長がそれに続く。

「二週間までなら延ばしてもいいが、それ以上は論外だ」

「拠点病院を何だと思ってるんだ。治療の必要のない患者や、治る見込みのない患者を

「まあ、そういうことだな」

　苦り切っている副院長の代わりに、外科部長があとを引き取った。

「入院期間が長引いて経営を圧迫するのは、やはり末期がんの患者だろう。我々としてもつらいところだが、治療の余地のない患者は、一般病院に行ってもらわないと仕方がない」

「ちょっとよろしいでしょうか」

　若手のなかでいちばん優秀な女性研修医が、よく通る声で言った。「患者さんを早く退院させないといけないのは、入院基本料の設定に問題があるんじゃないですか。基本料が日数によって切り下げられなければ、患者さんが望むだけ入院させてあげられるでしょう」

「いいところに気がついた、お嬢ちゃん」

　ぼやき医師がからかうように言う。女性研修医はむっとするが、外科部長がなだめるように説明した。

「それはむずかしいだろう。国は医療費を抑えることにかかっているんだから。心配だから入院させておくというのは、無駄な医療費と判断されても仕方がない。それに入院基本料を高くすると、収益目的でいつまでも患者を退院させない金儲け病院が出てくるだろう」

「

だから、患者は早期に退院させなければならない。しかし、それは国と病院の都合じゃないかと、森川は首をひねる。

やがて外科部長が話を締めくくった。

「末期がんの患者は、地域の一般病院に紹介するように。この近くだと、大幸《だいこう》病院とか福良《ふくら》病院が受け付けてくれるから」

三人の医長が大袈裟に反応する。

「どっちもすごい病院だぞ。病院というより強制収容所だ」

「生活保護の患者御用達のところか。看護師の平均年齢六十五歳という」

「窓ガラスも割れたままで、レントゲンは五十年前のもので、病院食には犬の肉が出るという噂だ」

外科部長が医局会議の終了を告げ、それぞれが席を立った。外科部長が近づいてきて、森川に聞く。

「この前、言ってた肝臓がんの末期患者、治療中止の説明はうまくできたか」

「いえ……。納得してもらえませんでした」

「じゃあ治療を続けるのか」

「それはしたくないんですが」

森川がうつむくと、外科部長は無言で森川の肩を叩いた。

47

小仲は冬の太陽に顔をしかめて、サングラスをかけた。色の濃い、真冬には似合わない眼鏡だ。

稲本に誘われた患者の集いは、ヘラクレス居宅介護ステーションに併設されたデイサービス「なごみ」で行われることになっていた。小仲は稲本に渡されたニュースレターの案内を頼りに、久我山《くがやま》の駅からひとり、南へ向かった。

「なごみ」は、こぢんまりした二階建ての施設だった。表からようすをうかがっていると、気づいたらしい稲本がうれしそうな顔で玄関から出てきた。

「まあ、小仲さんじゃありませんか。ようこそいらっしゃいました」

サングラスをかけているのによくわかるものだ。

「お待ちしていました。さあ、どうぞどうぞ」

屈託のない歓待に、小仲は照れくさげに頭を下げる。

中へ入ると、手作りのクリスマスツリーがあり、紙テープのリボンやサンタの塗り絵が飾ってあった。まるで幼稚園だなと、小仲は皮肉な笑みを浮かべる。

部屋ではもちろんサングラスは必要はないが、敢えて取らないことにした。喜んで参加したわけではないという意思表示と、吉武と目を合わせたくなかったからだ。

　この前、稲本が帰ったあと、小仲の胸には吉武に対する相反する思いが渦巻いていた。自分の卑劣な指摘が彼女を傷つけたことへの後悔と、彼女を批判したわけではないのに、自分を見捨てたことへの不満だ。稲本に話を聞いたときは、申し訳ない気持が勝っていたが、時間がたつにつれ、恨めしい気持がふくれてきた。だからこの患者の集いもボイコットしようかと思ったが、それも心残りな気がして、不承不承参加を決めたのだ。

　会場には何人かの参加者が集まっていた。それとなくあたりを見ていると、杖《つえ》を持ち、椅子に座っているやせた老人に手招きされた。八十近いようだが、しゃれたハンチングをかぶり、胸に蝶の刺繍《ししゆう》のついた真っ赤なトレーナーを着ている。

　小仲が近づくと、老人はしわがれた声で訊ねた。

「あんた、見かけん顔だな。この集いははじめてか」

「はあ」

「どうだ。わしはどう見える」

　老人は灰色の虚《うつ》ろな目を向けてきた。頬がこけ、唇に血の気がない。死相だと小仲はとっさに思った。

「はい。あの、とてもお元気そうです」

　一瞬遅れたが、作り笑いでごまかした。老人が力なくうなずくと、横にいた嫁らしい女性が恐縮して頭を下げた。

「すみません。お爺ちゃんはいつもこんなことを人に聞くんですよ」

自分がどう見えるのか不安なのだろう。死が近づいているかどうか、確かめずにいられないのだ。小仲は会釈だけして、その場を離れた。

送迎バスが到着して、表がにぎやかになった。常連らしい患者が慣れたようすで入ってくる。車椅子の人、杖で身体を支える老人、ニット帽子で脱毛を隠している女性もいるが、みんな表情が明るい。がんになって何が楽しいんだと、小仲はひねくれた思いになる。

やせた女性の手を引きながら、吉武が入って来た。小仲は自分の姿を見られまいと、とっさに背を向けた。別のスタッフが誘導するのにまぎれ、座席の最後列に座る。

全員が着席すると、稲本が挨拶をした。

「みなさん、ようこそお集まりいただきました。今日は今年最後の集いです。クリスマス・イブですから、いろいろ催しもご用意しています。どうぞ楽しんでいってください。それから、今日は、新しい参加者もいらっしゃいます。小仲辰郎さんです」

前触れもなく紹介され、小仲は顔が火照《ほて》るのを感じた。二十人ほどの参加者が一斉に振り返る。小仲はサングラスを取ろうかと思ったが、ここで取ったら負けだという依怙《いこ》地《じ》な気持が湧いて、腰を浮かすだけにとどめた。そのとき、吉武がこちらを見たのがわかったが、どんな表情か確認できない。

催しの最初はヴァイオリンとピアノのミニ・コンサートだった。紺のドレスを着たヴァイオリニストが、本格的な演奏を披露する。シューベルトの「アヴェ・マリア」、バッハの「ゴルトベルク変奏曲」から「赤鼻のトナカイ」などの親しみやすい曲まで、クリスマスらしい曲目が奏でられる。

次は男性のスタッフがサンタクロースに扮して、参加者一人ずつにプレゼントを配ってまわった。「フォーッ、ホッホッホッ」と高らかに笑うが、どことなく照れくさげだ。まだ若い職員なのだろう。中年の女性スタッフから、「よく似合うよ」「頑張って」などと声がかかる。小仲が手渡された包みを開くと、写真立てが入っていた。

続いて、グループに分かれてのトーク・セッションがはじまった。スタッフを交えて、五、六人の患者で話し合うプログラムだ。小仲は稲本に促されて、男女三人ずつのグループに入った。吉武は別のグループにいる。挨拶ぐらいしたいが、さっき稲本が紹介したから自分が来ていることはわかっているはずだ。それなら彼女のほうから挨拶に来るべきだと、またくだらない意地を張ってしまう。

楕円形に並べた椅子に座ると、稲本が各自の自己紹介を求めた。小仲はひとつ咳払いをして、皮肉な調子で言った。

「二カ月半前に、余命三カ月と医者に言われた小仲です」

だれかが笑ったら、「笑い事じゃないんです」と切り返してやるつもりだったが、だれも笑わなかった。同じグループにいたのは、男性が肺がんと直腸がん、女性は肝臓がん、乳がん、脳腫瘍だった。脳腫瘍の女性はまだ二十六歳で、乳がんの女性も四十代だったが、どちらも骨に転移して、モルヒネを使っているとのことだった。

「いちばん心配なのは、検査で再発がわかることですよね」

「副作用で治療をストップされるのもいやですよ」

「わたしはモルヒネが効かなくなるのが怖いです」

トーク・セッションはだれが司会をするでもなく、雑談のような形で進んだ。稲本も特に口をはさまない。

七十六歳だという肺がんの男性がかすかな笑みを浮かべて言った。

「わたしは手術を三回受けて、左肺を全部取りました。文字通りの片肺飛行です。最初はトイレに行くのも息切れしてたんですが、階段を一段上がっては下りる練習を繰り返して、少しずつ増やしたんです。そしたら、二階まで上がれるようになりました。年寄りでも、頑張ればなんとかなるもんです」

「わたしは肝臓を切ってまだ二年ですから、再発が心配です。再発したら黄疸が出ると聞いているので、毎朝、鏡の前で白目を見ています。寝不足だったりすると、ちょっと黄色く見えたりして、生きた心地がしないわ」

六十代の女性の発言に、みんながうなずく。小仲も手術のあと、再発の可能性に怯えていたときのことを思い出す。ほかにも似たような体験を聞くうちに、徐々に心がほぐれてきた。

「乳がんだと言われたときには、頭が真っ白になりました。しかも骨に転移していて、手術もできないと言われました。気持が整理できなくて、戸惑っていたら、先生に、次の患者さんが待ってるからと急かされて……、あのときは悲しかったわ」

「なんてひどい医者だ」

小仲は思わず声をあげた。ほかの参加者も憤りを露《あら》わにする。それに押されて、小仲がやや緊張しつつ発言した。

「私も、悪い医者にかかって最低な目に遭いました。抗がん剤が効かなくなったとき、もう治療法はないから、あとは好きなことをしろと言われたんです。そんな言い草ってないでしょう。余命が三カ月だと言われて、どんな好きなことができますか。その医者はまだ若くて、鼻持ちならないエリートという感じでした。自分は何も悪くないという態度で、患者の気持なんか考えたこともないという顔つきでした。今ごろ、私のことなんかとっくに忘れて、能天気に暮らしてるんでしょう。でも、こっちは忘れませんよ。もう治療法がないというのは、死ねと言われたも同じなんですから」

「そうよね。わたしも同じ言われ方をしたわ」

「どうして医者は患者の気持がわからんのだろう」

乳がんの女性と直腸がんの男性が言う。小仲は興奮して、さらにその後のことを語った。大学病院でセカンドオピニオンをもらおうとしたら、治らない患者は受け付けられないと言われたこと、抗がん剤の専門医がいる病院に行ったら、論文のデータをとるための実験台にされたこと、副作用でのたうちまわるほど苦しかったので、治療の中止を頼んだら強制退院させられたこと、今は免疫細胞療法のクリニックで、目玉が飛び出るほど高額な治療を受けていること……。話しているうちに感情が激して、声が上ずったが、小仲は構わずしゃべり続けた。

「年明けに検査をして、最後の治療の結果が出るんです」

そう言うと、参加者たちは真剣な眼差しでうなずいた。気休めや、安易な励ましをする者はいない。小仲はがんで苦しんでいるのが、自分ひとりでないことを実感した。みんな同じつらさに耐えている。思わず涙が込み上げ、サングラスを取って目頭を押さえた。抑えようとすると、逆に噴き上げるように感情が高ぶった。嗚咽が洩れる。歯を食いしばるが止められない。自分を囲む参加者たちが、じっと見守ってくれているのを感じる。これまでの苦しみ、悲しみ、絶望や悔しさが脳裏に渦巻き、暴風のように吹きつける。小仲は顔を伏せ、声をあげて泣いた。それが許される心持ちがした。

ひとしきり泣くと、少し気持が落ち着いた。稲本がそっとハンカチを貸してくれる。

小声で礼を言い、涙を拭いた。サングラスを胸のポケットにしまう。もうかける必要はないと思った。

ふと顔を上げると、吉武がこちらを見ていた。素直な気持で会釈することができた。憑《つ》きものが落ちたようだった。吉武は一瞬、戸惑いながら、ぺこりとお辞儀を返した。

予定の時間が過ぎ、稲本がトーク・セッションの終わりを告げた。

「それじゃ、みなさん。最後はいつもの歌にしましょう」

ミニ・コンサートでピアノを弾いた女性が、高らかに前奏を弾きはじめる。『翼をください』だ。これなら小仲も知っている。はじめに配られたプログラムに歌詞も書いてある。

――いま　わたしの　願いごとが　かなうならば……

心をこめて歌いだす。自分でも不思議なほど素直な気持になっている。サビの部分は、ほかの参加者といっしょに大きな声を出した。怒り以外で声を張り上げたのは何年ぶりだろう。そう思うと、鳥肌が立った。

合唱のあと、拍手ですべてのプログラムが終わった。参加者が順に出口に向かう。送迎バスが出る前に、小仲は吉武にひとこと挨拶しようと近づいた。

「やあ。久しぶり。元気だった?」

「はい。どうも、ご無沙汰してしまって」

吉武はきまり悪げに肩をすくめる。

「今日は来てよかったよ。稲本さんにはいろいろ世話になって」

間接的にではあるが、吉武を傷つけてしまったことを謝りたいと思ったが、うまく言葉が出なかった。吉武も不自然に目を逸《そ》らしている。

まだ怒っているのだろうか。いや、吉武は困惑しているようだった。

おかしい。

突然、小仲の胸に不穏《ふおん》な予感がよぎった。死相が出ていたさっきの老人が思い浮かぶ。

声の震えを抑えて訊ねた。

「吉武さん。おれのこと、どう見える」

吉武は虚を衝かれたように顔を上げ、目を伏せる。一瞬遅れて、作り笑い。

「はい。あの、とても、お元気そうです」

小仲は足元の地面が裂け、冷たい暗闇に吸い込まれていくように墜ちるのを感じた。

48

「クリスマス・イブだっていうのに、まったくツイてない」

森川はため息をつき、外科病棟の廊下を進んだ。うしろから処置ワゴンを押した看護師がついてくる。

「ぼやいてないで仕事をしましょ。休日出勤はわたしたちも同じなんですから」

休日当直の業務は患者のガーゼ交換からはじまる。

「おはようございます」

大部屋に入って、患者の前だけでも明るい声を出す。胃がん、S字結腸がん、直腸がん、胆のうがん。この世の病気はがん以外ないのじゃないかと思うほど、がん患者ばかり入院している。小一時間で処置を終え、ナースステーションにもどる。

「森川先生の娘さん、かわいいらしいですね」

リーダー格の看護師がおもねるように聞く。

「だれに聞いたの」

「みんな言ってますよ、ねえ」

聞かれた二人の同僚は、口々に「可菜ちゃんていうんでしょ」「名前もかわいいですね」と合わせる。

「よく知ってるな。ちょっと見る?」

森川はスマホを取り出し、待ち受けを見せる。

「うわー、かわいい」

「先生似ですね」

「動画もあるよ」

動画アプリを起動する。花壇で鳩を追いかけている可菜が映し出される。

「これ、どこですか」

「近くの公園だよ」

「こんなにかわいいと、将来が楽しみですね」

口々にほめられ、森川はまんざらでもない気分になる。

「じゃあ、僕は医局にいるから、何かあったら連絡して」

機嫌良く医局にもどり、パソコンを立ち上げてゲームと検索で時間をつぶす。

昼時になり、森川は白衣のまま院内のコンビニにランチを調達に行った。ついでに看護師たちにティラミスを買う。

ナースステーションに寄って、「これ、みんなのおやつに」とケーキを渡すと、リーダー格の看護師が、「ありがとうございまぁす」と言いながら、ほらね、というような目配せを同僚に送った。なんだ、乗せられたのかと気づいたがあとの祭りだ。

午後は救急外来の患者もなく、ごく平穏に過ぎた。

午後八時、病棟をまわって、消灯前の回診をする。特に問題なし。

医局にもどり、さすがにまだ寝るわけにいかないので、学会雑誌の論文を読んだ。

午後十時半、中央手術部でシャワーを浴び、自動販売機でコーラを買い、当直室で横になった。とりあえず今日も無事に過ぎた。夜中に何事もないことを祈りつつ眠りに落ちる。明日も激務が待っているのだから。

そのあと森川は、救急外来と病棟からの問い合わせで、朝までに五回起こされた。

49

患者の集いから帰った日の夜、小仲は居ても立ってもいられず、吉武のケータイに電話をかけた。死相が出ていたのかどうか、直接、聞こうと思ったのだ。しかし、応答はなかった。小仲からの着信だと知って、わざと出ないのか。

翌日、稲本が小仲を訪ねてきた。集いに参加したことへの礼と、ようすをうかがいに来たようだ。小仲は開口一番、苛立たしい言葉をぶつけた。

「次の日にさっそく訪ねて来るのは、おれがいちばん危ないということか。あの真っ赤なトレーナーの爺さんより、先に逝《い》きそうってわけか」

稲本は何のことかわからず、怪訝《けげん》な顔で事情を訊ねた。小仲は昨日、吉武が自分に死相を読み取り、取り繕うようなお愛想を言ったことを告げた。

「それは小仲さんの思い過ごしですよ」

「いいや。彼女はたしかにおれがもうすぐ死ぬと思った。まちがいない」

「何を根拠にそんなことをおっしゃるんです。吉武に聞いたんですか」

「聞かなくてもわかる」

憤懣《ふんまん》を込めて黙り込む小仲に、稲本は忍耐強く向き合った。

「何か理由がありそうですね。小仲さんがそこまでおっしゃるのなら、そうなのかもしれません。でも、吉武の考えがいつも正しいとはかぎらないでしょう」

「だが、彼女は看護師だろう。ふつうの人間より見る目はあるぞ」

「それを言うなら、わたしだって看護師ですよ。しかも彼女より経験豊富な。わたしの目には、小仲さんが死にそうだなんてぜんぜん見えませんけど」

「信用できるもんか。どうせ気休めだろう」

「いいえ。じゃあお聞きしますけど、小仲さんは今、座っていてつらいですか」

小仲はベッドの上にあぐらをかいていた。壁にもたれてもいない。しかし、ふて腐れるように答える。

「そりゃつらいさ」

「でも、横にならないといられないほどじゃないですよね。昨日だって、集いの間ずっと椅子にかけていらっしゃったでしょう。死を間近に控えた人がそんなふうにできませんよ」

そう言えば、真っ赤なトレーナーの老人は、途中で畳スペースの布団で横になっていた。

「今朝は朝食はとられましたか」

「……トーストにジャムを塗って、ハムをのせて食べた」

「食欲もあるじゃないですか。死ぬ直前の人がそんなに食べられませんよ」

「じゃあ、吉武さんはなんであんな作り笑いをしたんだ」

「率直に言って、彼女はまだ小仲さんに心を開いていないのかもしれません。それでぎこちない表情になったんでしょう」

そうなのか。吉武はまだ自分を許してはいないのか。残念な気がしたが、死相が出ていないのなら一安心だ。

「ところで、昨日の集いはいかがでした」

唐突に聞かれ、小仲は戸惑う。

「ああ、悪くはなかった。ほかの患者の話も聞けたし」

「そうでしょう」

稲本がうれしげに笑う。自己満足の笑みではないが、小仲はつい反発してしまう。

「だが、こんな気持も一時的なものかもしれないぞ。集いに参加したからといって、病気がよくなるわけじゃないんだから」

「そんなことないですよ。がんの患者さんが山登りをしたり、落語会で笑ったりすると、元気になると言うでしょう。精神的な高揚が自己治癒力を活性化するというデータもあります。患者の集いにも似たような効果があるんですよ」

ほんとうだろうか。もしそうならありがたい。そう思いつつも、安易な気休めには乗りたくないと、警戒心が頭をもたげる。

小仲はもう一度、話題をもどした。

「吉武さんはまだ心を開いていないと言ったが、彼女はそんなに怒ってるのか」

「というか、戸惑ってるんだと思います。小仲さんの指摘はショックだったけれど、一面の真理を衝いていますから」

小仲はまた複雑な気持だった。卑劣な指摘には反発されたほうがやりやすい。認められると、かえって振り上げた拳がおろせなくなる。小仲はわざと不機嫌に訊ねた。

「じゃあ、どうすれば彼女に許してもらえるんだ」

「もう少しお時間をいただけませんか。彼女自身が納得する必要がありますから」

「おれには、そんなに時間は残ってないんだけどね」

「またそんなことをおっしゃる。大丈夫ですよ。まだまだ時間はありますって。あ、でも、どうぞ無理はしないでくださいよ。小仲さんはこの前、一度、倒れているんだから」

ふたたび足に重い鎖を結びつけられたように感じる。

た。

「縁起でもないことを言うな」

目の前にある大きな不安が、自分を怒りっぽくさせていることを、小仲は自覚していた。

そのあと、稲本は手早く部屋の掃除と片づけをして、帰って行った。

50

仕事納めの日、森川は大きく吸い込んだ息を、吐きかけて止めた。そのまま吐くとため息になってしまう。自分の人生がため息ばかりで埋め尽くされそうで、どうにもやるせなかった。

今年一年も慌ただしく過ぎた。四月に医長になってから、特に状況が変わったわけではないが、確実に疲労が蓄積している。治った患者、亡くなった患者、ややこしい患者、いろいろな患者がいた。今年はＰＤの執刀医《しっとうい》をやったのがいちばんの収穫だった。あの膵臓《すいぞう》がんの患者も無事に退院した。

今、いちばんの気がかりは、末期の肝臓がんの患者だ。年明けの外来に来たらどう説得すればいいのか。同じ過ちは繰り返せない。

森川は頭の後ろに手を組んで、医局の天井を見上げる。知らずため息が洩れる。やっぱり、自分の人生はため息で満たされている。

51

大晦日の午後、小仲は毛玉のついた靴下にサンダルをつっかけて外へ出た。

ネットを見るのも飽きたし、テレビはくだらない番組ばかりだ。ことさら大晦日を強調されるのも鬱陶《うっとう》しい。

身体はだるいが、歩くことはできた。急かされるように外へ出たのは、歩けるうちに歩いておけという無意識の焦りか。ポケットに手を突っ込み、足を引きずるように歩く。行き交う人はみな忙しげで、目の前の生活に追われている。スーパーの前に来ると、年の瀬の買い物に気を取られている主婦や老人が群がっていた。だれも死ぬことなど考えていないだろう。自分はちがう。自分は、末期がんで、間もなく死ぬのだ。

NK細胞療法の結果は、どうせ芳《かんば》しいはずはない。今まで何度も期待して、毎回手ひどく裏切られたのだ。

ふつうの人間にもどりたい。死を見つめなくてもいい人間に。今はすべてのことが死につながる。これまでいろいろ不如意《ふにょい》もあったが、死を考えなくてもよかったあのころは、なんと恵まれていたことか。

古びたジーパンの中で、やせた太ももがぺらぺらと揺れる。西の空がかげり、灰紺色の雲が凄《すご》みを帯びた感じで流れていく。

しばらく歩くと公園に出た。ペンキの剝《は》げたベンチが三つ。小仲は疲れて、そのひとつに腰を下ろした。

吉武はどうしているだろう。おれのことなど忘れて、正月の準備にかかりきりだろう。いや、もしかしたら、ほかの患者の世話をしているかもしれない。だとしたら悲しいことだ。

公園に小型犬を連れた男がやってきた。離れたベンチに座り、苛立たしげに煙草を吸いはじめる。犬が動くと乱暴にリードを引っ張る。犬はあきらめたように、男の足元に座る。男は機嫌が悪そうだった。今だけではなく、ずっと不機嫌が続いているような面立ちだ。小仲は内心で話しかける。

あんたは思い通りにならないことが多くて、毎日うんざりしているようだな。でもな、まだ幸せなほうなんだぞ。目の前に死がぶら下がっていないんだから。

男は立て続けに煙草を三本吸い、ふたたび犬を引きずって公園を出て行った。

小仲はふと、ヘラクレス会の集いで出会った患者を思い出した。彼らはなぜあんなに明るいのか。どうやって死の恐怖を克服したのか。いや、そんな連中ばかりじゃなかった。恐怖をごまかしている者もいた。医者への怒りを露わにし、参加者の共感で自分を慰めていた。そうやって、傷を舐《な》め合うのが患者の集いか。

そこまで考えて、小仲は頭を抱える。どうしておれは、いつもこうひねくれた考えをするのか。なぜもっと素直になれない。

これまでの人生は闘いの連続だった。頑固で潔癖すぎる自分との闘い。思いを曲げることができず、嘘やごまかしが許せなかった。差別や強者の驕《おご》りも許せない。だから懸命に闘った。しかし、それにどんな意味があったのか。

女と暮らしたこともあったが、結局、性格が合わずに別れた。あれは三十代の半ばだった。ホームレス支援のボランティアで知り合って、熱心に活動する姿に惹かれた。社会意識も高いと思ったのに、いっしょに住みはじめると些細なことでもめた。ものを出しっぱなしにする、頼んだことを忘れる、くだらないことでケンカをし、女は三カ月で出て行った。

ひとりで生きてきたことに、悔いはない。我を折ってまで家族を持ちたいとは思わない。どうせ死ねばすべて消えるのだ。

しかし、今はひとりきりの時間がつらい。患者の集いでもらった写真立てに入れる写真もない。つまりは独りぼっち。どう生きればよかったのか。

寒風が通り過ぎる。小仲はポケットに手を入れて身をこごめる。

両親はすでに亡く、遠くに住む妹とも疎遠なままだ。妹は小学生の甥《おい》二人を、連日、塾に通わせ、一流大学に入れることに汲々《きゅうきゅう》としていた。何度か苦言を呈したら、自分を避けるようになった。もう十年以上、連絡をしていない。兄ががんで死んだと知っても、涙も流さないだろう。

両手を膝の前で組んで、小仲はうなだれる。

ふと顔を上げると、少女がブランコを漕《こ》いでいた。小さな手で鎖を握り、細い足で弾みをつける。髪がなびき、血色のいい頬が前後する。夕闇が迫り、ほとんど景色も見えないのに、少女は懸命にブランコを漕ぐ。

小仲はその肉体の躍動に思わず見とれた。

少女の前には無限の未来が開けている。わずかに光の残った西の空に、そのまま飛翔《ひしょう》しそうなブランコを目で追い、小仲は涙を流した。少女の命はなんと無垢《むく》で健やかなことか。はかなく消えかけている自分の命とは、どれほどかけ離れていることか。

薄暗がりの中で、小仲は涙をあふれるままにした。つらいけれど心地よい。不思議な感覚だった。涙といっしょに、何かが身体の内から流れ落ちていく気がした。

52

新年最初の診察日は、毎年のことだが朝からバーゲン・セール並みの混みようだった。

外来には患者が列をなし、順番の来るのを待っている。退院後はじめての患者もいれば、手術から五年が無事にすぎ、そろそろがんの治癒といううれしいお墨付きをもらえる患者もいる。

途切《とぎ》れることなく患者を診て、診察が終わったのは午後三時五十分。最後の患者が出て行ったあと、外来の看護師長と顔を見合わせて、「ふうっ」と同時にため息をついた。

外来を出た森川は、院内のコンビニで売れ残ったサンドイッチを買い、自動販売機のコーヒーで無理やり流し込んだ。休む間もなく病棟の患者を回診し、検査オーダーや看護師への指示を出す。ようやく一息つけるかと思ったところに、院内ＰＨＳが鳴った。

「患者さんのご家族がお見えです」

時計を見ると、約束の午後五時半だ。急ぎ足で外来に下りると、例の肝臓がんの患者の妻がひとりで待っていた。夫に内緒で話を聞きたいと、今朝、電話をかけてきたのだった。

「お忙しいところ、申し訳ございません。主人の診察日は来週なんですが、その前にどうしてもご相談したいことがありまして」

彼女は夫よりよほど道理をわきまえていた。森川が疲れているのを素早く察知し、無駄な話はせずいきなり本題に入る。

「この前の診察で、主人はまだ治療をしてもらえると思っているようです。でも、先生のご説明では、主人はもう治療しないほうがよいということでしょう。ほんとうのところはどうなんでしょう。治療の余地はまったくないのでしょうか」

「ご主人の場合は、がんに対する効果より、副作用のほうが強く出ていますから」

「副作用の出ない治療はないんでしょうか」

「……むずかしいですね」

　患者の妻は、最後の踏ん切りをつけるために森川を訪ねてきたようだった。それならきっちり引導を渡すべきだろう。

「誠に残念ですが、率直に申し上げて、ご主人のがんに有効な治療法は考えにくい状況です。治療の副作用で体力を失うと、かえってがんが勢いを増します。今ならご主人はある程度お元気ですから、体力を温存されたほうが、がんの増悪も防げる可能性が高いと思われます」

　妻は深刻な表情で森川の説明を聞いていた。そして、最後に念を押すように言った。

「つまり、治療は、命を縮める危険があるだけということですね」

「そうです」

「わかりました。わたしが主人を説得してみます。どこまで受け入れてくれるかわかりませんが、先生のご説明を伝えてみます。お忙しいところ、ありがとうございました」

　彼女はていねいにお辞儀をして、帰って行った。気の毒だが仕方がない。

森川は彼女の後ろ姿を祈るような気持で見送った。なんとか、奥さんの説得が功を奏しますように。

53

正月三が日、小仲はテレビを見ずに過ごした。世間が浮かれているのがいやだったからだ。手持ちのＤＶＤで古い映画を見たり、ＹｏｕＴｕｂｅの映像を見たりしていた。本も読もうと思ったが、活字を追うのに疲れるため読書はあきらめた。

疲れたら眠り、目が覚めれば部屋を眺める。平積みにした文庫本の背表紙を目で追い、少し頭がはっきりしてきたら、ＤＶＤを再生する。右脇腹の痛みはときに鈍く、ときに錐《きり》を突き立てるように鋭い。身体のだるさは皮膚の下に濡れた砂を詰められたような不快さだ。

調子のいいときはコンビニに野菜スープやだし巻きを買いに行く。一人分用の総菜もあって、重宝《ちょうほう》する。店内には正月用の飾り付けも少ないので、ふだんの感覚を維持しやすい。

そんなふうにして三日をやりすごした翌日、午前九時前にケータイが鳴った。

「小仲さんですか。竹之内クリニックです。今日の検査は予定通りで大丈夫そうですすか」

院長の竹之内からの電話だった。

四回目のＮＫ細胞療法を終えて二週間と二日目のこの日、小仲は治療の結果を確かめるための検査を予約していた。体調が悪ければ無理に受けなくていいと言っていた竹之内が、わざわざ訊ねてきてくれたのだ。

「ありがとうございます。大丈夫です」

小仲はしっかりした声で答えた。電話をもらったことで、思いがけず元気が出た。医者のちょっとした心遣いで、患者の気分はこんなにもちがう。

洗面所で歯を磨き、四日ぶりに髭を剃った。鏡をしげしげと見つめる。もともと金壺《かなつぼ》眼《まなこ》だが、今はいっそう落ちくぼみ、頬も頬骨の形がわかるほどだ。やはりがんは進行しているのか。不吉な予感を打ち消すために、小仲は冷水で思い切り顔を洗った。

検査の予約は午前十時半からだった。早めに家を出たので、渋谷の駅から歩いてクリニックに向かった。

年明け最初の診察日のせいか、クリニックには大勢の患者が詰めかけていた。風邪や腹痛らしい患者もいるが、見るからにがんらしい患者もいる。受付をすませて、待合室の椅子に座っていると、七十歳くらいの男性が話しかけてきた。

「あんたもＮＫ細胞療法を受けてんのかい」

小仲はぎょっとして男性を見返した。五分刈りの白髪頭で、人のよさそうな目尻に皺を寄せている。NK細胞療法のことを聞いてきたのは、こちらの病気を見抜いたからだろう。男性はひとりで勝手にしゃべりだした。

「わしもそうなんだ。前立腺がんだけどね。背骨に転移して、痛くって歩けなかったんだよ。でも竹之内先生にNK細胞療法をしてもらったら、楽になってねぇ。ほんと、ありがたいよ」

小仲は興味を惹かれて訊ねた。

「NK細胞療法は、どれくらいやったんですか」

「今は三クール目さ。一クール目はあんまり効果なかったんだが、二クール目に急に調子がよくなってね。三クール目は念のためさ」

「でも、治療代もたいへんでしょう」

「そりゃまあそうだが、命には代えられんだろ」

「ほかの治療はされていないんですか。抗がん剤とか放射線療法とか」

「がん医療センターで無理だって言われちまったからね。あんたのがんに効く薬はないって」

「なのに、NK細胞療法は効いたんですか」

「ああ。あきらめずに続けたのがよかったんだな」

小仲は改めて男性を観察した。唇の血色もよく、頬も艶々光っている。がん医療センターがサジを投げた患者が、ＮＫ細胞療法でよくなったというのはすごいことだ。ひょっとしたら、自分も救われるかもしれない。

小仲はほのかな希望が湧くのを感じた。ＮＫ細胞療法をはじめてから、たしかに体調は悪くないし、右脇腹の痛みも少しましになっている。もしかしたら、がんが縮小しているのかもしれない。それなら二クール目、三クール目とやれば、ふたたび元気になれる可能性もある。もしそうなら、どれほどうれしいか。

だが、治療を続けるとなると、莫大な費用がかかる。貯金だけで足りるだろうか。いや、金のことは考えるまい。いざとなれば、妹夫婦に土下座してもいい。竹之内だって、まさか金が払えないからと治療を拒否しないだろう。そうだ、支払いを少し待ってもらえばいいんだ。元気になればどんな仕事でもやって返済する。命の恩人に支払うためなら、死にもの狂いで働く。

考えているうちに名前を呼ばれ、小仲はまず採血室で血液検査を受けた。続いてＭＲＩの部屋へ。白い巨大なドーナツ形の器械の中を通り、おなじみの金属がこすれるような音を聞かされる。果たして結果は、吉と出るか、凶と出るか。

検査を終えたあと、小仲は診察室で竹之内の診察を受けた。

「調子はいかがですか」

「悪くありません。駅からもタクシーに乗らずに歩いて来られました。先生のお電話のおかげですよ」

竹之内は軽く微笑んで、小仲を診察台に寝かせた。腹部の触診と打診をする。

「変わりないようですね」

診察はごく簡単に終わった。「検査の結果は」と聞くと、「一週間後にご説明します」と言われた。腫瘍マーカーは時間がかかるとして、MRIの結果はすぐに教えてもらえるかと思っていた小仲はがっかりしたが、仕方がない。

「よろしくお願いします」と頭を下げて、クリニックをあとにした。

正午はとっくにすぎていたが、食欲はまるでなかった。駅に着いて、アパートにもどるところで何か食べなくてはという気になった。ほとんど義務感だ。目の前のコンビニに入ったが、食品の棚を見ただけでそれも萎《な》える。これではいけないと、飲み物の棚にまわり、カロリーメイトを一缶買った。

重い足取りでコンビニを出たとき、ポケットのケータイが振動した。発信者はヘラクレス会の稲本だった。

「もしもし」

「小仲さんですか。明けましておめでとうございます」

新年の挨拶もそこそこに、稲本はいつもの明るいソプラノで問いかけてきた。

「身体の調子はいかがですか。もしよろしければ、今からちょっと、吉武とお見舞いにうかがおうかと思うのですが」

「吉武さんと？」

小仲はケータイを耳に強く押し当てた。驚きと喜びに目が輝く。

「今、クリニックの検査をすませて帰ってきたとこだ」

「じゃあ、三十分後くらいに」

晴れやかな声を残して通話は切れた。

小仲は急かされるようにアパートにもどり、足早に鉄の外階段を上がった。いつもは苦労する上りが、吉武が来ると思うだけで足取りが軽くなる。

しばらく待つと、ブザーが鳴り、稲本が「こんにちは」と愛想のよい声をかけながら入ってきた。吉武は笑顔を作っているものの、足元を気にするそぶりで小仲と目を合わせない。やはりまだ完全には気を許していないのか。

「小仲さん。年末年始はお変わりありませんでしたか」

「ああ。ＤＶＤばっかり見てたよ」

稲本は愛想のいい笑顔を振りまき、吉武は硬い表情のまま後ろに控えている。

「あれから吉武ともいろいろ話したんですけど、わたしの説明がまずいのか、どうしても彼女が納得してくれないんです。こうなったら、本人同士で話し合ってもらったほうがいいんじゃないかと思いまして」

稲本は持ち前の明るさで言ってのけた。小仲は若干うろたえ、それを隠すために問い返した。

「話し合うって、何を話すの」

「前に小仲さんが言っていた指摘ですよ。わたしたちの活動に対する穿《うが》ったご意見。わたしは中立の立場で代弁しようとしたんですが、どうもうまく伝わらなくて」

しかし、何から話せばいいのか。吉武も膝の上に置いた指先ばかり見ている。すると、稲本が誘導するように吉武に話しかけた。

「それじゃ、小仲さんの指摘であなたがいちばん納得できないことから考えてみましょうか」

吉武は稲本を斜めに見上げ、肩をすぼめて答えた。

「納得できないことですか。それは……、稲本さんがヘラクレス会を立ち上げたことを、ご主人をうまく見送れなかったことへの、罪滅ぼしみたいにおっしゃったことです。それだけは、許せなくて」

小仲は羞恥心と反発で顔を紅潮させた。稲本がすかさずフォローする。

「それはわたしもショックだったわよ。なんてひどい言い方って腹が立ったわ。でも、冷静に考えると、そういう一面もなきにしもあらずかなって思ったの。ほら、人間の心理って複雑じゃない。で、それを認めたら、ふっと気持が楽になってね。罪滅ぼしだったら何が悪いのってことよ。何も悪くないでしょう。どんな動機ではじめても、利用者さんの役に立つ活動ならいいじゃない。ねえ、小仲さん」

　小仲は言葉に詰まった。彼は稲本の活動を、自分の罪滅ぼしに利用していると批判したのだ。それは明らかに卑劣な中傷だ。だが稲本はそのことを伏せて吉武に説明していたのだ。

　小仲は改まった調子で完敗を認めた。

「稲本さん。あれはおれの八つ当たりだった。申し訳ない。自分がつらいから、わざとあんたの気に障るような言い方をして、うっぷん晴らしをしたんだ。吉武さん。あんたが許せないという気持もわかるよ。ほんとうにすまなかった」

　詫《わ》びると、稲本が手を振りながら腰を浮かした。

「そんな頭を下げないでください。小仲さんの指摘は、一部、当たってもいるんですから。でも、この際だから、もうひとつのことも話しておきましょうか。ほら、わたしたちの活動が自己満足で、自分の善行にうっとりしてるだけじゃないかという指摘。吉武さんが引っかかっていたのは、むしろこっちじゃなかった？」

　吉武の表情がふたたび強ばる。そして言いにくそうに口を開いた。

「わたしたちの活動に、自己満足の一面があるのは、わかっています。でも……、利用者さんには、そんなふうに思ってほしくないんです。小仲さんが、わたしをそんなふうに見てたのかと思うと、すごく残念で」

小仲はいきなり畳に両手をついて、深々と頭を下げた。

「悪かった。あれも行きがかり上、つい口にしただけだ。稲本さんにあてこすりをしたいために、言いがかりをつけたんだ。申し訳ない」

吉武は顔を上げない。小仲は半ば自棄《やけ》ぎみに続けた。

「こんなひねくれた受け取り方をするのは、おれくらいなもんだよ。ふつうの患者はそこまで根性が悪くないから、心配ないって」

それでも吉武はまだ納得できないようだった。稲本が吉武に向き直り、ゆっくりと確認する。

「がんの患者さんのケアに、自己満足の一面があることは、あなたも認めるのね。ただ、利用者さんにそう思われるのがつらいというわけね。でもね、わたしたちがお世話するのは、いい人ばかりじゃないでしょう。我が儘な人、厚かましい人、性格の悪い人や、ひねくれた人もいるわ。病気のつらさに負けて、心にもないいやがらせを言う人もいる。あら、ごめんなさい。小仲さんのことじゃないんです」

稲本は小仲に小さく会釈をする。小仲が苦笑すると、稲本は吉武に続けた。

「わたしたちはどんな利用者さんもケアしなければならないの。相手が感謝しないからとか、逆恨みするからとか言って、怒るわけにはいかない。こちらはやるだけのことをやって、あとは何も求めないっていうのが基本でしょう」

吉武は稲本の言葉に顔を上げ、じっと見つめる。稲本は黙って応じる。吉武は言葉の意味を考え、稲本の思いをたどり、はっと気づいたような表情になった。

「そうか。わたしは無意識に、利用者さんから感謝を求めていたんですね。自分の介護で患者さんに喜ばれたいと思ってたんだわ。だから、素直に喜ばない利用者さんを、受け入れられなかったんです」

「そうね。あなたはいつも利用者さんに一生懸命だから、よけいにそうだったんだと思う。その熱い思いは大切なのよ。だけど、それに流されちゃいけない。いつも冷静でいなきゃ。でないと、独善的なケアになりかねないからね。それは決して利用者さんのためにならないでしょう」

「はい」

吉武が顔を上げてうなずく。稲本が続ける。

「だから、よりよいケアをするために、わたしはいつも自分に言い聞かせてるの。〝ハートは熱く、頭はクールに〟ってね」

「なるほど。うまいこと言うな」

小仲がつぶやくと、稲本が笑顔を向けた。

「これも小仲さんの指摘を受けたからですよ。わたしも必死に考えたんです。小仲さんのおかげです」

「そうか。おれのひねくれも、役に立つことがあるんだな」

皮肉っぽい嗤《わら》いを浮かべたあと、小仲は自分でも意外なほど素直に言った。

「おれもそろそろ、本格的な介護が必要になりそうなんだ。そのときは、どうぞよろしく頼みます」

「わかりました」

稲本の言葉に、安易な気休めはなかった。

54

一月の第二火曜日。森川は例の肝臓がん患者に向き合い、重苦しい息を吸い込んだ。

患者は血走った目で、森川をにらみつける。

「先日、家内が黙って相談にうかがったそうですね」

後ろの妻は、悲しみとあきらめの表情だ。患者は森川の視線を奪い返すように、ぐいと顔を近づける。

「わたしは治療をあきらめませんよ。先生のおっしゃることはわかっています。副作用で身体が弱ると、がんが進む危険があるというのでしょう。でもね、わたしはこう見えて、学生時代は陸上で長距離をやっていたから、体力には自信があるんです。今の事務所を立ち上げてからも、一度だって病気で休んだことはない。風邪や下痢は気合いで治したし、スキーで腰を痛めたときも根性でカバーしました。それに、わたしは運が強いんです。ホテルのデザインコンペで奇跡の逆転勝利をしたり、わたしがプロデュースした世田谷区のモニュメントがデザイン賞を受賞したりもしました。がんだって、偶然、三鷹医療センターに顔の利く開業医さんが見つけてくれて、スムーズに紹介してもらえたんです。だから、治療を続けていれば、きっと状況は好転するはずなんです」

「いや、これまでの治療経過を考えるとですね、新たな治療は」

「まだチャンスはあります」

患者は断言するように言い、内ポケットから新聞の切り抜きを取り出した。

「見てください。わたしと同じ肝臓がんの患者の記事です。進行がんだったけれど、副作用をうまく抑えた治療で、今も元気に暮らしていると書いてあります。それにこれも」と、患者は別の記事を広げる。

「漢方薬を組み合わせれば、副作用が抑えられるという記事です。抗がん剤で起こる重症の神経障害が、漢方薬を使うと半分くらいに抑えられると書いてあります。それから、これはネットのブログですが、医者に余命半年と宣告された前立腺がんの患者が、遺書まで書いたのに、奇跡的に回復して、宣告から十年たった今も元気だという記録です。それもがんとの闘いをあきらめず、頑張って治療を続けたからだとあります」

森川は押しつけられた記事やプリントアウトの紙を困惑しつつ見下ろした。

「お気持はわかりますが、他人のケースがそのまま当てはまるわけではありませんから」

「もちろんわかっています。しかし、何も治療しないのがベストだなんて、わたしには理解できない。医学は何のために発展しているのです」

「がんの治療には、副作用がありますから」

「でも、効果もあるでしょう」

「その効果より、副作用のほうが強いから……」

何度、同じことを説明させられるのか。刹那の倦怠《けんたい》に相手の言葉が尖る。

「じゃあ、副作用の弱い薬を使ってください」

「いちばん副作用の弱い薬は、最初に使ったものですよ。それが効かないから、徐々に強い薬に替えていったんです」

「最初に効かなくても、今なら効くかもしれないじゃないですか。今度もまた効かないと言い切れるんですか。一〇〇パーセント、だめだと言い切れるんですか！」

後ろから妻が夫をたしなめる。森川はこれ以上どう説得すればいいのかわからず、途方に暮れる。患者は森川の思いなど斟酌《しんしゃく》する余裕もなく、議論にとどめを刺すように言った。

「先生、お願いします。わたしは運の強い男なんです」

これでは議論にならない。

「わかりました」

患者に言ってから、後ろの妻に念を押した。

「奥さまもそれでよろしいんですね。治療で逆に余命が縮まることがあっても」

「はい。主人はどうしても、治療を続けたいようですから」

「当たり前だろ！」

患者が叱り飛ばす。気の弱い男ほど妻に威張るというのはほんとうだ。

了承したものの、患者の要求通りに抗がん剤を処方していいのか。もう一度、説得しようかとも思ったが、森川は気力もすり減り、どうでもいいという気持に傾く。いったんそうなれば、あとは坂を転げ落ちるように患者に共感できなくなってしまうだけだ。

ここが踏ん張りどころだが、踏ん張ってもそのあとどうすればいいのか。

「じゃあ、薬は出しますが、少しでも調子が悪くなったら、服用をやめてくださいよ」

「わかりました」

患者は挑戦的な目で森川を見据え、なんとしても生き延びてやるという決意を全身にたぎらせていた。

決意で病気が治るなら、だれも苦労はしない。空想に浸《ひた》るには、森川は現実を知りすぎていて、状況を受け入れるには、患者は現実を知らなさすぎる。この溝を埋めなければ、不幸はずっと繰り返されるばかりだ。

55

検査の結果が出るまでの一週間、小仲は自分でも意外なほど平静な心持ちですごした。吉武とはとりあえず和解できたし、稲本に対する気持も当初の反発から信頼へと変わった。

体調は必ずしもよくなかったが、体力を失うにつれて精神も消耗《しょうもう》するのか、一日中ぼんやりしていることが多かった。検査の結果も、気にならないと言えば嘘になるが、どうなったって結局は同じだという投げ遣りな気持が居座っていた。

診察の予約は、夕診のトップの午後四時だった。早めにアパートを出て、渋谷へは電車で来たが、クリニックまで歩くのが大儀で、わずかな距離だがタクシーに乗った。

診察券を出すと、受付の女性が、「大丈夫ですか。横になりますか」と訊ねてきた。

答えた。

体調の悪さが顔に表れているのだろう。小仲はかすかな笑みを浮かべて、「大丈夫」と答えた。

待合室の椅子に身を預け、瞑目《めいもく》する。いよいよ運命の分かれ道だ。多くは期待すまい。期待が大きければ、失望も大きい。これまでいやというほど経験してきたことだ。それなら逆に、検査の結果は悪いと思っておこう。いくらNK細胞療法が最新の治療でも、一クール目で劇的に効くわけがない。いや、むしろ、悪くなっているかもしれない。期待するな。小仲は自分にそう言い聞かせて、失望に備えた。

やがて看護師が顔を出し、「小仲さん」と呼んだ。深呼吸をして立ち上がる。診察室に入ると、竹之内が電子カルテのモニターにMRIの画像を出していた。

「どうぞ、お掛けください」

とっさに竹之内のようすをうかがう。厳しい表情だ。やっぱりだめなのか。

「まずMRIの結果から説明しましょうか」

「はい」

竹之内はボールペンの尻で画像を指した。

「こちらが治療前に撮らせていただいた画像、こっちが先週の画像です。これが肝臓で、黒っぽく写っているモヤモヤしたところが転移です」

これまで何度も説明を受けている小仲には、言わずもがなの説明だ。見比べると、明らかにモヤモヤの部分が広がっている。前のMRIでは別々だった転移が、今回のMRIではひとつにつながって塊《かたまり》になっている。

「ご覧の通り、転移はかなり増大しています。幸い、場所は肝門部から離れているので、今のところは黄疸の心配はないと思いますが」

「今のところはというと、いつか黄疸が出るということですか」

説明の一語一語に過敏になっている。竹之内は困惑ぎみに身を引き、「その危険性はありますが、今はなんとも」と言葉を濁《にご》した。

「腹膜のリンパ節はどうです」

肝臓はもういい、せめて別のほうはと訊ねると、竹之内はボールペンの尻で額を掻き、都合悪そうに短く唸った。

「うーん、そっちもあまりよくないですね。腹膜の転移はこれです。数は増えていないんですが、大きさがね。かなり大きくなって、小腸の一部を巻き込んでますから」

小腸を巻き込む。その不吉な言い方に、首筋にカミソリを当てられたような恐怖を覚える。

「じゃあ腫瘍マーカーはどうです。CEAも下がってないんですか」

小仲は悪夢から一刻も早く逃れたいかのように、前のめりになって訊ねた。荻窪白鳳会病院で測った最後の値は忘れもしない724ng/mlだった。

「うちのクリニックで最初に検査したときは、CEAは632でした」

何だって。荻窪白鳳会病院を出て、何も治療していなかったのに100近くも下がっているじゃないか。キツネにつままれたような気分だったが、その一瞬の喜びを打ち砕くように、竹之内は続けた。

「ですが、今回の検査では、かなり上がっていて、1066」

「えっ」

思わず声が出た。あまりのバカバカしさに嗤いが洩れた。ついに1000の大台を超えたか。ふざけるのもいい加減にしろ。

竹之内は表情を変えない。

冗談ではないのか。現実なのか。小仲は必死に気持を落ち着けようとした。落ち着け。しかし、どこからともなく灰色の靄《もや》が押し寄せ、思考を遮る。靄はどんどん濃くなり、白い闇のようになる。手を伸ばしても、助けてと叫んでも、だれも答えない。猛烈な勢いで白い闇に墜ちていく。

「小仲さん。大丈夫ですか」

竹之内の声に、はっと顔を上げる。この前、クリニックの待合室で話しかけてきた男性の話が脳裏に閃いた。

「先生。もう一度、NK細胞療法をやってください。一クール目で効かなくても、二クール目、三クール目とやれば、効果が出るかもしれないでしょう。この前、待合室で聞いたんです。がん医療センターで見放された前立腺がんの人が、ＮＫ細胞療法を繰り返してよくなったと。だから、私も……」

竹之内は小さく首を振った。治療を拒否している。

「それじゃ、続けても効果がないと」

竹之内は口を引き結び、うなずく。

「もう治療法はないとおっしゃるのですか。ＮＫ細胞以外の免疫細胞療法はどうです。樹状細胞とかＴリンパ球とか」

竹之内は厳しい表情で首を振る。

「じゃあ、もうあとは……」

小仲の声が震える。竹之内が精いっぱいの誠意を込めてなだめる。

「小仲さん。ほんとうに申し訳ありません。今の状態では、免疫細胞療法の二クール目をするとか、ほかの治療を追加するとかいうのは、現実的な選択肢とは考えられません。今は体力を温存されるのがいちばんだと思います」

またか、と小仲は歯嚙みする。これまで何度も突き落とされた絶望。竹之内まで治療法はないと言うのか。せっかく親身になってくれる医者だと思ったのに。

小仲はやせた膝を爪の痕《あと》がつくほどきつく握った。心の準備をしていたつもりだったが、実際の衝撃ははるかに強い。まさかこんなことになるなんて。

竹之内は小仲をじっと見ていたが、苦悩の表情で言いにくそうに付け加えた。

「実は、まだお話ししなければならないことがあるのです。先週のＭＲＩで、念のために胸部も調べたのですが、どうも肺にも妙な影があるみたいで」

竹之内はモニターの画像をスクロールした。小仲は闇に目を泳がせるようにして、その無気味な画像を見た。空気を含んで黒く写っている肺に、白いいびつな塊が浮かんでいる。ほとんど正気を失いかけている小仲の耳に、竹之内の気遣うような声が流れ込んだ。

「小仲さん。息苦しくはないですか。まだ多くありませんが、胸水がたまっているので……」

56

「乾杯！」

「乾杯！　今年もよろしく」

森川たちは煌《きら》めくシャンデリアの下でシャンパンのグラスを掲げた。

大学時代の実習グループで開いている恒例の新年会である。参加者は森川を入れて六人。認知症専門のクリニックが成功し、〝デメンツ（ドイツ語で痴呆）長者〟と呼ばれる精神科医、都立病院勤めが忙しすぎて結婚できない〝お一人様〟脳外科医、祖父から続くクリニックを継いだ〝三代目〟内科医、暇を見つけては山登りに夢中の〝ヤマ男〟整形外科医、そして、写真家の夫を支えながら大学病院で研究にいそしむ紅一点、〝内助の功〟病理医である。場所は新宿の高級フランス料理店「ル・コルヴェール」。

それぞれが近況を報告し、同級生の動向などを伝え合っていると、前菜が運ばれてきた。幹事のデメンツ長者が注文したメニューは、ジビエ尽くしのフルコースだ。

「のっけからフォアグラか。ヘビーだな」

「また太りそう」

そう言いながら、ヤマ男とお一人様がそれぞれ一口で平らげる。

「あたし、獣臭いのは苦手なんだけど」

「大丈夫さ。メインは店名にもなってる鴨だから。コルヴェールは青首鴨のこと」

不安げな内助の功にデメンツ長者が蘊蓄《うんちく》を傾ける。

「開業の調子はどうだい」

森川が聞くと、三代目は苦笑いで答える。

「おかげさまで、と言いたいところだけどね。まあまあかな」

スープにホロホロ鳥のガスパッチョ仕立てが運ばれると、内助の功が鼻を近づける。

これなら大丈夫と、一口すすって三代目に言う。

「開業医は経営のことも考えなけりゃいけないから、たいへんでしょう」

口に運びかけたスプーンを止めて、三代目は顔をしかめる。

「患者を集めるには、医学的な判断よりリップサービスが重要だからな。大丈夫ですよ、心配ないです、いい薬がありますなんてね。医師会も言ってるけど、成功してる開業医は、みんな口がうまい」

「オレなんかもそうだな。認知症は治らないんだから、口でうまく言って、患者や家族を安心させるしかない」

デメンツ長者がワインを片手にうそぶく。

「しかし、患者を喜ばせるってのは、医療の本質じゃないか」

純朴なヤマ男が言うと、お一人様が生真面目に反論する。

「いや、医療の本質は医学に忠実であることだ。医療が患者のご機嫌取りになったら、お終《しま》いだ」

森川も同意見だった。

「そうだな。患者が喜ぶことを口にするだけなら、医者は太鼓持ち《たいこも》と変わらない」

「太鼓持ちはひどいわね」と内助の功。

「いや、似たようなもんかもしれん。医療芸者って言葉もあるし」

自嘲的に言う三代目を尻目に、デメンツ長者がおもしろおかしく続ける。

「患者集めと言えば、マスコミはありがたいね。いい加減な情報で、世間の不安を煽《あお》り立ててくれるからな。認知症でも〝早めの受診が大切です〟なんてね」

「早めの受診は有効じゃないのか」とヤマ男。

「だって、効く薬がないんだもん」

「ドネペジルがあるだろう」

「ダメダメ。実際的にはほとんど効果ないよ。ははは」

デメンツ長者がドライな笑いを洩らすと、魚料理のあとにメインの鴨のソテーが供された。ジビエらしい野生の香りと歯ごたえが、濃厚な味わいを醸《かも》し出す。

「そう言えば、今、ちょっと悩んでることがあってね」

メインディッシュが終わりかけたとき、森川がだれに言うともなく話しだした。「末期がんで治療の余地がなくなった患者に、どう説明すればわかってもらえるかと思って。患者ってのは、最後まで治療を求めてくるだろ」

「そりゃそうだ」とヤマ男。

「治療の余地がないなら、はっきりそう言えばいいじゃないか」と生真面目なお一人様。

「ある胃がんの患者にそう言ったら、死ねと言われたのも同然だって、えらい剣幕で怒鳴られたんだ」

森川がうんざりした顔で言うと、お一人様が「そんなひねくれた患者がいるのか」と気色《けしき》ばむ。

「でも、がん患者の心理は繊細だからねー」と内助の功。

「オレなら適当な薬でごまかすな。ビオフェルミンで、これは副作用のない抗がん剤だって言って処方する。それでしばらくは持つだろう」

三代目が言うと、デメンツ長者が精神科医らしく「整腸剤より、マイナートランキライザーがいいぞ。気持が落ち着くから」と補足した。

「それはまずいよ。嘘はいずればれるし、訴えられたら、明らかにこっちが不利だ」

森川が言うと、三代目は挑発するように迫る。

「じゃあ、どうする。副作用のある抗がん剤を使うのか」

「それはできない」

「じゃあ、何もしないのか」

「いや、それもむずかしい。患者は強硬に求めてくるから」

「そら見ろ。どうしようもないじゃないか」

森川が沈黙すると、ヤマ男が取りなすように言った。

「整形外科の患者にがんは少ないけど、骨肉腫なんかの悪性腫瘍はある。末期はやっぱり苦労するよ。死んでもいいから、治療を続けてくれなんて言われるからな」

「そんなときはどうするんだ」

「オレは治療しない。命が縮まるとわかっていながら、処方はできんからな」

「そうよね」

内助の功が同意すると、お一人様も語気を強める。

「当然だ。オレたちは患者の命を延ばすために医療をやってるんだ。死んでもいいからなんていうのは患者の本心じゃない。甘えてるだけだ。そんな一時の感情に流されちゃいかんだろう」

お一人様が言い捨てると、三代目がワインを口に運びながら不服げに言う。

「お前は都立病院の看板を背負ってるからそんなふうに言えるんだ。開業してると簡単には割り切れんぞ。下手に突き放すと、すぐ悪い評判が立って、あそこの医者は冷たいとか言われて、患者が来なくなる」

「だからトランキライザーを使うのさ」とデメンツ長者。「抗がん剤だと言えば嘘になるから、あなたにいちばん相応《ふさわ》しい薬ですと言えばいい」

「それもどうかな……」

森川は表情を曇らせる。全人格をかけて治療を求めてくる患者に、そんなごまかしが通用するだろうか。

「この前ね、たまたまネットで見たんだけど」と、内助の功がしんみりと話しだす。

「『教えてよネット』って、質問のサイトがあるでしょう。そこに高校生の女の子が質問してたの。四十代の父親が直腸がんで肺に転移してるんだって。胸水もたまって苦しそうで、日に日に弱っていくらしいの。病院にも見放されて、今はアガリクスとか何ちゃら酵素とかを使ってるけど、よくならないので、何かいい方法はありませんかっていうの」

「悲惨だな」とヤマ男。「で、答えは」

「それがひどいのよ。ベストアンサーは、メシマコブがいいでしょうっていうの。韓国では有効性が証明されてるとか、延命効果が報告されているとか、いい加減なことばかり書いてあるわけ」

「ひどいな。無責任にもほどがある」

「まともな回答もあったのよ。緩和《かんわ》ケアを優先すべきだとか、無駄な延命治療は避けたほうがいいとか。でも、そういう答えは質問者には通じないのよ。二番目に高ポイントの答えは、免疫効果を高めるために、大声で笑うといいなんて書いてあった。わたしたちから見たら、あきれるほどバカげた答えでも、患者には希望の光に見えるのよ」

「患者はとにかく希望がほしいんだ」と三代目。

「そんな偽の希望より、だめなものはだめと、早く言ってやったほうが本人のためじゃないのか」とお一人様。

「いや、患者は認めないだろうね。あくまで希望を捨てず、治療を求めるんだ。これはどうしようもない」

デメンツ長者が断定するように言い、森川は考え込む。やはり答えはないのか。デザートに木イチゴのソルベが出て、話題はいつも行く二次会の高級バーのことに移った。森川も加わったが、会話が華やげば華やぐほど、気持は冷え込んでいった。

57

小仲はどうやってアパートにたどり着いたのか、まったく記憶がなかった。竹之内から聞かされた無残な検査結果。アパートに帰り着くと、着の身着のまま簡易ベッドに倒れ込んだ。

次に目を開けると、部屋は真っ暗で、いつ夜になったのかもわからない。また意識が薄れ、闇が深まり、時間が流れる。

小仲の脳裏には、ときおり怪しげなイメージが去来した。増殖したがんが、エイリアンのように内臓を呑み込んでいく。〝小腸を巻き込む〟という言葉がふくれあがり、身体全体ががんに巻き込まれるように感じる。腫瘍マーカーの計測器の針が、メルトダウン寸前の原子炉さながらに振り切れ、新たに見つかった肺の転移が、吹雪の中をさまよう悪霊のように小仲を脅《おびや》かす。それに胸水。

悪いことが多すぎて、どれがいちばん悪いのか見当もつかない。NK細胞療法の失敗で、すべての方策は尽きた。民間療法や代替《だいたい》療法もあるが、調べる気にもならない。奇跡の回復とか、まやかしの情報はもうたくさんだ。

あるのは〝絶望〟の二文字。

すべて終わりだ。何もかもが消える。

小仲はベッドで仰向けのまま、動かずにいる。部屋が明るくなり、また暗くなる。不思議にトイレにも行きたくならない。空腹も渇きもない。ときおり唾を飲み込むと、やせたのど仏が上下して、まだ生きているのかと、嘲笑《あざわら》いたくなる。

苦しみたくない。願いはそれだけだ。呼吸がしにくい。胸水が増えているのか。肺に水がたまれば、溺死《できし》も同じだ。おれは部屋で溺れ死ぬのか。たったひとりで、だれにも看取《みと》られず。

助けてくれ！

小仲は汗びっしょりで目覚める。部屋が薄明るい。

落ち着け。悪夢にうなされただけだ。このままでは狂い死ぬ。じっとしてはいられない。ベッドから下り、芋虫《いもむし》のように這って台所へ行く。柱にすがって身体を持ち上げ、テーブルに置いたウイスキーのボトルを取る。そのまま口飲みする。強烈なアルコールがのどを灼き、思わずむせる。これまでにない壮絶な嘔吐が起こる。

「……あおおぉっ……うごぉおっ」

獣の断末魔のようなうめき声。腹がトタン板のように波打つ。口から胃液を吐きながら、椅子から転げ落ちる。仰向けになった瞬間、失禁がはじまった。生温かい液体。慌ててズボンを下ろしかけ、思わず恐怖に凍りつく。見たこともない色の尿が、パンツを染めていた。血尿だ。鉄臭い血のにおいが鼻を衝き、さらに空えずきに拍車をかける。

小仲は床の上を転がり頭を抱える。発狂しそうだ。机の脚にしたたか肘をぶつけ、わずかに正気にもどる。椅子にすがって這い上がり、恐怖から逃れるため、ふたたびウイスキーをがぶ飲みした。のどに突き上げ、鼻から噴出する。それでも続けて無理やりあおる。灼熱《しゃくねつ》の鉄球を飲み込んだように、鳩尾《みぞおち》が燃える。

頭がぐらつき、バネ仕掛けのように台所の床がいきなり垂直に立ち上がってきた。顔を打ちつけ、自分が倒れたのだと気づく。眼球が反転し、赤黒い嵐のような闇が見えた。これがおれの頭の中か。荒れ狂った混乱と混沌《こんとん》の果てしない闇。これがおれか。

死なせてくれ！

頭の中で叫びながら、小仲の意識はふたたび遠のいていく。

……

はっと気づくと、半分脱げたズボンのポケットでケータイが震えていた。小仲は頭を振り、通話のボタンを押す。

「小仲さんですか。おはようございます。今日はお加減はいかがですか」

脳に突き刺さるような明るいソプラノだ。

「ああ……、稲本さんか」

かろうじて絞り出した声に、稲本は敏感に反応した。

「大丈夫ですか」

「……大丈夫じゃない。……今から、死ぬところだ」

「わかりました。すぐうかがいますから、待っていてください」

稲本は即答した。小仲はまたうとうとした。しばらくすると、外の鉄階段を上る慌ただしい足音がした。

「小仲さん。稲本です」

ノックもせずに飛び込んで来る。厳しい表情で目を配り、ひざまずいて脈を取る。

「脈はしっかりしてるようです。でも、このにおい」

「すまんな。子どもみたいに、洩らしちまって」

「ちがいますよ。アルコール！」

稲本は洗面所からバケツとタオルを持ってきて、素早く小仲の衣服を脱がせた。湯で絞ったタオルで下半身を拭き、汚れ物を手早く洗濯機に放り込む。

「寒くないですか。ちょっと待ってくださいね」

声をかけ、勝手知ったる他人の家とばかりに、下着とパジャマを持ってきて着替えさせる。

「動けるようなら、ベッドに移りましょう」

身体を支え、四つん這いのままの小仲を和室へ誘導する。

「さあ、横になって。呼吸は苦しくないですか」

稲本の問いにいやなことを思い出す。胸に手を当て、ひとつ喘《あえ》ぐ。

「この前、例のNK細胞療法の、結果が出てね」

「……どうでした」

小仲のようすから、結果は察しているようだ。

「だめだったよ。効かないどころか、悪くなってた。肺にも転移して、胸に水がたまってるそうだ。もう終わりだよ」

吐き捨てるように言ったが、その声は惨めなほど弱々しい。それでも、さらに言い募らずにはいられない。

「もう、生きている意味はないんだよ。腹も痛いし、息も苦しい。この苦しみを乗り越えたら、また元気になれるというのなら、いくらでも耐えるさ。だが、あとはもう死ぬしかないんだ。それなら早く死なせてくれ」

稲本は痛ましげに小仲を見つめる。小仲は苛立ち、荒々しい言葉をぶつける。

「おれはたったひとりで、だれにも看取られず死ぬんだ。だれのせいでもない。おれが選んだ人生だ。恨むなら、自分を恨め。苦しい。いや苦しいなんてもんじゃない。地獄だ。あーっ、早く楽になりたい。これじゃ蛇の生殺しだ。とっとと死なせてくれぇ」

稲本は黙ったまま、小仲の身体にそっと手を伸ばした。静かに腹を撫でる。払いのけようとしたが、思いとどまる。稲本の手は温かく、柔らかだった。強ばっていた皮膚が、徐々に緩む。

気がつくと、稲本の目から涙がこぼれていた。

「なんで、あんたが泣くんだ」

「わたしは、自分が情けないんです。小仲さんがこんなに苦しんでるのに、何もできなくて。小仲さんがつらい思いをされているのに、どうしてあげることもできなくて不甲斐ないんです」

「どうしてだよ。おれなんか、あんたに関係ない人間だろう」

「いいえ。縁あって、わたしは小仲さんと知り合い、話もしました。それに、わたしは、小仲さんからいろいろなことを教わりました。だから関係ない人じゃありません。大事な人です」

小仲は目を逸らし、天井を見つめた。尖った気持がほどけかける。

「うっ」

ふいに下腹部が突っ張り、差し込むような痛みが襲う。顔をしかめ、エビのように身体を折る。

「痛いんですか。痛いのはどこですか」

稲本は小仲を抱きかかえるようにさする。息もできない痛みに、小仲は歯を食いしばる。

「あーっ、くそっ」

痛みに意識が薄れそうになる。稲本が小仲を抱く腕に力を込める。なんとか痛みが通り過ぎる。

小仲が身体を起こすと、稲本が深刻な表情で言った。

「この状態だと、独り暮らしはそろそろ限界じゃないでしょうか」

「かもな。だが、入院させてくれる病院がないだろう」

「小仲さん。ホスピスはいやですか」

頬が強ばる。いよいよ引導を渡そうというのか。その表情を見た稲本が、弁解する。

「早合点しないでください。今はホスピスでも必要な治療は……」

「無理しなくてもいい。わかってるんだ。おれにはもう、そこしか残されてないってな。あんたが世話をしてくれるのかい」

「ヘラクレス会から紹介できるホスピスが何カ所かあります。もし、そこでよければ」

小仲は目を逸らして天井を見た。薄汚い染みだらけの合板。ここはおれの惨めな戦場だった。だが、もう未練はない。

ふと、素直な感謝の気持が湧いた。

「じゃあ、頼むよ。あんたには、世話になりっぱなしだな。申し訳ない。この前の、患者の集いも、参加してよかった。もっと早くに、行ってれば、よかったと思うくらいだ」

「そう言っていただければ、わたしもうれしいです」

稲本の微笑みは、無力感と涙を必死に抑え込もうとして歪んでいた。

58

リビングのテーブルに、アロマキャンドルが灯っている。香りは鎮静作用のあるベルガモット。皿にはチーズと生ハムが並べてある。赤ワインのグラスを口にしながら、瑤子がつぶやく。

「この部屋も、暗くすると雰囲気あるわね」

声を低めているのは、可菜を起こさないようにするためだ。以前は二人でワインバー巡りもしたが、可菜が生まれてからは夜の外出はできない。

「今週も緊急入院やらでたいへんだったなぁ」

「ご苦労さま。でも、今は病院のことは忘れて、楽しいことを話そ」

森川を励ますように、瑶子は微笑む。

「楽しいことね。何かあるかな」

「わたし、海外に住んでみたいな」

「いいね。でも、海外ってどこさ」

「別に決めてない。アメリカとか、イギリスはいやだな。どうせなら日本とぜんぜんちがう国がいい」

「アフリカとか、南米？」

「いいわね」

「イランとかアフガニスタンはどう」

「可菜がいるから、危ないところはだめよ。秘境みたいな国には憧れるけど。ブータンとか」

「国民総幸福量が世界一のとこだな」

「我が家の幸福量はどうかしら」

「日によってちがう」

森川はチーズを口に入れ、ワイングラスを持ってソファにもたれる。

「海外移住、本気で考えてみたら？　仕事はあるでしょ」

「どうかな。現地の医師免許がいるんじゃないか」

「じゃあ、留学は」

「無理だよ。はじめからそのつもりで大学に残ってなきゃ」

「ＷＨＯの研究員とかは」

「ＷＨＯが派遣するところだと、衛生状態とか悪そうじゃん」

「あれこれ言ってると、実現しないわよ。行くなら行くで、肚をくくらなきゃ」

「君はどうしてそんなに肚が据わってるんだい」

森川があきれると、瑤子は鼻に皺を寄せて笑う。戸棚からピスタチオを持って来て、森川にワインを注ぐ。

「君はまた仕事に復帰したくないの？」

「しばらくは可菜の子育てでいい」

「二人目は？」

「ほしいわよ」

瑤子がすっと目を細める。森川はやぶ蛇とばかりに話題を変える。

「このワイン、おいしいね。どこ産かな」

「チリよ」と瑤子は即答する。森川は「ふーん」と曖昧な相槌《あいづち》を打ち、瑤子のようすをうかがう。まだもう少し飲みたそうな感じだ。

「我が家の幸福量だけどさ、かなり高いと思うよ。僕はちょっと疲れてるけど、深刻な悩みもないし、君と可菜もいるし。だけど、ときどき落ち着かない気分になるんだ。これでいいのかなって」

「どうして」

「わかんない。平穏無事な毎日が続いてるけど、何かまちがってるというか、このままじゃまずいような気がして……」

「病院のこと？　いっつも頭にあるみたいね。因果な性格だこと。でも、考えてもわからないことは、わからないわよ」

瑤子はシラけたようにソファに身を預ける。森川はワインを飲み干す。漠然とした疑問が、グラスの底からどうしても剥がれない。

59

小仲は、武蔵村山市《むさしむらやま》にある私立協愛《きょうあい》病院のホスピス病棟に入ることに決まった。

入院の日まで、稲本は小仲の世話をしながら手続きを進めてくれた。妹がいるなら連絡したほうがと言われたが、小仲は断った。今さら同情されたくはないし、衰弱した姿を見せたくもない。稲本は心残りなようすだったが、小仲の思いを尊重してくれた。

入院の日の朝、稲本は自家用車で吉武とともに迎えに来た。吉武は何度か小仲の世話に来て、以前のわだかまりはすっかり消えていた。

「小仲さん。おはようございます」

「具合はいかがですか」

「ああ、大丈夫だ。用意はできてる」

小仲は迎えの二人に落ち着いた声で答えた。

あれから症状は一進一退だったが、かろうじて自分で歩くことはできた。吉武が荷物を運び、稲本が小仲を後ろから支える。錆《さ》びた鉄階段を下りるのもこれで最後かと思うと、かすかな感傷が湧いたが、振り返ることはしなかった。

荷物を積んで後部座席に座ると、稲本のハイブリッドカーは音もなく発進した。

「病院は、遠いのかい」

「混み具合にもよりますが、一時間と少しで着くと思います」

助手席の吉武がナビでルートを検索しながら答える。

車はJR中央線を越えて、やがて新青梅《しんおうめ》街道に入った。稲本が運転しながら病院の説明をする。

「協愛病院は地味ですけど、長らく地域医療に貢献してきた施設です。ホスピスは開設して十年になります。院長はわたしの知っている人で、温厚で信頼のおける先生ですよ」

「その先生が診てくれるのかい」

「いいえ。ホスピスには専属のドクターがいますから、主治医はそちらになると思います。とてもいい先生ですよ」

「ふーん……」

あんたにかかったら、どんな医者でも〝いい先生〟だろうと、小仲は皮肉っぽく思う。

車は武蔵村山市に入り、山手に向かう一車線の道を右に折れた。住宅地が終わると、木立《こだち》に囲まれた小高い丘にコンクリートの五階建の病院が見えた。

「あそこです。予約の時間にちょうどですね」

車は正門を通過し、玄関前の車寄せに停車した。吉武が先に下りて車椅子を借りてくる。小仲は、まだ歩けるのにと不満だったが、素直に車椅子に乗り移った。

稲本がせかせかと初診受付に向かう。話が通っているらしく、小仲はそのまま二階のホスピス病棟に案内された。

ナースステーションで入院案内の説明を受けてから、病室に向かう。ロビーを通るとき、窓から東に広がる雑木林が見えた。冬枯れの木々がこれまでにないほど美しく目に焼きつく。

末期《まつご》の眼か……。

わずかに動揺したが、車椅子で押されるままに通り過ぎた。

案内された二〇三号室は四人部屋だった。ベッドの間隔は広く、カーテンの間仕切りもあってプライベートな雰囲気は保たれている。

ベッドに移り、しばらく待っていると、茫洋《ぼうよう》とした感じの医師が入ってきた。

「小仲さんですね。ホスピス長の梅野《うめの》です」

ホスピス長と言いながら、まだ三十代後半の若さだ。髪はぼさぼさで、顎には髭剃り負けの痕がある。

稲本が「こんにちは」と軽く会釈し、小仲を横目で見た。

「梅野先生、小仲さんです。ちょっとむずかしい患者さんですけど、よろしくお願いしますね」

「あ、はい」

梅野は頼りなさげに応え、小仲の診察をはじめた。

「どこか痛いところはありますか」

「今は大丈夫だけど、ときどき脇腹が刺し込むように痛むな」

「このあたりですか」

梅野が乾いた手で腹部を押さえる。指が微妙に動き、やせた皮膚の下を探る。

「痛みがきつかったら、痛み止めを注射しますからおっしゃってください」

「はい」

「痛みの程度はどれくらいですか。耐えられないほどの痛みを10として、いちばん軽いのを1としたら、十段階でどれくらいです」

いきなり聞かれても簡単には答えられない。小仲が口ごもると、梅野は胸ポケットから細長いプラスチック板を取り出した。絵文字のような丸い顔が描いてある。左端はニッコリ、右へ行くほどむずかしい顔になり、右端は思いっ切りしかめている。

「そうだな。この絵だと、まあ四番目くらいかな」

「じゃあ、最初は中等度の痛み止めでいいですかね。つらかったらいつでも言ってください。強い痛み止めを使いますから」

「それは、麻薬かい」

「そうです」

小仲が険しい表情を浮かべると、梅野は首を傾げた。

「麻薬はいやですか」

「そりゃそうだよ。中毒も怖いし、副作用の心配も」

梅野は軽く肩をそびやかし、諭すように言った。

「ホスピスで使う麻薬は医療用ですから心配ありません。日本は麻薬に対する偏見が強くて、欧米に比べると極端に使用量が少ないんです。麻薬を恐れるより、下手に痛みを我慢して体力を消耗するほうが身体に悪いです」

「そうなのか。じゃあ、あまり我慢しなくていいんだな」

「はい。ここは苦痛を抑えるのが目的の病棟ですから」

梅野は人のよさそうな目でうなずいた。その話し方には、気持を安らがせる温かみがあった。

この医者に任せてみようか。小仲は胸の内でそう思った。

60

森川は喪服姿で、先輩医長らとともに霊柩車《れいきゅうしゃ》が出てくるのを待っていた。一昨日、内科部長の夫人が亡くなり、近くのセレモニーホールで葬儀が行われたのだった。

部長夫人は卵巣がんで、三鷹医療センターの婦人科で手術をしたあと、抗がん剤治療を受けていたが、脳に転移が見つかり、脳外科に病棟を替わって入院し続けていた。脳に転移した時点で、これ以上の治療はむずかしいと判断されたが、内科部長はあくまで夫人の治療を求めた。転移の増大とともに夫人の意識レベルは下がり、最後の三カ月はほぼ植物状態だった。血圧が下がりはじめた四日前、内科部長は急遽《きゅうきょ》、夫人を退院させると言い出し、自宅にもどって二日目に亡くなったのである。

会葬者への挨拶で、内科部長は涙ながらに夫人の闘病を振り返った。

「妻は最後まで希望を捨てず、精いっぱい生きようとしました。そして、あらんかぎりの力を振り絞り、最後は住み慣れた我が家で、安らかに永眠いたしました」

森川は神妙な顔で聞いていたが、釈然としなかった。ぼやき医長が低い声でぼやく。

「うちは拠点病院なのに、治療の余地のない患者をよくあれだけ長く入院させてたな」

「そりゃ内科部長令夫人だからな」

明晰医長が皮肉っぽく言い、せっかち医長も続く。

「一般の患者は退院させるのに、職員の身内は入院させてたなんてことが、マスコミに洩れたら大問題だぞ」

「それにしても、内科部長の奥さんでも治らないものは治らないんですね」

研修医が言うと、明晰医長がため息混じりに答える。

「当たり前さ。病気は人を選ばんからな。教授でもホームレスでも同じだ」

「内科部長はできるだけのことをやったという納得がほしかったんだな」

ぼやき医長が言うと、この件に批判的だった森川は、つい反論口調になった。

「納得したいのはどの患者も同じでしょう。職員の身内に入院を許すなら、一般の患者にもそうすべきだし、一般の患者を入れないのなら、職員の身内も断るべきです」

ぼやき医長は鬱陶しそうに森川を見、せっかち医長はまたかというように首を振り、明晰医長はからかうように言った。

「その通りだ、森川は偉い。けどな、あの陰険な内科部長にそれが言えるか」

「森川なら言いかねんぞ」とぼやき医長。

「そんなこと言ったら逆恨みされて、思わぬところで報復されるぞ」とせっかち医長。

森川が言葉を返せずにいると、横で聞いていた外科部長がため息混じりにつぶやいた。

「末期の奥さんを長期入院させたのも困りもんだが、急に家に連れて帰ると言い出したときも、病棟はそうとう慌ててたらしい」

「そうなんですか」と森川。

「何しろいつ心臓が止まってもおかしくない状況だったからな。ずいぶんいろんな器材を準備したんだ。移送中に死んだなんてことになったら、大事《おおごと》だからな」

「人の迷惑を考えないんですかね。さっきの挨拶で、妻は住み慣れた我が家でなんて言ってたけど、意識もないのに住み慣れたもヘチマもないでしょう」

「内科部長の自己満足だ」

「ああはなりたくないな」

先輩医長が口々に批判する。外科部長は斎場に目をやりながら諫《いさ》めるように言った。

「いくら心の準備をしていても、いざとなると取り乱すかもしれん。あんまり偉そうなことは言わんほうがいいぞ」

三人の先輩医長は口をつぐみ、森川も重苦しい気分で目を伏せた。

61

ホスピスに入ったあと、小仲は入院した安心感と、もうほんとうにだめなのかという自問の間で揺れた。少し体調がよくなると、またぞろあきらめていたはずの治療への未練が頭をもたげる。ホスピスに来たのは早まった判断だったのではないのか。

気分がよければ、ロビーで新聞を読んだりする。ホスピス病棟の患者は二十人ほどだが、見るからにやつれた高齢者が多い。彼らに比べたら、自分はまだ若いし、体力もある。もう一度、最後の治療に挑戦できないか。

だが、あの凄まじい副作用を思い出すと気持が萎える。しかし、このままでいいのか。確証がほしい。それがなければ、煉獄《れんごく》の苦しみが続くばかりだ。

主治医の梅野に相談してみようかとも思ったが、積極的な治療はしないという前提で入院した以上、言い出しにくかった。それでも、もしやと思ってネットの情報を見たり、テレビでがん治療の番組があれば、深夜でもイヤホンをつけて熱心に見たりした。しかし、これといった情報はなかった。

月曜日の午後、院長回診があった。額の禿《は》げ上がった院長が、看護師長と梅野を後ろに従えて順に患者を診察していく。

「小仲さん。気分はどうです」

ありきたりな言葉に小仲は仏頂面でうなずく。その表情を察したように、院長は改めて聞き直す。

「何かおっしゃりたいこととか、お聞きになりたいことがありますか」

「そりゃ、ないことはないけど」

小仲は横目で梅野をうかがい、院長に質問をぶつけた。

「ホスピスに来たことが正しかったのかどうか、確証がほしいんですが」

「確証？」

院長はオウム返しにして、言葉に詰まった。焦れったそうに小仲が言葉を重ねる。

「確証がないと、早まったんじゃないかと思うんですよ。まだ治療の見込みがあるのに、みすみすあきらめていいのかって」

「なるほど。しかし、確証というのはちょっとむずかしいですね。ホスピスに入院していても、症状が悪化しない人もいます。回復する人は放っておいても回復するし、そうでない人は何をやってもむずかしい。むしろ、治療が死期を早める場合もあります。そういう意味では、ホスピスは患者さんの自然な寿命を縮めることだけはしません」

「運を天に任せろってわけか。つまりは何もしてくれないということだ」

「そうではありません。痛みとか苦痛を抑える治療はしますよ」

院長は穏やかに言って、次のベッドに移っていった。

その日の夜、小仲はホスピスに来てから最悪の痛みに襲われた。脇腹の神経を剝き出しにして登山靴で思い切り踏みつけられるような痛みだ。これまでは右側だけだったのに、両側がよじれるように痛い。

「梅野先生を呼んでくれ」

ナースコールに叫ぶと、午後九時を過ぎていたが、梅野はスリッパの足音を響かせて来てくれた。

「どうしました」

「脇腹が痛むんだ。右も左も。なんとかしてくれ」

梅野は小仲のパジャマの前を開き、触診で痛みの場所を調べた。小仲が焦れて怒鳴る。

「診察なんかどうでもいい。早く痛みを消してくれ」

「でも、きちんと診ないと」

低姿勢ながら、触診をやめない。脇腹に触れたまま、じっと小仲の表情を見る。

「何やってんだ。ここはホスピスだろ。患者がこんなに苦しんでるのに、すぐ楽にしてくれないのか。今日、院長が言ったのは嘘か。苦痛を抑えると言っただろう」

「わかりました。注射をしますから、少し待ってください」

梅野は病室を出て行き、注射器を用意してもどってきた。アルコール綿で上腕を消毒し、筋肉注射を打つ。小仲は梅野に背を向け、布団を引き上げて目を閉じた。まったく、何のためのホスピスだ。

「……小仲さん」

呼ばれて振り返ると、梅野はいつの間にかパイプ椅子に座っていた。少しうとうとしたらしい。

「少しは落ち着きましたか」

「え、ああ、ちょっとはましになったようだ」

「よかった。でも、今の注射は痛み止めではないんですよ」

「何？」

小仲が眉をひそめる。梅野は薄く笑って説明した。

「注射したのは鎮静剤です。気持を落ち着ける薬。小仲さんの痛みは、がんによるものではありません。だって、転移していない左側も痛いとおっしゃるんだから」

「じゃあ、何が原因なんだ」

「気持ですよ。小仲さんは何かに怒っているんじゃありませんか」

「そりゃ腹の立つこともあるけど、そんなのが痛みに関係あるのか」

「怒りが症状を悪化させることはよくあります。話せば楽になりますよ」

小仲はほかの患者を意識して、声を低めながら一気にまくしたてた。

「ああ、たしかにおれはあんたら医者に腹を立ててるよ。今日の院長だってそうだ。回診といったって、通り一遍のことしかせず、患者の苦しみをなんとも思っちゃいない。おれたちは目の前に死を突きつけられてんだ。泣いても笑っても逃げられない。それを医者はどれくらいわかってるんだ。患者の前では神妙な顔をしているが、病院から一歩出たら、患者のことなどすっかり忘れて、食事だの、ゴルフだの、女だのと、愉快に過ごすことばかり考えてるんだろ。おれたち患者が、医者の一挙一動にどれほど神経をすり減らしてるかも知らずに。そのことに怒りが込み上げるんだよ」

小仲は掛け布団の端をつかんだまま、言葉を重ねた。ふと、三鷹医療センターの最悪の医者のことが頭をよぎった。あいつだって今ごろ気楽にやってるにちがいない。そう思うと悔しさがさらに募った。

「患者はみんな怒ってるんだ。あんたら医者は自分たちだけ安全な場所にいて、患者が死ぬのを眺めてる。自分が死ぬことなんか考えたこともないだろ。病気になったって、自分で治せるんだからな」

梅野はわずかに身を引き、呆気《あっけ》にとられたように目を見開いていた。小仲が言い終わると、いったん顔を伏せ、唇を引き締めて首を振った。

「そんなことはありませんよ。わたしも自分の死をよく考えます。ホスピスにいれば、患者さんの死をいつも目《ま》の当たりにしてるんですから」

「だけど、死ぬのは年寄りばかりだろうが」

「いいえ。わたしより若い人も何人か見送りました。いちばん若かったのは二十八歳の女性です。ご主人と小さな女の子を残してね。医学部の同級生も、百人のうちもう五人亡くなっています。二人は自殺ですが、三人はがんです」

小仲は意外な思いで梅野を見返した。

「二人も自殺してるのか。医者なら何不自由ないだろうに」

梅野は静かに首を振った。

「医師の自殺率は、平均の一・三倍ですよ」

「がんで死んだ三人は、なんで病気に気づかなかったんだ」

「見つかったときに手遅れだったんです。二人は肺がんですが、もう一人は検査をしたときには全身に転移していて、原発巣《げんぱつそう》が不明でした。細胞を調べても、どこのがんかわからなかったんです」

「そんなことがあるのか」

医者なら自分のがんくらい、わかりそうなものなのに。だが、稲本の夫も医者なのに、がんで死んだと言っていた。

「医学にはまだまだわからないことが多いのです。だから、わたしも自分が安全な場所にいるなんて思っていません」

そう言って、梅野は立ち上がった。

「ところで、痛みはどうです」

不思議なことに、脇腹の痛みはほとんど消えていた。梅野がうなずく。

「もしまた痛むようなら、看護師に言ってください。今度は痛み止めを指示しておきますから」

62

患者は餓死《がし》寸前のコンドルのようにうなだれ、外来の椅子に座っていた。

四週間前、森川が懸命に説得したにもかかわらず、抗がん剤の治療を求めた肝臓がんの末期患者だ。

「どうしてこんなになるまで薬をやめなかったんです」

森川は患者ではなく、付き添っている妻に言った。彼女は答えることができず、ただ唇を震わせている。何度もやめさせようとしたが、患者がどうしても言うことを聞かなかったのだろう。

患者は怨念《おんねん》に満ちた目で森川をにらみ、息も絶え絶えに言葉を絞り出した。

「先生……。薬を、替えて……もらえませんか。この前の、薬は、だめだ……」

もはや執念の鬼と化したとしか思えない。森川は声をひそめるようにして、ふたたび後ろの妻に聞いた。

「食事はとれているのですか」

「ほとんど食べていません。この前、出していただいたエンシュア・リキッドも、無理して飲んでは吐くの繰り返しで」

エンシュア・リキッドは缶入りの総合栄養剤だ。

森川は看護師に指示して、患者の体重を測らせた。

「四十一キロです」

「ええっ、そんなにやせてるのか」

患者が絶望的な声をあげる。元々は八十キロ近くあった人だ。家では怖くて測れなかったのだろう。看護師は続いて血圧と脈を測り、凶事を告げるように声を低める。

「上が八六、下が四〇。脈は一〇六です」

よくそれで外来に来られたものだ。患者を診察台に寝かして、衣服をはだけさせると、浮き出た肋骨、えぐれるように凹《へこ》んだ腹が露わになった。触診するのも痛々しい。それでも指を這わそうとすると、患者が呪文《じゅもん》のようにつぶやいた。

「まだ……、死ぬわけには、いかんのです。これしきのことで……、へこたれるわけには、いかないんだ」

この衰弱ぶりは抗がん剤の副作用だけでなく、がんそのものの進行によるのは明らかだ。体力の低下とともに、がんは全身に広がり、患者の命を奪うため幾重《いくえ》もの包囲網を敷いている。

「けっこうです。起き上がれますか」

森川が身を引くと、妻と看護師が入れ替わりに患者の身体を支え、なんとか椅子に座らせた。患者はやせた両腕を膝に突っ張り、強ばった顔をぐいと突き上げ、森川に訴える。

「先生……。もっと、よく効く薬に、替えてください」

森川は思わず額に手を当てる。この期《ご》に及んでまだ治療にすがるのか。この状態では、治療をやめても一カ月はもたないだろう。早ければ二週間、いや、今週中にさえ急変する危険性はある。森川はなんとかこの患者と和解したいと思った。せめて最後は納得のいく別れ方をしたい。

「繰り返しになりますが、がんの場合は、治療が体力を損《そこ》ねることもあるのです。だから、今は薬を替えるより、すこし治療を休んだほうが」

「どうして、こんなことに……なったんだ。ほかに……道は、なかったのか」

森川はため息で応じるしかない。妻が身をよじるように懇願する。

「先生。主人はもう限界です。どうか入院させてやってください。主人もそのつもりになってるんです」

「そうですね。これではご自宅での療養は無理でしょう」

「ありがとうございます。よかった」

妻の喜びに、森川は慌てて訂正する。

「でもこの病院じゃありませんよ。一般病院に行ってもらうことになります」

「どうしてですか」

妻が胸をかき抱くようにして叫ぶ。「主人は三鷹医療センターを信頼しているんです。ここは最高の治療を受けられる拠点病院だから、最後まで安心なんだと申しておりました。この病院だけが頼りなんです」

森川は妻の必死さにたじろぎ、身体を反らす。できることならこの病院に入院させてやりたい。だが、拠点病院に末期がんの患者を受け入れることはできない。

「すみません。病院の規則で、再発したがんの患者さんは、入院をお断りせざるを得ないんです。どの患者さんにもそうお願いしていますので」

「でも、主人のようすを見てください。こんなにやせて、座っているのもやっとなんですよ。病院の都合もあるでしょうが、そこをなんとか、特例ということでお願いします」

「いや、しかし……」

森川は必死に説明を考える。うなだれていた患者が、顔を伏せたままつぶやいた。

「たらい……まわしか」

「いえ、決してそんな」

患者は顔を持ち上げ、最後の力を振り絞るように食ってかかる。

「そうじゃないか。手術をしたのなら、最後まで、責任を取れ……。治らない患者は、見捨てるのか。治療を見限って、患者の……命を、ゴミみたいに、捨てるのか」

「あなた。やめて」

「うるさい。おまえは、黙ってろ。今日は、言いたいことを言うぞ。この病院は、治る患者……しか、受け付けないんだ。死ぬ患者は、どうでもいいんだ。患者を、見捨て、なんとも……思わない。おれは、悔しい……。なんで、こんなことに、なったのか。どこで、道を、踏み外《はず》したのか……」

患者が男泣きに嗚咽《おえつ》を洩らす。外来の看護師長がいい加減に切り上げろと、森川に目で合図をする。待っている大勢の患者のことを考えろと。

森川はまた深いため息をつく。テレビドラマやマンガなら、規則を振りかざす病院の首脳陣に敢然《かんぜん》と立ち向かい、患者を入院させて精いっぱいの治療をして、めでたしめでたしで終わるのだろう。だが、現実はそうはいかない。内科部長の夫人の入院をあれだけ批判した自分が、自分の患者を特例扱いするわけにはいかない。森川は咳払いをして、口調を改めて患者に言った。

「わかりました。では、医療連携室で入院が可能かどうか、相談してみてください。私からも連絡しておきますから」

看護師に合図して、妻を促しながら患者を立たせる。森川は自分の欺瞞《ぎまん》的な態度に激しい嫌悪を感じた。医療連携室には連絡するが、もちろんそれは入院を頼むためではない。ほかの病院への入院を納得するよう説得してもらうだけだ。期待を持たせるような言い方をしたのは、ここでの話を終わりにするためだ。シナリオは決まっている。しかも紹介される病院は、医局会議で先輩医長が「病院というより強制収容所だ」とけなしたところになるだろう。これほど重症の患者を受け入れてくれる病院が、ほかにあるとは思えない。

それにしても、末期がん患者の治療には、いったいどこまで悩めばいいのか。末期になっても治療を求める患者はあとを絶たない。そして、だれもが貴重な残り時間を、苦しい治療ですり減らす。それが人間の性《さが》と言えばそうかもしれないが、なんとか、道はないものか。

63

「体重、四十一キロです」

服を着てこれかと、小仲は我ながらあきれる。しかし、ホスピスに来たときは四十キロを切っていたのだから、少しは盛り返したのだ。

「ダイエットしたけりゃ、末期がんになるこったな」

「またそんなことを言う」

看護師に軽口を叩きながら、体重計を下りる。

あれから小仲は比較的落ち着いた日々を過ごしていた。さほど強い痛みもなく、食事も少しずつとれている。血尿も出ていない。やはり精神的に安定しているのがいいのか。

梅野は朝夕二回、病室に顔を出してようすを聞いてくれる。相変わらず身なりはかまわず、顎に髭剃り負けの痕をつけている。

「そんなんじゃ、いつまでたっても彼女ができねぇぞ。おれみたいに看取ってくれる人もないなんてことになってもいいのか」

「いやなこと言わないでくださいよ」

梅野が真剣に手を振る。

小仲は死の恐怖が徐々に遠のきつつあるのを感じていた。身体が弱って、生きる気力を失いかけているのか。そう思うとまたぞろ胸が騒ぐ。希望を捨てるな。しかし、どんなにあがいても逃げ切れない。断崖《だんがい》の縁に立っていることが思い出され、ふたたび恐怖が頭をもたげる。

別の日、ロビーのベンチ椅子でうなだれていると、通りがかった梅野が足を止めた。

「どうかしましたか」

「いや、別に」

梅野は立ち去らない。この医者は茫洋としているようで、案外、勘がいいのかもしれない。

「もう二月ですね。小仲さんがここへ来られて、そろそろ二週間かな」

当たり障りのないことを言って、となりに座る。小仲はふと思いついて梅野に訊ねた。

「先生は、どうしてホスピスの医者になったんだい」

「うーん、それは自分に合ってるからかな」

「でも、ホスピスの患者は治らないのばかりだろう。医者なら病気を治したいとは思わないのかい」

「治らない患者さんにも医者は必要ですよ」

「たしかにそうだ。だが、そんなことを思う医者は少ないだろう」

「かもしれませんね。でも、ホスピスは医療の反省から出発したんです。医療は病気を治すことばかりにかまけて、治らない患者さんへの配慮が不足していましたからね」

「なるほどな」

小仲は自分の手の甲を見た。乾いた皮膚に、骨が浮き出ている。

「先生は立派だな。意味のある人生を送っている。それに比べておれは……」

梅野は身じろぎもしない。こちらの言葉を待っている。そう思うと、想いがあふれた。

「おれは、ホスピスに来てもまだ生きたいと思ってる。まだやり残したことがあるという気持を捨てられない。だから苦しい。おれはこれまで、自分なりに懸命に生きてきた。それなのに、何もやり遂《と》げられずに死んでいく。どこでまちがったのか。どうすればよかったのか」

こんなことを言ってもはじまらない。だが、自分を抑えられなかった。

「もう、やり直すことはできない。あるのは悔しさだけだ。五十二歳の若さで死ぬ運命が悔しい。なぜこんな目にあわされるんだ。おれの人生は何だったんだ。何の意味があったのか。ただの惨めな失敗の連続じゃないか」

梅野は真剣に耳を傾け、小仲を理解しようと努力しているようだった。小仲は顔を上げられない。少し間を置き、梅野は言葉を選ぶようにゆっくりと言った。

「わたしも自分の人生の意味を、よく考えますよ。空まわりしたり、勘ちがいしてたり、よけいなことをしてるんじゃないかとね。たまに患者さんに喜んでもらえることもありますが、自分の仕事に意味があるなんて、思ったことはありません。それは傲慢《ごうまん》なことですから」

傲慢？　小仲は意外な思いで顔を上げる。胸に細い針を打たれた思いだ。

「ホスピスの患者さんは、みんな悩みを抱えています。自分の人生がこれでよかったのか、自分は何のために生まれてきたのか、なぜ自分は死ななければならないのか。多くの人が、心を乱します。でも、はじめから何も感じない人もいます」

「何も感じない？」

「わたしもはじめは不思議に思いました。でも、人生の意味など考える暇もないほど、懸命に生きている人もいるんです。いろいろハンディキャップがあったり、ほかの病気があったりもしますから」

たしかにもっと若くて難病に苦しむ人もいるだろう。生まれつきの病気や、障害のある人もいる。理不尽な別れを強《し》いられる人、不条理な悲劇に突き落とされる人もいるにちがいない。

「逆に、意味を求めすぎて苦しむ人もいます。わたしもそうでしたが、ここで患者さんを見ていると、ふと思うんです。人生の意味って何だろうって。自分で勝手に決めてるだけじゃないでしょうか」

「何？」

「あ、気に障ったら許してください。わたしが言いたいのは、人生の意味なんか考えなくても、立派な人はたくさんいるし、ふつうの人も立派だし、そもそも意味のない人生なんてないということです」

何かが見えかけている。もつれた糸の向こうに、大事な何かが。

小仲は険しい表情で考えた。

これまで自分はずっと、人生には意味が必要だと思ってきた。何かをなし遂げて、自分も他人も納得する意味のある生き方をすべきだと信じてきた。それは裏を返せば、意味のない人生は価値がないと決めつけていたということだ。

そうだろうか。

自分は何か立派なことや、社会のためになる人生しか認めてこなかったのではないか。ふつうの人や、弱い立場の人を無意識に否定して。

なんという傲慢。度し難《がた》いエリート主義だ。自分がもっとも忌避《きひ》してきたものを、おれは知らずに求めてきたのか。

小仲は己の人生を振り返った。うまくいったこと、いかなかったこと、失敗もあったし、後悔もあった。だが、自分はいつも必死だった。懸命に生きたことだけは、人後に落ちないつもりだ。それなら、それでいいのじゃないか。

ロビーの空間が、静かな光に包まれていた。

その感覚は唐突にやってきた。悩みがすべて解けたわけではない。けれど、自分の愚《おろ》かさに気づくことで、何かから解き放たれるものがあった。かりそめのものかもしれない。しかし、たしかに呪縛《じゅばく》が解けた気がする。

「梅野先生。おれはどうやら、くだらないことで悩んでいたようだな。話せてよかったよ。ありがとう」

小仲は夢遊病者のように病室にもどった。ベッドに横たわり、天井を見つめる。恐怖は消え、心は静かな穏やかさに満たされていた。

64

医局会議の終わりがけに、外科部長は三人の先輩医長たちに新しい担当を告げた。ぼやき医長は院内のセクハラ苦情処理委員、せっかち医長は外科集談会の座長、明晰医長には派遣元の慶陵大医局の学外幹事。三人はいっせいに不満の声をあげたが、聞き入れられなかった。つい先日、面倒な学会の委員を森川に押しつけたばかりだったからだ。

先輩医長たちがぼやきながら出て行ったあと、外科部長が森川を呼び止めた。

「もうひとつ仕事があるんだが、これは森川君にやってもらおうか」

「何ですか」

「ＪＨＫのシンポジウムだ。テーマはがん医療で、患者と医者の絆《きずな》とかの話らしい。拠点病院から医者を出してほしいと依頼が来てるんだ」

外科部長はファイルからファックスを一枚取り出した。

『がん医療――患者と医療者の絆を求めて』

外科部長はシンポジウムのタイトルを見ながら森川に言った。

「君はこういうことに一家言あるだろう」

「いえ、まだまだ未熟です」

「いいんだ。シンポジウムと言ってもパネリストじゃなくて、会場の参加者だから、気楽にかまえていればいい」

「そうなんですか」

「収録は二週間後の土曜日の午後だ。予定は空いてるかい」

スマホでスケジュールを確かめる。

「二月二十三日ですね。大丈夫です」

「じゃあ頼むよ。場所は代々木のＪＨＫだ」

森川はファックスを受け取り、スマホに場所と時間を打ち込んだ。

65

梅野と話をしてから、小仲は奇妙な放心状態で時間を過ごしていた。

後悔や苛立ちが、風に吹かれる砂絵のように薄れていく。重ね着の服を脱ぎ捨て、温かい肌着一枚に包まれるような感じだ。

体調がよければ、ロビーの窓から外を眺める。東に広がる雑木林は最初にここに来たときのような妙な鮮やかさがなくなり、ふつうの薄茶けた景色に見えた。それでも小枝の先がふくらみ、わずかながら早春の気配が感じられる。

二月半ば、稲本と吉武が見舞いに来てくれたが、折り悪く体調が悪くて、ゆっくり話すことができなかった。左側の胸水が増えて、呼吸が苦しくなり、ひっきりなしに泡のような痰が出たのだ。

梅野はシリコンチューブを胸に刺し入れ、胸水を三百ミリリットルほど抜いてくれた。それで呼吸は楽になったが、咳と痰はなかなか減らなかった。

右脇腹の痛みも徐々に強まり、麻薬の貼り薬を使うことにした。これなら害も少なそうだったが、効果がイマイチだったので、持続の皮下注射に替えてもらった。ポンプつきの注射器で、腹部の皮下にモルヒネを少しずつ注射する。モルヒネが効きだすと、口が渇き、身体がむずむずして、いつの間にか痛みが消える。ぬるま湯に浸かっているような気分になり、いつしかうとうと寝入ってしまう。

二月の最終金曜日。ふたたび稲本と吉武が見舞いに来てくれた。前のことがあるので、稲本はベッドの手前から恐る恐る訊ねた。

「小仲さん。今日は体調、いかがですか」

「あれから梅野先生が利尿剤を出してくれてね。おかげで、胸水はほとんどなくなった。その代わり、オシッコが増えてさ。面倒だから、管を入れてもらったよ」

小仲は苦笑いしながら、ベッドの横に吊したビニールパックを指さした。

「あら、小仲さん。そんなのはお嫌いじゃなかったんですか」

稲本が冗談めかして聞くと、いっしょについてきた看護師長が笑いながら答えた。

「便利なものは何でも使おうって、前向きに受け入れてくださったのよ」

「へえ。変われば変わるものね」

「ほんとですね。でも、小仲さん、前より表情が落ち着いてるみたい」

吉武が安堵の笑みを浮かべて稲本に言う。

「わたしもそう思うわ。何か心境の変化でもありました?」

「大したことはないさ。おれもね、精神的に成長したってことさ」

モルヒネのせいか、小仲はのんびりした口調で言い、看護師長に話を向けた。

「ここのホスピスじゃ、患者交流会みたいなのは、やらないのかい」

「ときどきやってますよ。ミニ・コンサートとか、バザーとかね。でも、体調の悪い方が多いですから」

「そりゃホスピスだもんな。でも、稲本さんたちがやってるヘラクレス会ってのは、いい集まりだぜ。おれはさ、ああいう活動は、無駄だと思ってたけど、食わず嫌いだったんだな。交流会には、一回しか出てないが、励まされたよ」

「ありがとうございます。お世辞でもそう言っていただければうれしいわ」

「お世辞じゃないよ。本心で、言ってるんだ」

それを受けて、吉武がわざと意地悪く言う。

「でも、はじめはわたしたちの活動は自己満足だとか、善行にうっとりしてるだけだとか言ってたじゃないですか」

「それを言うなよ。おれも、変わったんだから。だけど、ほんとうに、みんなのおかげだと思ってる。それに、最近、いいことを発見したんだ。病気が進んでくると、身体も弱る代わりに、怖さを感じる能力も、鈍ってくるみたいなんだ。だから、前ほど、死ぬのも怖くなくなった。まあいいかなって、気になれるんだ」

「それは大発見だわ」

「ほんと」

稲本と吉武は安心と淋しさの混じった微笑みでうなずく。看護師長が感心したようにつぶやいた。

「ここの患者さんには、ほんとうに教えられるわ。みなさん、現実と向き合って立派に生きてるから。そうだ、記念に写真を撮りましょう」

看護師長はいつもポケットに入れているデジカメを取り出し、小仲を真ん中に、稲本と吉武を立たせて写した。小仲はカメラのレンズが、微笑みかけているように感じた。

66

二月二十三日、土曜日。午後一時。

森川は代々木のJHK放送センターのGT－510スタジオに来ていた。

入口でディレクターから名札を渡され、着席場所を指示される。参加者は患者側、医療者側からそれぞれ十五人ずつの計三十人。席は三段にしつらえてあり、森川は医療者側の中段に座った。

参加者が着席すると、ディレクターがいくつか注意点を説明した。発言の前には手をあげること、他人の発言には割り込まないこと、発言は三十秒から一分以内にまとめることなどである。あとで編集するから、言いまちがいやど忘れは気にすることはないと言われ、参加者は安堵の笑い声を洩らした。

シンポジウムは、はじめにパネラーによるディスカッションがあり、あとで会場参加者からの意見を聞く形式だった。放送は一週間後の三月二日、午後七時半からとのことだった。

ディレクターが下がると、入れ替わりに司会のアナウンサーが出てきて、笑顔で挨拶をした。簡単なリハーサルを行い、「そんな感じでけっこうです。みなさん、お上手ですね」とお愛想を言って引き上げた。森川は参加者を見まわして、これくらい人数がいれば、自分は発言しなくてもいいかなと気持を軽くした。

「パネラーの先生方、入ります」

ＡＤ（アシスタント・ディレクター）の女性が声をかけ、四人のパネラーが入ってきた。がん医療センターのセンター長、女性評論家、看護師協会の理事、臨床心理が専門の大学教授である。ＡＤがステージの照明をチェックし、各部署のスタッフのスタンバイを確認すると、ディレクターが「それでは、本番、いきまーす」と大声を発した。

アナウンサーがシンポジウムの開始を告げ、パネラー紹介のあと、さっそく各自がそれぞれの立場から、がん医療の現況を解説した。

続いてディスカッションに移ったが、森川は現場との温度差を感じざるを得なかった。観念的な理想論、医師はもっと患者の気持に共感すべきだとか、末期になっても患者は自分らしい生活を維持すべきだとかいうような、きれい事に終始している気がした。現場はもっと悲惨で、どろどろしている。考えれば考えるほど、がん医療のむずかしさばかりがクローズアップされ、解決策のない袋小路へと追い込まれる。

ディスカッションのあと、アナウンサーは参加者席に向き直った。

「では、会場にお越しのみなさんからご意見をうかがいましょう」
五、六人が手をあげ、アナウンサーが三十代のやせた女性を指名する。
「わたしは、二年前に肺がんと診断されたんですが、そのときのお医者さんの言葉が今も忘れられません。咳と痰で受診しただけなのに、医者はレントゲンを見たとたん、十中八九がんですねって言ったんです。なんの心の準備もなかったので、目の前が真っ暗になりました」

いきなり過激な発言に会場がざわつく。しばらくがん告知の仕方が議論され、それが終わると次は若い放射線技師が手をあげた。

「日本は検査や検診でレントゲンを安易に使うので、それによるがんの発生が増えています。指示を出す医師は、もっと慎重にしてもらいたいです」

ふたたび会場がざわつき、これにはがん医療センター長が、「たしかに発がんの危険はありますが、検査をしなければ診断がつけられないわけで、むずかしいところですね」と答えにならないコメントをした。

森川は自分も発言すべきかと思ったが、言うべきことも思いつかなかった。

会場では、中年の女性が末期がんの夫を看取った話を語っていた。

「お医者さんから、もう治療法はないと言われたのがショックで……」

森川の脳裏に、ある記憶がよみがえった。「死ねと言われたも同然なんです」と怒って、外来から駆け出した胃がんの患者だ。引きつった患者の顔と、自分の戸惑いと反発、不本意な思いがフラッシュバックのように眼前をよぎった。

あのとき、自分はどう言えばよかったのか。同じく治療法がなくなった肝臓がんの患者には、はっきり治療法がないと説明しきれず、求められるままに抗がん剤を処方して、結局、ひどい病院で最期を迎えさせることになってしまった。

中年女性の発言が終わり、アナウンサーがあとを引き取った。

「むずかしい問題ですね。最近はインフォームド・コンセント、すなわち、説明に基づく同意が医療現場では重視されていますが……」

インフォームド・コンセント。このもっともらしい横文字に、森川は深い欺瞞を感じた。彼は自分でも思いがけない気魄《きはく》で手をあげた。

「あ、はい。三鷹医療センターで外科医をされている森川さん。どうぞ」

指名され、森川は逸《はや》る気持を抑えてひとつ深呼吸をした。

67

小仲は毎日、モルヒネの皮下注射で、眠ったり起きたりの状態を繰り返していた。体重はふたたび四十キロを切り、腕は親指と人差し指ではさめるくらい細くなった。それでも、イヤホンでパソコンに保存した曲などを聴くこともあった。

三月二日土曜日。朝からうとうとしていて、夕方にようやく目が覚めた。モルヒネの朦朧《もうろう》状態は尾を引いていたが、体調は悪くない。土曜出勤していた看護師長が、帰り際にようすを見にきてくれた。

「小仲さん。やっと起きたの。夕食はどうします」

「そうだな。温泉卵を、もらおうか」

看護師長は備えつけの冷蔵庫から、温泉卵を取り出し、小鉢に割る。

「ありがとう。そこに、置いといてくれるかい。あとで食べるよ」

「冷たいうちのほうがおいしいわよ」

看護師長は出て行きかけて、思い出したように立ち止まった。

「そうそう、今晩七時半から、がん医療の番組があるわよ。患者の会の活動も紹介されるみたい」

「ヘラクレス会が、出るのかい」

「それはわからないけど」

小仲はイヤホンで音楽を聴きながら、しばらくうとうとした。一時間ほどしてから半身を起こし、温泉卵を食べた。濃厚な黄身に滋味を感じる。

脇腹の痛みはぶり返さず、呼吸も比較的楽だった。気づくと午後八時を過ぎている。さっき看護師長が言っていた番組はどんなだろう。小仲はイヤホンをテレビに移し替え、チャンネルを合わせた。

番組では四人のパネラーがディスカッションをやっていた。小仲は穏やかな表情で眺めていた。三段に組まれた会場席に、患者側と医療者側の参加者が座っている。カメラがパンしたとき、画面に思いもかけない顔が映った。

まさか……。

小仲は片肘をついて半身を起こし、テレビを凝視《ぎょうし》した。

見まちがいじゃないのか。

確認しようと思うが、カメラはパネラーばかりを映して、なかなか参加者席に向かない。ディスカッションが終わり、ようやくアナウンサーが会場の参加者に意見を求めた。

最初に発言したのは、医者にいきなり肺がんを告げられたという若い女性だった。医療者側の中段に、その顔はあった。まちがいない。三鷹医療センターのあの最悪の医者だ。

モルヒネで感情が真綿にくるまれたようになりながら、小仲は胸の奥が波立つのを抑えられなかった。彼は食い入るようにテレビを見つめた。

中年の女性が、末期がんの夫を見送った話をしはじめる。

「最後にお医者さんから、もう治療法はないと言われたのがショックで……」

おれと同じだ。小仲の表情が強ばり、凍りつく。三鷹医療センターの診察室で、あの医者に言われた言葉がよみがえる。あの悪意に満ちた宣告が、どれだけおれを苦しめたことか。

小仲の胸に激しい怒りが湧き上がる。梅野と語り合って、自分は変わったと思っていたが、過去がすべて浄化されたわけではなかった。感情を抑えたい。だが抑えられない。以前の自分にもどりそうだ。煉獄の闇でのたうちまわっていた自分に。

画面では女性が発言を終え、アナウンサーが深刻な声で応じた。そのとき、医者が手をあげた。アナウンサーの指名を受け、抑えた声で話しだす。

「私は去年、治療法のなくなった胃がんの患者さんに、これ以上、治療の余地はありませんと言いました。治療するより、しないほうが余命が延びる可能性が高かったからです。その患者さんは五十二歳で、まだ元気でした。だから、もしやりたいことがあるなら、今のうちにやっておくほうがいいと思ったのです。私はそれまで、多くの末期がんの患者さんが治療の副作用で、貴重な時間を浪費して亡くなっていくのを見てきました。だから、その患者さんには、時間を無駄にしてほしくなかった。元気のあるうちにやりたいことをやって、有意義な時間を過ごしてほしいと心から願ったのです。ところが、その患者さんはこう言いました。治療法がないというのは、私にすれば、死ねと言われたも同然だと……。ショックでした。私は、その患者さんのことがずっと忘れられなくて、どう言えばよかったのかと、今も悩み続けているんです」

イヤホンから、あのときと同じ医者の声が聞こえた。小仲は信じられない思いでイヤホンを耳に押しつけた。この医者はおれのことを忘れてはいなかった。おれの言葉を覚えていた。あの日のことなど、とっくに忘れて気楽にすごしていると思っていたが、この医者はずっと悩んでいたのだ。

アナウンサーが神妙な顔で医者に訊ねた。

「それはもちろん、患者さんのためを思っておっしゃったことですよね。でも、治療法がないというのは、やはり患者さんにとっては絶望的なことでしょう。なんとか治療を続けるわけにはいかなかったのですか」

「がんの治療には副作用がありますから、何もしないことがもっとも延命につながることもあるのです。それを無視して治療するのは、医師として誠意に欠けると思うんです」

「森川さんはそんなつもりで言ったのではないのに、患者さんにはそう聞こえた。つまり両者の気持の溝が問題というわけですね」

アナウンサーが言うと、医者は怒りを秘めた口調で言った。

「気持の溝はありますよ。病気になってもいない医師に、どうやって患者さんのほんとうの気持がわかるんですか。わかろうと努力はしますが、どこまで理解できるでしょう。悲しみ、恐怖、不安、苦しみ、患者さんの気持は一人一人ちがいます。それを正確に理解できるはずがない。なのにわかったような顔をするのは、むしろ欺瞞じゃないですか」

思いがけない反論に、アナウンサーが狼狽しつつ、「たしかにむずかしい問題ですよね」と受け流した。

医者はテレビに出ていることも忘れたかのように、熱い口調で反論した。次の発言者が指名されても、まだ言い足りないように、厳しい表情でアナウンサーを見つめていた。その横顔には、以前にはなかった苦悩が浮き出ていた。かつての若造医者とはちがう何かが、その全身から立ち上っていた。

議論はさまざまな話題に触れながら、結局は結論のないまま終わった。アナウンサーが最後にありきたりなまとめを言ったが、ほとんど小仲の耳には入らなかった。彼の視線は、最後まで鬱屈《うっくつ》したように膝の上で拳を握り続ける若い医者に注がれていた。

68

自宅で番組を見終わったあと、瑤子が揶揄《やゆ》するように言った。

「良ちゃん、かなりカッカしてたね。でも、本音が出ててよかったんじゃない」

「そうかな。あんなふうに言うつもりじゃなかったんだけど」

森川はスタジオでの興奮を思い出し、もどかしさと照れくささを感じた。瑤子が記憶をたどるように言う。

「良ちゃんが言ってた胃がんの患者さんて、外来の診察室から怒って帰った人でしょう。ずっと胸に引っかかってたのね」

「ああ」

「今ごろどうしてるかしらね」

「あれは去年の十月で、あの時点で余命は三カ月くらいだったからな。もう亡くなってるかも」

「調べればわかるんじゃない」

「わかるけど、わかっても困るだろう。もし生きてても、あの人を治せないことには変わりないんだから」

瑶子は眉を上げ、頬杖をついた。

「もし、その患者さんが今日の番組を見てたら、なんて言うかしらね」

「さあな。気むずかしい人だから、また怒るかも」

「かもね」

瑶子が頬杖のまま笑う。森川はふっと視線を上げ、思い返すようにつぶやいた。

「でも、ちょっと聞いてみたい気もするけど」

69

週明けの朝。

病室には早春の光が満ちていた。窓際のベッドにいる小仲は、半身を起こして、降り注ぐ太陽を全身に感じた。

光の中に右手を差し出す。皮膚が銀色に輝いている。やせて薄くなってしまった手。細かな皺と浮き出た血管。それがたまらなく愛おしい。この手でいろいろなものに触れ、つかみ、受け止めてきた。おれの人生。それが、もうすぐ終わる。

手を見つめながら、小仲は涙を流した。悲しみの涙ではない。少しは悲しみもあるだろうが、自分がこの世に生まれ、生き、もうすぐ死ぬという不思議に対する、言いようのない感慨だ。

自分が死んでも現実は何も変わらない。人間の一生は、宇宙から見ればほんの刹那だ。それが消えても、微塵《みじん》も影響を受けない。だが、自分にとっては、すべてが終わる。その矮小《わいしょう》で壮大な事実は、いったい何なのか。

小仲はベッドサイドのテーブルを見た。ヘラクレス会の集いでクリスマスプレゼントにもらった写真立てに、稲本と吉武にはさまれた写真が入っている。二人に出会えて、ほんとうによかった。梅野に巡り会えたのも、彼女らとの出会いがあったからだ。

写真立ての横には、大ぶりな花が活《い》けられていた。妹一家が見舞いに来たときに飾ってくれたものだ。小仲の精神状態が穏やかになったあと、稲本は再度、妹への連絡を勧めてきた。小仲も今度は素直に応じることができた。妹はすぐ家族全員で来てくれ、疎遠になっていたことを泣いて詫びた。妹の息子二人は目指す大学に入ったようだが、今になると小仲の言っていたことがよくわかったと、妹は頭を下げた。小仲はわだかまりも反発もなく、ただ微笑んでいた。

梅野が言った通り、意味のない人生はない。モルヒネの朦朧状態に浸りながら、小仲はゆっくりと自分にうなずく。

看護師長が入ってきたとき、小仲の頬はまだわずかに濡れていたが、表情は落ち着いていた。

「小仲さん。お話があるのですが」

「何だい」

看護師長は密かな決意と、深い思いやりを込めて続けた。

「梅野先生とも相談したんですが、今後の治療を考えて、そろそろ個室に移っていただいたらどうかと思うんですが」

その意味するところは明らかだった。同室の患者が同じように個室に移り、十日ほどで亡くなった。覚悟はできている。

「わかったよ。万事、よろしく頼みます」

小仲はいつになくていねいな口調で言った。

「じゃあ、看護師に移動の準備をさせますね」

「その前に、ひとつ、聞かせてくれないか。個室に移るタイミングは、みんな同じなのか」

看護師長は唇を引き締め、つらそうな表情で小仲を見つめた。

「人によってちがいますが、小仲さんは少し遅目にしました」

「……そうなのか」

小仲の鼻孔から、かすかなため息が洩れた。天井に目をやると、光が和らぎ、微細な粒子が舞っている。

「看護師長さん。……移動の準備は、ちょっと、待ってくれるかい。……電話を一本、かけたいんだ」

「いいですよ。じゃあ、看護師はあとで来させます」

看護師長が出て行ったあと、小仲はバッグからケータイを取り出し、登録した番号に発信した。数回のコールで相手が出た。

「ああ……、吉武さんかい。小仲だよ。……いや、大丈夫だ。ありがとう。……ひとつ、頼みたいことが、あるんだ。急がなくてもいい。おれが死ぬまででいいから。……手間をかけるが、テープレコーダーを、買ってきてくれないか」

70

しばらくして、医局のメールボックスに、黄色いクッション封筒が届いているのを森川は見つけた。差出人は、「NPO法人へラクレス会　吉武ちひろ」。見覚えのない名前だった。消印は前日の三月十日。

宣伝か寄付の依頼かと思ったが、中にプラスチック製の何かが入っているようなので、とりあえず開封してみた。出てきたのは、手紙とカセットテープだった。

手紙には、思いもかけないことが書かれていた。

エピローグ

医師に手紙を送ってきたのは、ボランティアで患者の世話をしていた看護師だった。
手紙には次のように書かれていた。

『……さんはその後も治療をあきらめず、腫瘍内科医のいる病院に行ったり、免疫細胞療法をしてくれるクリニックにかかったりしましたが、結局、思わしい効果は得られませんでした。
今年に入ってから体調を崩し、一月末に郊外のホスピスに入りました。そして、三月九日、午後二時十分に、永眠されました。亡くなる直前まで意識ははっきりしていて、最後は妹さんとホスピスの医師、看護師らにお礼の言葉を伝えて、静かに息を引き取りました』

同封のカセットテープには、患者が医師に遺《のこ》した最後のメッセージが録音されていた。

患者は死の七日前、たまたま医師が出演しているテレビ番組を見て、自分の思いを伝えたいと思ったそうだ。

あの番組を患者が見ていたのかと、医師は驚いた。彼が生きていたことも意外だったが、自分が思わず口にした当事者が、それを聞いていたことに、偶然以上の巡り合わせを感じた。


カセットテープの録音は、患者の死の四日前らしかった。呂律《ろれつ》がまわりにくいのは、モルヒネを増量し、意識が混濁《こんだく》しつつあるのを懸命にこらえているからとのことだった。医師は医局で手紙を読んだあと、カセットテープを家に持ち帰り、自室でそれを再生した。はじめはひとりで聞き、そのあと、妻を呼んでいっしょに聞いた。

カセットテープには、次のようなメッセージが録音されていた。


「……先生。お久しぶりです。覚えていらっしゃいますか、おれのこと。……先生がテレビに出ていたのを、たまたま見て……びっくりしました。こんな偶然が、あるのかと……。それで、最後の気持を……、伝えようと、思ったんです。テープに吹き込むのは、もう、字を書く、力が、ないからです。

先生……、おれは、先生が、おれのことなんか、とっくに忘れていると、思ってた。

だから、テレビで、おれのこと、気に病んでくれてたと知って、驚いた……。あの番組を、見なかったら、おれは、先生を、最悪の医者だと思ったままで、死ぬところだった……」

患者の声はうわずり、何度も途切れた。沈黙の間に、苦しそうな息づかいも聞こえる。そうまでして、何を伝えようとするのか。

「……先生、おれは、がんになって、つらかった……。なんで、おれが、と思った。……再発して、頑張って、副作用に耐えて、必死で、治ろうと、努力した。だから、先生に、もう治療法はないと言われたとき、逆上したんだ……。その気持を、わかってほしい。おれは……、もう死ぬ。それは、わかってる。最後に……、先生に、言いたいのは、患者を、突き放さないでほしい、ということと、だ。患者は……いきなり死に直面させられ、うろたえてる。

患者の悲しみと、恐怖を、少しだけでも、わかってほしい。

そんなもの、当然だとか……、思わないでほしい。

希望を、断たないで、ほしいんだ。

希望は、患者なりの、心の準備、なんだから」

テープの声はたどたどしくなり、一語ずつ絞り出すようになる。死を控えた患者の肉体的な苦しみを、医師はよく知っている。その必死さが、途切れがちの声ににじむ。苦しげな呼吸を押して、精いっぱいの思いを伝えようとする患者の声に、医師は息を呑んだ。

「……患者の希望は、病気が治る、ということだけじゃない。医者が、見離さないで、いてくれることが、励みになる。そしたら、勇気が出るんだ……。死ぬ、勇気が。もの事には、何でも、ふたつの面が、ある。医者の側からだけ、……見ないでほしい。命を縮める治療でも……、いい面が、あるんだ。やるだけやって……、……力を尽くしたって、思える」

呂律は乱れ、子どもが酔っぱらっているかのような危うさになる。口を開くのもつらそうな声、舌を動かすのも大儀そうな衰弱。それでも、患者は懸命に最後の言葉を言い切ろうとする。

「だから、おれは……時間を、無駄にしたとは……、思ってない。

これで、納得して人生を……、終えられる。

……先生、覚えてるかい。

時間を、有意義に、使えって……。

……おれは、その通り、有意義に、すごしたんだ。

だから……、ありがとう」

患者はそこで力尽きたように、深い吐息《といき》を洩らした。しばらく無音のテープがまわり、やがて録音は終了した。

医師はテープを何度も巻きもどして聞いた。患者の言葉は、一語一語、深く胸に響いた。

医師は自分を、外科医に向いていないと思っていた。いやな仕事だと嘆いていた。そうなのかもしれない。しかし、患者の気持を知った今、その思いは変容した。いい医者になれなくても、せめて悪い医者にならないために、前に進まなければならない。それが、自分にできる唯一のことなのだから。

▼参考文献

・読売新聞「医療ルネサンス・がん薬物療法専門医」２０１１年9月23日～30日
・ブログ「スキルス胃がん・余命３カ月を生きる」http://hiroina123.blog70.fc2.com/
・がんサポート情報センター「再発胃がんのＴＳ－１隔日療法」https://gansupport.jp/article/cancer/stomach/2924.html
・ＮＨＫスペシャル「さまよえるがん患者」２００８年12月1日放映

解説

篠田節子

文壇内の評価は得られない、ベストセラーも狙えない。わかっていても書かずにはいられない真実がある。

その課題に精通していなければ書けない真実、自分の地位や立場を考慮していては書けない真実がある。

癌と戦うべきか、放置すべきか。多くのメディアを巻き込み、論争を巻き起こしている問題だが、ある医師は明快に答えている。

「初期の癌がみつかって助かっているケースはたくさんあるので、自治体で行っている検診については受けた方がいい。ただし治らないことがわかっている患者を抗癌剤で痛めつけるのは良くない」

小説『悪医』は、この良心的で常識的な答えの後半部分から始まる。

主人公である医師、森川は誠実な人物だ。治療の手段が尽き、治る見込みのなくなった患者、小仲にその事実と余命（三カ月）を告げる。

だが患者としては、というより人間としては、いつかわからない死については「そんなものだろう」と呑気《のんき》に構え、ときに早く来てくれと願ったりするが、期限を知らされたとたんに生に執着しはじめる。あたかも人には永遠の生命が与えられており、自分一人がそれを断ち切られ、すべてを失う、という気分になる。

これ以上の治療は行わない、と医師に告げられたとき、患者は、見捨てられた、と感じる。私を含め、信仰を持たない一般の日本人にとって、重病時に命を預ける主治医は、ときに生殺与奪《せいさつよだつ》の権を持つ絶対者、神のような存在に見える。その神が見放すわけである。

『悪医』は、その見放された男と宣告した医師、双方から書かれた葛藤の物語である。

小説の一つのジャンルとして病気物がある。総じて極私的な、個人や家族の心情を綴ったものが多いが、この作品はそうではない。作者は主人公二人の視点を通し、より普遍的な問題提起を行っている（それが冒頭で文壇内評価が得られないと書いた理由だ）。

癌や認知症、その他の難病についても同様だが、タレントのブログやＮＨＫの報道番組等々メディアで流される情報と当人や家族の多くが直面する現実とは大きくかけ離れている。

「本当の事」はややこしい。複数の要因が絡み合い、個々のケースによって異なり、理解するのに労力と時間を要する。だから単純化された論理で事実は編集され、読者、視聴者、フォロワーの気分を害しないように配慮され、場合によってはわかりやすい行動指針を示したうえで、供給される。

複雑で出口も希望も簡単には見つけられない深刻なテーマを、小説という手段を用い、単純化を避け、できるかぎり誠実に正確に記述し、かつ読み手が難解さのあまり放り出したりしないよう読み物としての工夫を凝らして書かれたのがこの小説だ。

闘病の実態、医療の現実。

もし自分が治療手段無しとして余命宣告されたならどのように考え、何を選択すべきか、もし医師であるならそうした患者にどのように対応すべきか。

医師と患者、二人の主人公の視点が数ページごとに交代する。貧しく孤独な患者の、目を覆うばかりに凄惨な病苦の描写の後に、医師の満ち足りた家庭生活のさまや豪華なパーティーと美食の様子までが描かれる。どぎつい対比に見えるが、短いシーンの後半には恵まれた者と報われぬ者という二者対立とは全く異なる重要な真実が浮かび上がる。

問題を単純化せずに、多くの情報を盛り込み、テーマを丹念に描き出していくために、作者は、登場人物の性格を思い切って簡略化している。

誠実で有能だが共感力にやや乏しい三十代の医師の森川と、独善的正義を振りかざし怒りを糧《かて》に生きてきた五十代の男性患者、小仲。

広告や報道番組、ブログ等々によって供給され、注目を集める医療情報、それらの真偽や背景について医師たちが語るシーンなどでは、作者は登場する人物について「せっかち医長」「ぼやき医長」「明晰医長」等々名付けて、それ以上の「キャラクター」を付与しない。文芸ファンは首を傾《かし》げるだろうが、この場で重要なのは文学的表現やエンタテインメント小説に求められる受け狙いの「共感」ではない。どんな立場の人々によってどんな情報がもたらされ、どのような利害関係が存在し、何が真実に一番近いのか、ということだ。

それらの人々の議論に、はっとさせられたり、思わずうなずかされたりしながら、生きたい、治したいの一念で、絶望的な戦いに挑む患者の苦痛についての容赦のない描写に衝撃を受ける。手記、ブログ、そしてテレビ番組では描かれない生の部分だ。わかっていてこんな目に遭わせたくはない。現場にいる者であればだれでもそう考える。だが、患者は受け入れられない。

どのように告知し、説得すればいいのか。メディアでは、ときに患者の気持ちに寄り添う共感力に優れた医師やその道の専門家が登場して視聴者に希望を与えるが、ブラック企業さながらの過酷な労働環境に置かれた病院勤務医に、そんな心理的余裕や時間的余裕はない。また、この本には書かれていないが、正確な告知をせず、希望を抱かせる医師の言動があったために、患者に裁判を起こされて負けたケースが、他の難病についてはある。

そんな中で森川医師は、患者の小仲に告知の際に投げかけられた「私に死ねと言うんですか」という言葉に悩む。先輩医師と話し、上司に相談し、考える。こうして人間的に成長した医師が、その後、この問題を見事に克服し、といった青春ドラマ的展開はない。解決は簡単には見いだせない。挫折は続く。

努力と根性で困難を克服し、自力で人生を切り開いてそこそこの成功を手にした、別の患者。彼の人生において撤退の選択肢はない。あり得ない希望にすがりつき、最悪の結果を迎える。

一方、引導を渡された小仲の方は諦めきれず、一縷《いちる》の望みをかけて別の医療機関の扉を叩く。希望を抱かせた治療は前にも増して激しい苦痛をもたらす。

もがく小仲の前に天使が現れる。一人の若い看護師によってその治療の無意味さを知らされいったんそこから退くが、再び広告によって別の治療法へと誘われていく。

天使と孤独な男の関係は心温まる安直小説、安直ドラマ的な展開にはならない。だが天使は、猜疑心《さいぎしん》の塊になった男を、ロマンティックな救いとは対極にある、現実的な救済機関に繋《つな》いでいく。

そして終盤、「私に死ねと言うんですか」という言葉で別れて以来、一度も顔を合わせることのなかった森川医師の真意を、小仲は思わぬところで知ることになる。

それにしても自分が近い将来死ぬ、治る見込みはない、と告げられたとき、人間はこまで生に執着するものなのか。病気や災害、事故などで深刻な生命の危機に見舞われることもなく生きてきた私は、実感がないままうなずくしかない。

人にとって「死」とは何なのか。

経験豊富な外科部長の「死ぬのは患者だけじゃない」という言葉が印象的だ。

「末期がんの患者が、医者より先に死ぬとはかぎらない、交通事故や、火事、災害で死ぬこともある」

観念論に聞こえるが医師のような仕事をしていれば、仕事を通して日々、実感することなのだろう。渡辺淳一氏の初期の短編に、「秋の終りの旅」というタイトルの、まさにこの通りの作品があった。

『悪医』は、もはや治療の手段がない患者に医師としてどのように対応するか、自分がそうした患者ならどうするのかといった、深刻で切羽詰まった問題を提起した作品だが、読み終えれば、人にとって死とは何か、それをどう受け止めるか、といったテーマが浮かび上がってくる。

哲学、宗教、文学とは全く異なるアプローチで、ロマンティシズムや感傷を排し、より現実的、具体的に「死すべき存在」である人を捉えた『悪医』は、二〇一四年に、日本医療小説大賞を受賞している。

（しのだ　せつこ／作家）

JASRAC 出 1701157-803

悪医《あくい》　朝日文庫

2017年3月30日　第1刷発行
2018年5月30日　第3刷発行

著　者　久坂部羊《くさかべよう》

発行者　須田　剛
発行所　朝日新聞出版
〒104-8011　東京都中央区築地5-3-2
電話　03-5541-8832（編集）
03-5540-7793（販売）

印刷製本　大日本印刷株式会社

© 2013 Yô Kusakabe
Published in Japan by Asahi Shimbun Publications Inc.
定価はカバーに表示してあります

ISBN978-4-02-264842-6
落丁・乱丁の場合は弊社業務部（電話03-5540-7800）へご連絡ください。
送料弊社負担にてお取り替えいたします。

朝日文庫

久坂部 羊
糾弾
まず石を投げよ

現役医師でもある著者が描く渾身のミステリー長編。医療過誤を糾弾する者と糾弾される者の救いがたき対立の闇を描く。〔解説・野崎六助〕

海堂 尊
新装版 極北クレイマー

財政難の極北市民病院。非常勤外科医・今中は閉鎖の危機に瀕した病院を再生できるか？ 地方医療崩壊の現実を描いた会心作！〔解説・村上智彦〕

海堂 尊
極北ラプソディ

財政破綻した極北市民病院。救命救急センターへ出向した非常勤医の今中は、崩壊寸前の地域医療をドクターヘリで救えるか？〔解説・佐野元彦〕

仙川 環
人工疾患

ミステリー作家のさおりが出会った、七歳の少年ユウキ。その面影に既視感を覚え、その言動に疑念を深めたさおりは、彼の生い立ちを調べ始める。

浅田 次郎
天国までの百マイル

会社も家族も失った中年男が、病の母を救うため、外科医がいるという病院めざして百マイルを駆ける感動巨編。〔解説・大山勝美〕

浅田 次郎
椿山課長の七日間

突然死した椿山和昭は家族に別れを告げるため、美女の肉体を借りて七日間だけ〝現世〟に舞い戻った！ 涙と笑いの感動巨編。〔解説・北上次郎〕

篠田　節子
ブラックボックス
健康のために食べている野菜があなたの不調の原因だとしたら？　徹底した取材と第一級のサスペンスで「食」の闇を描く超大作。〔解説・江上　剛〕

貫井　徳郎
乱反射
《日本推理作家協会賞受賞作》
幼い命の死。報われぬ悲しみ。決して法では裁けない「殺人」に、残された家族は沈黙するしかないのか？　社会派エンターテインメントの傑作。

山田　太一
空也上人がいた
車椅子の老人と、四六歳の女性ケアマネ、そして二七歳のヘルパーの僕……。秘密を抱えた大人たちの間で、風変わりな恋が始まる。〔解説・角田光代〕

遠藤　周作著／鈴木　秀子監修
人生には何ひとつ無駄なものはない
人生・愛情・宗教・病気・生命・仕事などについて、約五〇冊の遠藤周作の作品の中から抜粋し編んだ珠玉のアンソロジー。

遠藤　周作著／山折　哲雄監修
神と私
人生の真実を求めて
生き悩む人へ――、遠藤周作人生哲学の粋。「人間」「愛」「罪」「いのち」「宗教」など、氏が追究した七つの普遍的主題についてのアンソロジー。

車谷　長吉
人生の救い
車谷長吉の人生相談
「破綻してはじめて人生が始まるのです」。身の上相談の投稿に著者は独特の回答を突きつける。凄絶苛烈、唯一無二の車谷文学《ワールド》！〔解説・万城目学〕

朝日文庫

落合　恵子
母に歌う子守唄
わたしの介護日誌

愛する人が認知症になった時、どう受け止め、どう護るか。医師やヘルパーさんとの接し方など、介護入門にもなるエッセイ集。〔解説・内橋克人〕

落合　恵子
積極的その日暮らし

母を失った日々を深く重ねながら、喜びも悲しみも憤りも積極的に引きうけてきた著者が綴る、優しい怒髪のひと時。〔解説・長谷川義史〕

曽野　綾子
幸せの才能

人生は努力半分、運半分！　読むだけで心が明るくなる、幸せに生きるヒント六一編。著者の説得力ある言葉が、読む人の毎日を肯定し、力づける。

瀬戸内　寂聴
老いを照らす

美しく老い、美しく死ぬために、人はどう生きればよいのか。聞くだけで心がすっと軽くなる寂聴尼の法話・講演傑作選。〔解説・井上荒野〕

佐野　洋子
あれも嫌い　これも好き

猫・病気・老い・大事な人たち。還暦すぎての刺激的な日々を本音で過激に語るエッセイ集。〔解説・青山　南〕

佐野　洋子
役にたたない日々

料理、麻雀、韓流ドラマ。老い、病、余命告知——。淡々かつ豪快な日々を綴った超痛快エッセイ。人生を巡る名言づくし！〔解説・酒井順子〕

上野 千鶴子
老いる準備
介護すること　されること
ベストセラー『おひとりさまの老後』の著者による、安心して「老い」を迎え、「老い」を楽しむための知恵と情報が満載の一冊。〔解説・森 清〕

加島 祥造
伊那谷の老子
中央アルプスと南アルプスに抱かれた大きな谷の自然の中で、老子の深い思想に目覚めてゆく自身を描く、名随筆集。

加島 祥造
タオにつながる
老子のメッセージが二五〇〇年の時空を超えて現代によみがえる！ 信州の伊那谷に暮らす詩人・タオイストが〝命の優しさ〟の思想を語る。

多田 富雄
独酌余滴
《日本エッセイスト・クラブ賞受賞作》
能をこよなく愛す世界的免疫学者が日本、世界各地で目にした、人間の生の営み、自然の美、芸術、そして故白洲正子との交友を綴る。

梅原 猛
梅原猛の授業 仏教
生きるために必要な「いちばん大切なこと」とは何かを、仏教を通してすべての世代にやさしく語る。「梅原仏教学」の神髄。〔解説・鎌田東二〕

加藤 諦三
50歳からちょっと心を休ませる本
働きざかりでプレッシャーも大きな五〇代。心が疲れたときにどうすればいいのか。長年、ラジオの人生相談をつとめる著者が贈る処方箋。

中島　梓
転移
抗がん治療を続けて以来、意識を失う直前まで執筆した。作家であり、主婦であり、母であったひとりの女性のがん闘病記。〔解説・小倉千加子〕

鎌田　實
増補決定版　がんに負けない、あきらめないコツ
悩みまどう乳がん患者との往復書簡をもとに、鳥越俊太郎、樹木希林流のがんとの向き合い方などを増補。

大鐘　稔彦
患者を生かす医者、死なす医者
ベストセラー『孤高のメス』の著者が明かす医療現場の真実。患者にとって、本当によい医者、よい病院とは何かを問いかける。〔解説・天野　篤〕

中川　恵一
がんと死の練習帳
がんはなぜ苦しいのか？　死はなぜ怖いのか？　専門医がさまざまな分野から明快に説いた、「怖い」「苦しい」を「よく生きる」に変えるヒント。

内澤　旬子
身体《からだ》のいいなり
《講談社エッセイ賞受賞作》
乳癌発覚後、なぜか健やかになっていく――。フシギな闘病体験を『世界屠畜紀行』の著者が綴る。〔巻末対談・島村菜津〕

桐山　秀樹
糖尿病が劇的改善！
ジャーナリストの糖質制限奮戦記
まだ、白米なんか食べてるんですか？　糖質制限で体重二〇キロ減、血糖値も劇的改善した著者による患者目線のリポート。文庫化に際し大幅改稿。